Chinese
Creation

Chinese Creation

Chinese
Creation

臨風的姿態

汪珏——著

創文品華
創文窗

臨風的姿態

自序

汪珏

楊牧《長短歌行》「葵花園」第二節：「他日重來，各自換了新羽猶認識對方臨風的姿態……」。

楊牧二〇二〇年三月乘雲舟歸去，《長短歌行》遂成絕唱。

但是知道，總會認識彼此「臨風的姿態」，不管換過多少次新羽。

感念盈盈讓我用楊牧的詩句為題。

前輯：追念師長故友至交的若干文字，以「長歌短歌送斯人」始，並及德譯楊牧散文、詩歌，張愛玲、莫言小說之後，寫就的稿子。

後輯：「蓼蓼者莪」九篇，懷想先父母音容。「手足篇」、「情同手足篇」，附記遊兩三章。

吾友寶雍之封面畫作，小友念萱、承惠之編校，舍弟汪班的題字，不言謝，一一藏在心裡。封底圖案，十幾年前小外孫二寶，尚宇，就替我準備好了，不容辜負。

（西雅圖，二〇二四年春）

目錄

後輯

前輯

長歌短歌送斯人

（之一）

楊牧贈我洪範出版的《長短歌行》，扉頁上除了我的名字，還在他自己的名字之下寫著：「時年七三西雅圖」。是詩集剛出版的二〇一三年晚秋。

二〇二〇年二月中旬，跟慕尼黑的合譯夥伴洪素珊(Susanne Hornfeck)通過電話以後，立刻打給臺北的盈盈。她一聽就趕快要我自己把這消息告訴楊牧：《長短歌行》的德譯稿終於完成。素珊已經把全稿以及我們的譯後記、大事繫年、封面設計都寄交慕尼黑的出版社了。將以德文中文雙語排印。

「哦！要出版了。好啊，好啊！」楊牧的聲音總是沉靜輕緩的，以往也都是輕緩的，不管在電話裡還是面對面談天。現在就是弱了些。但是聽得出也很高興，還提醒我一兩件事。

自從楊牧送我《長短歌行》以後，反反覆覆誦讀經年，卻未曾認真作迻譯之想。許多文辭典故必須細細思考溫習查證，自覺力有未逮，懶怠了。可是偏又放不下：「葵花園」裡換了新羽的寒蟬，瀲灩轉平上去入的「鷓鴣天」，蝴蝶如期負來生靈鮮血無盡的「罌粟」，在穩定的氣流裡緩緩遠去的「雲舟」，不可或忘其嶙峋之姿的「獨鶴」；還有山海經、創世紀、神話般的「臺灣欒樹」，「蕨歌」；與陶淵明心神有會而作、變韓愈之琴操而奏的兩輯唱和辯證。更及驚心動魄的「歲末觀但丁」（記得某年在詩人家裡翻看過他所藏的法國藝術家谷斯達弗．朵芮—Gustave Dore, 一八三二—一八八三—的木刻版畫插圖本，但丁《神曲》《Dante's Divine Comedy》），和《長短歌行》壓卷的八十九行長歌之尾聲：「鴿子還在微潮的台階附近繞圓圈行走，打字機色帶來回計量人間的死生契闊，噹——我們所有的預言和承諾。」

（我聽到那聲打字機換行的：「噹——」。只是，我想問：死生契闊可以計量嗎？詩人。）

有一天我告訴自己：一定要翻譯全本無缺的《長短歌行》，包括那篇我讀了不知道多少遍的「跋」。不管多難，不管多少功課要做。外子聽了十分鼓勵，認為翻譯全本詩歌才更能讓原作不失風采。

楊牧的欣然同意當然給了我許多鼓勵（和壓力）。合譯者素珊有興趣剛好也有時間，「楊牧作品外譯方案」總編輯奚密教授十分贊成，而外譯方案的支持者童子賢先生也慨然允諾出版經費。

中間有些波折，原來我們慕尼黑的出版社休業了。希望找到一家有經驗有聲望而負責的出版社，頗費周章。

以後素珊聯絡到這家素有佳譽的 Iudicium Verlag（拉丁文 Iudicium 一字意謂：如法律判文般精密準確，遂譯作：精準出版社）。總編輯和社長讀過我們以前翻譯的楊牧詩集《和棋》，與散文集；也讀過德國報刊的評論。對楊牧的作品、在世界文壇的聲譽知悉甚詳。這已是二〇一八年的春天過盡了。

忽然想到很久以前在一次訪問裡，採訪者問我：大家都知道楊牧的詩文深奧難解，為什麼特別喜歡翻譯他的作品？

因為他用心用功、至深至誠，把自己一生所學所思一筆一劃寫下來，打字機一個字一個字打下來（楊牧不會用電腦），以貽喜歡文字愛讀書愛思想的人，以饋後學，以繼傳承。那天我沒有說這些。

我說：否則，我們對不起他。今天我仍舊這樣想。

慕尼黑「精準出版社」受到全球 Covid 疫情影響，出版延期。目前作業幸已恢復進行，《長短歌行》指日可待。

楊牧知道《長短歌行》德譯本會放在他臺北家中書房的案上。也會放在東華大學楊牧書房的書架上，在花蓮。

（二〇二〇年五月）【註：「奇萊有誌」二〇二〇年七月印行。】

（之二）

「西雅圖好！」

每年秋天從慕尼黑回臺北省親，一定會抽時間到外雙溪故宮博物院看古物，更為了要看在那裡研究青銅器、畫現代抽象畫的老友楚戈。

喝茶時告訴他，我要離開德國搬去美國了；言下黯然。他問我：美國哪裡呢？我說，外子立凌的實驗室在華盛頓大學，在西雅圖。

「西雅圖，西雅圖好，有楊牧！」楚戈興奮形之於色地說。

於是，他立刻要我跟他回故宮山坡下溪邊的宿舍，囑我看他房裡隨意掛著的幾張還未乾透的新畫，自己跑去後面畫室。半響出來手裡抱了幾卷東西，笑咪咪地跟我說：「正好，你要搬去西雅圖了。這是新印好的一九八八年日曆，上面的畫都是最近用排筆和刷牆的刷子畫的。」還有他的版畫。他要我把日曆和版畫一份自存，一份帶給西雅圖的楊牧和盈盈。「省得我去寄，麻煩！」他說。

我知道，其實是他的好意，這樣就可以讓我很自然地認識詩人楊牧和盈盈夫婦了。他們是至交。

楊牧的詩和散文我讀過不少。而且也為工作所在的慕尼黑州立圖書館中文藏書部訂購了幾乎所有他的作品。

「楊牧可愛嗎？」我問楚戈。不想隨便帶東西，從臺北帶到慕尼黑，再帶去西雅圖。

楊牧的詩實在美得突兀卻又自然，音律鏗鏘有如天籟。那段時候，時常一想到他的詩，就響起：「我聽見一聲嘆息像臘梅的香氣暗暗傳來⋯你的夢讓我來解析：我自異鄉回來，為你印證晨昏氣溫的差距，若是你還覺得冷，你不如把我放進壁爐裡，為今夜重新生起一把火」（「雪止」，一九七五）

他的散文「北方」，字字千錘百鍊。深邃的內容，精密的架構，師弟間不朽的情感，最後以艾青的「北方」送老師牽掛的靈魂返鄉—固然文章裡已經說明，因為「北方」是陳先生早年翻譯過的。但是我相信楊牧也因為艾青是陳先生同世代的人，見證過與楊牧所見氣韻氣勢不同的北方。艾青的詩應該更能安慰陳先生飄泊異鄉不安的魂魄。

但是詩好文好，與詩人如何，不一定成正比。

「楊牧好！盈盈更好！」楚戈斬釘截鐵，口氣堅定地用他的湖南鄉音跟我說。

幾十年過去，物換星移。而楚戈說這幾句話的樣子和聲音總在記憶裡迴繞。

一九八八年春天到西雅圖。雪峰山脈遠遠環抱，大學在丘陵上或高或落的山坡地，大小兩個湖泊之間。我們住的公寓離大學很近，簡單的房子，不寬的街道，兩旁栽著淺紅的山櫻，微風細雨裡軟軟搖曳著淡綠色的柳條。我以為回到了兒時的江南。

屋後石階六七級，上面是從山崖旁芒草野黑莓和荊棘叢裡開闢出來的羊腸小道—只給行人、自行車專用，直通大學。

立凌每天騎車去華大醫學院的實驗室。不久就替我帶來校園地圖，知道文學院的比較文學系和東方語言學系在哪裡。楊牧的辦公室在「高文院」Gowen Hall。

我沒有楊牧的電話，逕自拿了楚戈託帶的東西，沿著草木怡人的蜿蜒小路走去。

這棟以紀念華大東方語文系創系學者高文教授 (Professor Herbert Gowen) 為名的仿歐洲中古世紀建築物，在一排高大的野栗子樹綠蔭後側。中國文學系在二樓，樓宇深深，好不容易找到王靖獻教授（楊牧的本名）的辦公室，卻只見門關得緊緊，上面貼著一張卡片：「訪談時間：週二，上午一〇：〇〇－一二：〇〇」。我去的那天恰是週一。

第二天，我又踏上棧道，從另一處拾級到坡頂，俯視那曾經被詩人徐志摩在文章裡讚嘆不已的華盛頓湖，就在眼前不遠：一汪淼淼，浮橋蜿蜒如帶。華大校園景色出名的好，茶花、芍藥、杜鵑和遠近少見的紫薇，都是那位自修成名的「駱博士」(Dr. Joseph Rock) 三十年代從中國西南四川、雲南一帶移植或攜帶種子回到美國，栽培成功的。一年四季輪替著，繽紛在本土的松柏長青樹間。藝術學院、音樂學院的中庭遍植日本櫻花，花季過了，殘紅和枝幹給人許多想像空間：明年不容錯過。

穿過櫻花庭，我從「高文院」的後門進去，上樓。長廊最底端的門還是深閉著。我無奈轉身出來，經過一間辦公室，裡面居然有人。一位女士極禮貌的問我，可以幫忙嗎？我告訴她，剛從外地來，想要拜訪王教授。她說王教授不在辦公室，但是可以替我打電話，原來她是王教授的秘書。很快，她接通電話，說了幾句之後就遞給我。那端傳出溫文低低的聲音，當然必是楊牧了。我告訴他我的名字，從慕尼黑來，為臺北的楚戈帶東西給他們伉儷。「哦！真抱歉，我最近感冒，恐怕不能很快到學校去。」我趕緊說，沒關係，我把東西留給他的女秘書好了；以後有機會再拜訪。那端的楊牧連道：「好啊！好啊！謝謝，謝謝！」如釋重負。

以後我常跟立凌一起去大學，他去實驗室，我就到「高文院」三樓的東亞圖書館去看書。羅館長 (Carl Lo) 曾多次在國際圖書館會議見面，知道我主要的工作是中文善本書編目。就把東亞圖書館所藏明清地方誌和明代刻本提出來，給我過目。還介紹了幾位東亞系教授。不想竟與荷蘭籍研究藏文、梵文、漢語及藏傳佛教的范德康教授 (Leonard van der Kuijp) 重遇，他從柏林搬來不久。當年他在漢堡大學寫博士論文和其後任柏林大學助教時，曾多次到慕尼黑我工作的圖書館找材料，或討論古籍問題。大家在西雅圖再晤，自是十分意外而且高興，還可以用德語話舊。

暑假前幾天，藍訥（朋友叫 Leonard van der Kuijp 的中文名字）邀我和立凌某日去他家吃晚飯。不巧，那段時間立凌要回英國跟劍橋的師友會議。藍訥說沒問題，來接我。

走進他家院子，女主人抱著孩子迎出來，一陣寒暄，推門就看到小廳坐著幾位正在談天說笑的客人。藍訥忙著一一指點介紹是華大的同事：歷史系的穆倫教授 (Allen Wood)，講得好一口京片子！太太蔚平；詩人楊牧（「當然妳知道的」）和盈盈女士──這位恂恂儒雅、戴著銀色細邊眼鏡的就是楊牧，那麼這身長玉立穿著白底小紅點衫裙的自然是「妳曾經長期隨我流浪帶著雙鞭，和一對刀槍」的那位「黑帶二段」女俠盈盈了──我想著；而她正對我展顏微笑，頰傍兩個深深的酒窩：「妳就是楚戈的朋友，替我們帶東西來的啊！」「楊牧說妳叫『汪姊』。」

「汪姊與汪珏不是很像嗎？」另一端的楊牧說。

在西雅圖仲夏夜的星光裡，就這樣我們展開三十二年深厚的情誼。

二〇二〇年三月十三日詩人長行。

（二〇二〇年三月二十日）【註：鹽分地帶文學二〇二〇年五月號。】

（之三）

與九皋鶴唳的和鳴

楊牧長行的消息傳到慕尼黑，這城與詩人的關係匪淺。

當然也與她是德國文化重鎮有關。洪素珊(Susanne Hornfeck)和我合作翻譯的楊牧詩選和文選都由此間愛文出版社(A1-Verlag)出版。「長短歌行」也將由慕尼黑精準出版社印行。（二〇二〇年七月刊行）

二〇〇三年「楊牧詩歌中德語朗誦會」就在慕尼黑近郊倚山的湖濱公園舉行，愛文出版社與素珊共同策劃。

夏日雲煙弦歌繚繞，怎樣的盛況空前！

德國最享譽的報紙，也是德語發行量最高的「南德日報」(Sueddeutsche Zeitung)和書訊刊物「Liste」都曾多次登載介紹評論楊牧詩文的文章，執筆者史迪曼(Tilman Spengler)、梅儒佩(Ruprecht Mayer)皆是德國漢學界菁英，出色的作者、翻譯家。

詩人辭世，追念他「不可或忘的嶙峋之姿」，阿爾卑斯山下傳來與九皋鶴唳的迴鳴。

（二〇二〇年三月十八日）

【註：印刻文學生活誌 200 期。封面專輯——一生詩的完成。楊牧「譯者三友」（漢德對照）；二〇二〇年四月號。】

楊牧與植物（原作者：洪素珊 Susanne Hornfeck）

是為詩人與人，楊牧對植物有一種極其異乎尋常的關照。而身為他詩文著作的德譯者（長年與夥伴汪珏共從其事），我對他詠唱植物的詩歌也特別感到一種異乎尋常的關照。

起始於我五年執教台大外文系的期間。我的辦公室面向中庭，正如「學院之樹」所詠唱：

在一道長廊的盡頭，冬陽傾斜
溫暖、寧靜，許多半開的窗
湧進一片曲綣兇猛的綠

這般機緣湊巧：艮德與我所居的台大宿舍那棟日式房子，正是若干年前楊牧與盈盈住過的。早上，有時還在床上，我們聽到：

⋯焦急的剪刀在窗外碰撞

銳利那聲音快意在風中交擊（「秋探」）

我們很高興，知道有幫手在使用工具，我們不用像在故鄉家裡需要自己動手修剪園籬。

在某次訪問西雅圖時，我終於親眼認識了楊牧為其妻子在「盈盈草木疏」裡所吟詠的愛之花束：竹、白樺、林檎、山杜鵑、薔薇和杜松。它們都環繞著房屋生長，從他書桌可一一望見，在他自打字機換行的「噹！」聲之間。

最後一次我們在他臺北敦化南路的住宅重見。那裡

⋯競生著絕無僅有

一系列宛轉變色的欒樹林（「臺灣欒樹」）

他喜歡隔窗俯視那片淺紅染黃的臺灣欒樹花海。它們賦予詩人靈感，寫下他不朽之作的又一篇。藉以描繪臺灣艱難重重的史實。

這時我們都是老人了——

失去了乾燥的彩衣，只有甦醒的靈魂

在書頁裡擁抱，緊靠這文字並且

活在我們所追求的同情和智慧裡（「學院之樹」）

（二〇二〇年三月十八日，慕尼黑。汪珏　譯）

楊牧（原作者：史迪曼 Tilman Spengler）

「屆時都將在歌聲裡被接走，傍晚的天色穩定的氣流⋯」（「雲舟」）

詩裡如此寫著。這位華文詩人，其遣詞用字之功力無比醇厚，且以詩藝介入國際詩壇；楊牧在他最後一本詩集《長短歌行》裡這般承諾。正如同他屢屢在其作品中押蓋一枚

淡藍色——絕非刺目耀眼的希望之印記。

我們應當將他在記憶裡如此定位：一位遠朔自中國與希臘的詩歌藝術守護者。對他而言，中國的先哲就如希臘之古詩人或美國的當代同儕——甚或我們年輕的赫爾德林（Friedrich Hölderlin，一七七〇——一八四三）一樣的緊密貼近。

楊牧穿越「穩定的氣流」成就他詩人之定位與多元文化哲者於一身，抗拒取寵的喧嘩——今天已經匯為叫賣市聲。我們不能忘記他的詩歌——太重要，太美。

（二〇二〇年三月十八日，慕尼黑。汪珏 譯）

楊牧的「北方」

第一次翻譯詩人楊牧的作品為德文，不是詩，是散文：「北方」。

一九八七年秋天從慕尼黑到西雅圖探望半年前來華盛頓大學醫學院的外子立凌，他在腦神經生理學實驗室工作，忙得十分起勁。本來準備出海登山的種種旅遊計劃，順理成章地推到以後我搬來了「再去也不遲」。

這天午後我穿過林木，花徑曲折，繞過校園的噴水池，到高文院 (Gowen Hall) 的東亞圖書館。這條路立凌帶我來過多次，在寬敞的閱覽室看書報等他下班。

剛進門，竟遇到曾經一同出席過若干次國際圖書館會議的羅館長。彼此寒暄，羅館長聽說我以後會搬來西雅圖，很客氣，請一位館員陪我去書庫參觀。還說，若有想借的書，可以讓我用臨時借書證借出。

那天借到的就是一直想再讀、想訂購，卻缺貨待印的《搜索者》，楊牧一九八二年的散文集。

華大東亞館收藏楊牧的著作非常完整，羅館長說：他是華大文學院東亞系和比較文學系的名教授。

我知道。但是那時我們和楊牧、盈盈還不認識。

從高文堂出來，迎面橫著單行道石街，兩排高聳交疊的苦栗子樹，兜頂罩下濃濃的綠蔭；往左轉通向繞著校園的大路。過街卻是一個出人意外的小園，四周環植扶桑，紅花點點，幾張木椅。立凌帶我來過，以後也來過若干次，從沒有遇見別人—其清靜可喜如此！我在木椅上坐下，從背包拿出《搜索者》。喜歡這書名。作者自謂是「搜索者」。我們大概都是搜索者吧，要認真的活著，恐怕就是要做一名不斷搜索的搜索者，如楊牧。

再細讀前言一過。楊牧的前言（或後語）總是思想縝密，是其詩文的一部份，幫助讀者了解他行文的宗旨。

然後，直接翻到「北方」，隔行小字：「石湘先生十年祭」，文後註：一九八一年六月。

以前讀過，一直不能忘記這篇文章，一篇祭文。楊牧為柏克萊師從的陳世驤先生（一九一二—一九七一）追述自己一九八一年行旅在那片「疲憊的大地上」，所見所及、所聞所思。北方的人、地、田野、關塞、長城，他一一觀察描述，冀望他那位來自北方的老師，其神靈可以找到自己少年的故鄉。「縱使你絕口不提它，我還是可以從你的口音和表情裡確定，你的夢時常指向這一塊土地，黃河以北，長城之南。」

「深深的胡同和院落，琉璃瓦和百年老樹」，恐怕是「早在你的憂慮中沉澱，化為歷史的斑點」了。過居庸關，站立在長城上，留下的，只是「浩蕩及關愁」。「我想冬夜的塞上，或許可以聽見歷史的幽靈浩歌，對著關山明月，但歷史最悲壯的幽靈永不嗚咽，永不哭泣」，楊牧寫道。

他是行旅者，可以匆匆離去，但是要怎樣安慰他那位未及白頭就驟逝他鄉的老師的魂魄？文字間楊牧寫到師弟間問學論學的段落：「…你晚年愈形敦厚溫柔，對學生時常迂迴體諒…但有一次我在讀《詩集傳》之後，曾譏嘲朱熹不懂詩的神髓，你終於當場訓斥我：『小子淺薄不識古人深厚。』十年來我又把那本書連續讀了許多次，不斷揣摩臆度朱子的智慧和知識，終於能夠通達其深刻與篤實，乃能在詩的藝術上有些把握和進境。我想以這經驗告訴你，然而青松老矣，泉水更冷，柏克萊舊遊之地，已不可追憶。」

楊牧學術上最有成就的，正是他警悟到《詩經》、《屈賦》這些中國古典文學「其命維新」的意義，潛心研究考證，探索隱喻，予以新旨；撰寫了包括他博士論文在內，必將傳世的中英文論述著作。然則那位引導他鼓勵他，訓責他愛護他的陳先生作古已經十年；更無來日可追。

「…你以杜詩授我，我又如何能夠放棄那堅實的文學良知？」他「登高不賦」、「又匆匆他去，如不寧的雀鳥」，自己所見「是模糊重疊的，一些失誤的照片。現在追憶描摹，惟恐並不真實」。遂默誦艾青一九三八年所作「北方」送先生回鄉—這首詩陳先生在三十年代曾經翻譯過。艾青說「自己是一個『南方的旅客』，詩前引述『那個科爾沁草原的詩人』（端木蕻良）一句話：北方是悲哀的。」

回到公寓，我坐下翻譯。以後返慕尼黑帶給在大學主修德國文學、副修漢學的翻譯夥伴洪素珊 (Susanne Hornfeck)，請她著意潤飾。

接著我忙於結束巴伐利亞公立圖書館館藏中文圖書及善本書目錄出版事務，並應館長建議辦理留職停薪。一九八八年晚春時節搬來西雅圖。（卻就此落戶！）

期間素珊拿到博士學位，一九八九—一九九四在臺灣大學外文系任客座講師教授德文。

這篇文章在我們慕尼黑重見時，才再度覆校。一九九五年慕尼黑「新笛・文學雜誌」(Neue Sirene – Zeitschrift fuer Literatur. 4, 一九九五) 刊印。

是楊牧的文學作品最早以德語出版的一章。

素珊和我合譯的楊牧詩集中德雙語本《和棋》（《Patt beim Go》），二〇〇二年，慕尼黑愛文出版社（A1 Verlag, Muenchen）出版。

「北方」收入我們合譯的楊牧散文集《蜘蛛・蠹魚和我》（《Die Spinne, das Silberfischchen und ich》），二〇一三年，慕尼黑愛文出版社 (A1 Verlag, Muenchen) 出版。

《長短歌行》（《Lange und Kurze Balladen》Yang Mu Gedichte Chinesisch – Deutsch) 中德雙語全譯本，二〇二〇年，慕尼黑精準出版社 (Iudicium Verlag, Muenchen) 出版。

（二〇二四年三月為詩人離世四週年記。）

楊牧的散文譯後

散文書寫是詩人用另一種籌運驅遣文字的方法，以表達自己的思維，所想所知所念。有的是詩的進一步完成，或持續。有的則是他面對人生各階段的感應迴響，對知識倫理宗教哲學各層次不斷思考之領悟探索，對社會人文終極的關注。

重要的是：詩人對自己成為今天的自己之分析檢視考量；不必皆有答案，因為詩人仍舊不斷提出等待解答的問題。

輯中所選是詩人四十歲以後的作品：散文十二篇，相關譯詩一篇。文題段落各自成篇，合則可視為楊牧自傳之簡本。

譯文後附有譯者，洪素珊與我，合撰的後記「關於楊牧」，「人名字彙索引」及「楊牧年譜，一九四〇—二〇一二」；讓德語讀者群對學者詩人楊牧有比較完整的認識。

本書以《蜘蛛蠹魚和我》為題，德國慕尼黑，愛文出版社，二〇一三年出版。

從作者的文字記述裡我們知道：楊牧祖上從閩南渡海到臺灣，他的父輩兄弟若干由桃園老家遷居花蓮，或務農或創他業。

父親經營印刷廠。楊牧兄弟四人，姊妹二人，他居長。

楊牧原名：王靖獻。他的學術論文用原名，詩文藝事則署筆名，一九七二年之前用葉珊，嗣後用楊牧。

楊牧愛自然愛文學愛藝術，愛美好的東西—人與物；愛思考。

在那時代，五十—六十年代的臺灣，父母親鄭重兒子對文史哲學的興趣，大學唸文科。而不是如絕大多數的家長那樣，嚴厲督促其子女，尤其是男孩，進醫學院或讀理工；實在欽佩楊牧父母的開明睿智。楊牧十五歲開始寫詩，發表在報紙刊物上，深得師長鼓勵。從此再也沒有改變讀書寫作的志業。他第一本以葉珊為筆名出版的詩集《水之湄》，是父親為之印行。

楊牧出生在一九四〇年，那時臺灣成為日本的殖民地已將近五十年，而楊家的家風仍以儒家之父慈子孝兄友弟恭為根本。

如《青煙浮翠》文中，一位叔父開言必曰「孔子公」。家族之間尊長晚輩恪守禮儀，可見庭教之一般。

少年楊牧很早就明白學萬人敵與一介武夫的差異，表現在儒雅有氣度的囡仔叔公，和那位炫耀拳腳卻行為澆薄的「後港人」身上，兩者的修養內斂、行為高下，相距何止千里。以後學者王靖獻在學術論文「周文史詩」中，以《詩經．大雅》五篇演繹周王朝之興建與其「抑武尚文」的古典精神。

母親的形象在楊牧的散文裡佔有特殊地位，與母親在心靈層次之契合尤為緊密。母親娘家在臺北，遠嫁花蓮。從楊牧幾篇文章：「十一月的白芒花」（一九九二刊出）—《亭午之鷹》（一九九六出版），「青煙浮翠」（一九九七刊出）—《奇萊後書》（二〇〇九出版），「詩的端倪」（一九八六刊出）—《山風海雨》（一九八七出版）的字裡行間，讀到母親是一位安靜嫻淑舉止有度的女子，不喜與人說長道短。對孩子的疼愛無微不至，對長大了的他則付予完整的信任—相信自己的孩子知道進退分寸，默默守護。母親恐怕是寂寞的，離娘家遠的女子總是寂寞的，他懂得。在白描不著墨的地方流動著重重疊疊的孺慕。

「山谷記載」（一九七六刊出）—《柏克萊精神》（一九七七出版）寫臺灣花蓮深山的景物與人，那裡的原住民與新移民。成年的楊牧以同樣的關切，對照回顧幼時的記憶。山谷河川草木似乎依舊，但是人事早已轉變。作者的筆端帶著低迴的無奈。

「詩的端倪」（一九八六刊出）—《山風海雨》（一九八七出版）是楊牧探索自我最深邃感人的文章。他怎樣變成詩人？童稚的年歲，山風海雨的花蓮，颱風地震的經驗，小廟前的雕刻師父，一段枯木竟變成藝術品，藝術品卻又如何轉變成了神祇？有神？無神？所有的思索想像演變成神話，而「詩是神話的解說」，詩人如此說。於是我們可以揣測，對那個喜歡思考的孩童而言，文字不是只是一堆文字，語言也不就是語言，從文字語言可以蛻變成天籟，蛻變成美麗的詩章。文末附詩：「瓶中稿」。

楊牧離開花蓮進台中東海大學，畢業後，一九六四年到美國。長長的歲月，母親花蓮臺灣是鼓勵他召喚他的力量。花蓮中學教室裡可以遠眺的白色燈塔，和無處不在的海浪，「每一片波浪都從花蓮開始」（「瓶中稿」）。從詩文裡我們讀到詩人的自剖，以書寫為志業，是從童年就埋下了種子，是完全的自覺。以後的成長就是一條堅毅果斷、自我完成的路。

他在美國讀書，執教，工作，生活，但是時常回鄉，探望親人或在臺灣的大學任訪問教授。

一九六六年楊牧從愛荷華大學的文學創作班讀完碩士，隨即申請到哈佛大學和加州柏克萊大學比較文學系攻讀博士學位的獎學金。他選擇了柏克萊，因為那裡有當時在美國學院從事比較文學研究獨具卓見的學者，陳世驤教授。

陳先生成為他的指導教授，《詩經》為其研究之課題。楊牧的博士論文：《Shih Ching：Formulaic Language and Mode of Creation》，一九七〇「中譯：《詩經》裡的『套語』與創作的風格」，是用西方學者研究荷馬史詩、中古英詩、西方古典敘事詩的方法，以文本之實例為檢視規範全篇的理論基礎，再加以分析比較詮釋研究。因之，希臘文拉丁文固是必修，古英文和德文也都必讀。

「蜘蛛蠹魚和我」（二〇〇九刊出）—《奇萊後書》（二〇〇九出版）這篇文章不僅是作者回憶其求學的某一個階段，同時也是楊牧以自己的讀書經驗為有志於研究中西文學的年輕學者提供一份參考書目。（撰文之前他應邀於臺灣政治大學作專題演講，敘述他在柏克萊大學讀書的情形。使他發現用口語演說的限制，特別是作者、書名、地名等等；遂再行之以文。）擇取柏大的幾所圖書館和學校近處的書店為地標，詳細羅列所讀之書，架構出他求知求學的取向，以及策礪自己融匯中西文學的決心—所謂「十年寒窗」，除了用功，沒有捷徑、沒有妥協。文中也勾劃出那個驚心動魄，反越戰、反權威的時代，柏克萊年輕人的激進投入是記載在史籍裡的。楊牧認得清自己的立足點與方向，堅定執著，讀書寫作不懈；這是他本於對知識的熱愛尊重和盡責。

我相信他一定記得胡適先生在歷次戰亂中對年輕學子的呼籲，你們最大的責任是全心全力讀書做學問，這是你們反饋社會報國的根本。

文章裡楊牧前後屢次摘引他節譯的希臘文、拉丁文、古英文詩章，首先引據的就是英國詩人喬叟的《坎特伯雷朝聖記》中的一節六行。譯詩之前楊牧寫道：「…不如走吧，坎特伯雷朝聖去…」；譯詩之後又道：「走吧，朝聖去」。然後接著寫述他自己走進圖書館。讓讀者意會，對於楊牧，讀書求知就是朝聖；而大學圖書館正是巍巍的教堂。楊牧描述閱覽室大廳裡的裝置，四壁環繞著像「城堡」似的重重書籍；高挑的騎樓上俯視著鬼神精靈和古典哲學家的雕像，他們是「…為了辟邪，拒斥俗世無窮的誘惑，保護一代一代知道求學以免於愚妄的心靈」；他們正是教堂的天使。此地是楊牧心靈的城堡。

這種情形在美國特別明顯，一般城市沒有壯觀的大教堂。因為早期移民多是英國清教徒，或歐洲的基督教徒，聚會之所或日教堂，皆極簡樸。就算是天主教信徒，出亡遠走「新大陸」多半經濟條件甚差，因之根本沒有餘力建造宏偉如歐陸或英國的大教堂。十七世紀以還（哈佛大學於一六三六年成立）有識之士認識到，興建大學必設收藏極具規模的圖書館。其後兩三百年間大小城市遍建公共圖書館，讓一般民眾有讀書求知的機會；令人有以圖書館代替大教堂，以知識代替宗教的啟悟。

文章裡作者除了讓我們跟著他輾轉校園在各個圖書館讀書查資料找參考書，同時也讓我們與他一同踟躕流連在學校周圍的許多新舊書店，看到柏克萊的街坊百態，從流浪狗到流浪漢。從他譯讀葉慈的咖啡館到被反戰示威者攻擊的銀行—因為涉及投資越戰軍火。我們聽到圖書館窗外傳來對面鐘樓的鐘聲，在清冽的空氣裡迴響激盪；街上游民音樂家彈著吉他打著鼓；鴿子咕噥飛旋，落腳在堆滿新舊書的書肆窗沿；某所專賣印度新佛教書籍雜物的小店店門開闔之間，飄溢出一陣陣濃濃的線香香味。他沐浴在北加州的太陽裡，踽涼獨行於寒天的星光下。

在人文特藏室最深最底層的藏書室裡，楊牧翻讀著蠹蟲生息的中世紀研究專刊，忽見壁上掛著一隻孤零零的蜘蛛，止在一次次上攀著努力結網，危危欲墜，險象叢生。怎能讓它在這聖殿般的萬卷書庫裡生存結網，而不橫加干預，或 舉將之摧毀?!這應該是最正常最理性的想法和做法，楊牧知道。然則，我們的詩人立刻再想起的是：「伊威在室，蠨蛸在戶」，是「十月蟋蟀入我床下」。是的，秋天快到，天冷了，小蟲都會來到人們住家暖和的地方；詩經裡早就吟詠過了，是自然的人與萬物互生互存的關係。詩人的選擇是：「不可畏也，伊可懷也」。

「北方」（一九八一刊出）—《搜索者》（一九八二出版）寫在一九八一年，楊牧至今唯一的一次大陸行之後。這篇異常感人的文章前面題曰：「石湘先生十年祭」。乃是他為十年前遽然去逝的老師陳士驤教授寫的。

陳士驤（一九一二—一九七一），河北人，一九三五年北京大學西洋文學系畢業，國學根底亦深。從何其芳，卞之琳，李廣田…等諸詩人遊，與朱光潛先生則誼在師友之間。一九四一年離開中國到美國之前，就寫過不少評論新詩的論文，並編選英譯現代詩（一九三六年倫敦出版）。來美後在哥倫比亞大學及哈佛大學讀書，研究西方文學批評。一九四五年任教加州柏克萊大學，期間協助籌劃比較文學系之成立，後任東方語文學系系主任，主講中國古典文學及中西比較文學。先生治學嚴謹，晚年致力先秦文學，於《詩經》，《楚辭》發明尤多。一代學人，驟然去世，得年五十九歲。其著作包括：中英文學術論文，刊登在海內外重要學術刊物上者近百篇，英譯詳註陸機（三—四世紀）《文賦》等。「中國的抒情傳統」（此篇楊銘塗譯成中文）等十篇中文論文是先生去世後楊牧編輯成册：《陳士驤文存》，臺北，一九七二。

陳先生對楊牧十分器重，從楊牧的學術著作和文章可以追索先生的啓迪和影響。最難得的是對楊牧詩文創作的策勵，隨時提醒他不要因為研究古典文學而忽略了創作。楊牧自謂：有段時間想要專攻希臘文和希臘神話裡的英雄事蹟。他告訴陳先生，先生說：「學也無涯…」一語點醒詩人。

陳先生離開家鄉時，年不及而立，以後再也沒有回歸故里。師弟之間授業問學而外，感情真摯醇厚；楊牧自然瞭解老師的思鄉之情。他去了老師的故鄉，北方；他用他的眼睛為老師看老師的故鄉。文字結尾處：「…我只能以一份不完整的觀察焚寄你關切的靈魂，以艾青的詩送你回鄉。這詩是你熟悉的，因為你曾經在三十年代就翻譯過它，如今我默誦一次，以它送你回鄉，回到那淳樸寬闊的北方。」

其實楊牧看到的北方，大地疲憊傷痕處處，讓他驚心；但是他蓄意讓自己好像也看到陳先生夢寐中的北方，以安慰先生關切的靈魂。

「山坡定位」（一九八一刊出）─《搜索者》（一九八二出版）對西雅圖的環境生態一一著墨如畫。其實它是一首美麗的迴旋曲，主題是愛，是家；家住西雅圖的山坡上。

「水灣」（一九九一刊出）─《亭午之鷹》（一九九六出版），這篇兼有抽象意味卻又具象的短文，是一首散文詩；一幅活潑充滿生機的現代畫。在多彩豐沛的底層，有一種天地玄黃神秘的美。楊牧時在香港，任科技大學人文科學院講座教授，住在面海的科技大學宿舍高樓上。（文中第一段結束用兩句對白，出自沈從文《如蕤集》，一九三四。）

「亭午之鷹」（一九九一刊出）─《亭午之鷹》（一九九六出版）與上面一篇「水灣」是同一時期的作品，望出去的背景都是海，南中國海。但是敘述的對象不同，閱讀的經驗與感受也就迴異。文後附詩「心之鷹」（一九九二刊出）─《時光命題》（一九九七出版）德譯本《Patt beim Go》，二〇〇二，五二─五三頁）。

那隻英挺倨傲的小鷹與作者隔著高樓陽台玻璃門驟然邂逅，其共處的時間也許是五分鐘，也許是十分鐘；然後牠振翅迎向金陽消失在日影與水光間。鐘響十二，牠遂成為超越時空的「亭午之鷹」。楊牧感受到的是一種猝不及防的美的震撼，霎那間紛紜出現在他腦海的是音樂，是畫，是賦鷹的古篇，是丹尼生的詩句。他觀察牠從容昂然左右顧盼傳說億載的美姿，目如愁胡；捕捉牠的形貌顏色，決意把牠刻印在自己的記憶裡。同樣猝不及防地，牠捨他而去，再也不曾出現。不管詩人和他的妻子如何企盼，枉然；牠再也不曾出現。這永遠年輕俊美的亭午之鷹遂成為一帖散文經典。行文不足，再賦之以詩：「心之鷹」。

楊牧有一首極出名的詩「學院之樹」（一九八六，《有人》。德譯《Patt beim Go》，二〇〇二，一二一—一二五頁），詩的最後一段他寫道：「這時我們都是老人了—失去了乾燥的外衣，只有甦醒的靈魂在書頁裡擁抱，緊靠著文字並且活在我們所追求的同情和智慧裡。」這裡彰顯的就是楊牧執著的信仰和精神的依歸：在書本裡，以甦醒的靈魂，追求同情和智慧。

智慧來自不斷認真地讀書求解，不斷接受新知識，不斷拓廣自己的心靈，使之寬大能容。他的同情不單是賦予人類，不分種族國籍地域的人類；也包涵所有的生物，一切有生命的東西。所以他的書寫裡有花草樹木，有鷹，有土狼，有蛇，以至於卑小的介殼蟲，和書庫裡一隻無伴的蜘蛛。

「北美大草原之土狼」（一九八七刊出）—《亭午之鷹》（一九九六出版）逡巡在楊牧西雅圖屋前的草原上，向月長嚎，引動了詩人的好奇，關懷，和無限思緒。土狼的英文名字coyote是印地安原住民對它們的稱呼。德文「Steppenwolf」一字，由「Steppen」草原，和狼「Wolf」組成，就是「草原之狼」的意思。（德國諾貝爾文學獎得主Hermann Hesse的主要作品之一就是《Der Steppenwolf》。）

這屋前起伏的草原上和小樹林裡居然出沒著在已開發的都市裡幾乎絕跡的土狼，母狼帶著兩隻小狼。這事件讓詩人懸念掛心。從此不由自主地追詢探索它們的生態情況，遠遠觀看它們，為它們擔心。天寒了，如何生存？在這人煙輻輳的都市邊緣，土狼竟誤以為仍是它們亘古的家。在霜天裡呼嘷，詩人的思緒跟著狼嘷銳利的音波飛越午夜長空，隨千萬星光灑落，寫成一章百萬年前土狼在漠漠洪荒大草原上活動的科幻史詩。

「云誰之思」（二〇〇〇刊出）—《人文蹤跡》（二〇〇五出版），文題出自《詩經》（國風，鄘風—桑中；邶風—簡兮）。楊牧思維環繞著的蛇，是一尾在鄰近西雅圖海岸草叢中與詩人匆匆一晤，美麗如唐三彩衣帶，羞澀如「悲情的異議份子」的蛇。

文後附詩「蛇的練習三種」（一九八八刊出）—《完整的寓言》（一九九一出版）。德譯本《Patt beim Go》，二〇〇二，六八—七七頁）。詩人寫在「云誰之思」前十二年。經過這麼長時間的探索醞釀，可知這題目始終在詩人心裡縈繞不去。從而引發詩人檢視古今中外文字詩篇中，「蛇」無端被誤解誣蔑、甚至厭惡詆毀的種種因果事件：但丁詩篇裡的罪惡天使、慫恿人類始祖偷嚐蘋果滋味之種種莫須有罪名—判定蛇是人類原罪的禍首。白娘娘為愛情奮不顧身的故事，到敦煌飛天婀娜蜿蜒的體態，見證唐代女主的威權，龍蛇之間的變化。出入時間空間，證明「美和真都是致命的」，證明人類之所以選擇不喜歡蛇，是面對至真至美的恐懼。「或是始作崇者皆是陽剛男性撰述人，對虵（她）陰柔之美的極至感到難以抗拒的愛羨恐怖，進而施以排斥？」

「崢嶸」（一九八九刊出）—《亭午之鷹》（一九九六出版）是一篇完整的隨筆。詩人似乎漫興書寫將雪未雪歲末的西雅圖，陰霾的天氣，諸般令人沮喪卻無奈的消息，心情落寞，連郵箱也懶得開。勉力做些家園防雪的瑣事。兒子長大了，他媽媽帶他出門買大些點的靴子。自己燈下讀書，讀蘇東坡和秦觀同遭貶謫，各在逆旅的來往書簡。「崢嶸歲又除」，秦觀《阮郎歸》詞句，世事紛紜多變而一年也就過去了；時間不會因為人間之好惡榮辱停留，詞人的感傷流動在文字間。蘇東坡的答奉則蕩然開朗，或言酒後醉態或勸秦觀「厚自養鍊」，唯在書後聊聊三句：「無事時寄一字，甚慰寂寥。不宣」，備見深情。忽然詩人抬頭看見窗外路燈的光下，翩翩飄搖著漫天的雪花，果然下雪了。第二天雪後的湖山景色在陽光照耀下異常炫麗，屋前雪地上兒子的雪橇滑過，光影動靜交錯。郵車來了，詩人穿衣下樓：「自非廢放，安得就此？」

這是一篇似乎隨興的漫筆。詩人徐徐寫下自己心緒如昏黃將雪的冬天，冷漠抑鬱聊落；無由排遣，只得讀書。沉思感悟與古人神會之際，大雪破空灑落，再無顧忌，覆蓋著湖山樹木大地。雪後曙陽，詩人在天地變化人事無常之間，領略到自然永恆的美與力，領略到家園妻子的溫暖；終於剪開思維自困的繭，了悟安身立命與可作可為的立足點就在自己的方寸間。其實是一篇嚴肅的通過天人蛻變的自我認識。

「看見那兒童原來就是我」（二〇〇六—原是詩集《介殼蟲》後記）。當時楊牧任中央研究院近代文史哲研究所所長，其心情感觸和思想最靠近當下。讀著文章，感覺上似乎躡足跟隨在他身後，與他一同俯身夾雜在站著或蹲在地上的孩童間，嘈切爭論的童音，陣陣孩子頸後陽光與汗水的氣味；所有眼睛集中觀看那隻蘇鐵白輪盾介殼蟲。

徵得楊牧同意，我們翻譯了「介殼蟲」這首詩和原詩集的後記。楊牧特為之加上題目：「看見那兒童原來就是我」。作為這本散文集的最末一篇。

從這篇文章和詩裡，我們觀察到楊牧始終懷有的「童心」。這「童心」就是生生不息的詩心。

【註：德譯散文集《Yang Mu Die Spinne, das Silberfischchen und ich》，譯者：Susanne Hornfeck（洪素珊），Wang Jue（汪珏），二〇一三年，A1 Verlag, Munich, Germany 出版。特別值得一提的是：各篇德文譯題之下，皆有楊牧手寫之中文原題。彌足珍貴。】

西海岸的浪潮

梅儒佩 撰　汪珏 譯

忽然，行走著的母親跟她的孩子停步了。飛機在山谷出現，那山谷之美孩子終生記得。母親把他從大路拉開，在斜坡找到一個掩蔽的地方，自己伏在孩子身上，怕他為流彈傷及。母親的愛，撫慰的母語，大自然與故鄉，這些都是一九四〇年出生的楊牧生命中最可持信的恆常；終究成為臺灣最著名的詩人。

但是何以他們可能被美國飛機攻擊呢？在哪裡？這場景發生在瀕依太平洋海岸的島嶼，臺灣。

這島嶼之美亦為歐洲人認知，稱為：美麗島。楊牧五歲之前這島嶼是日本的屬地，亦即美國的敵國之領土。

若干年後的另一頃刻。大地震撼搖著他摯愛的鄉城花蓮，臺灣東海岸沿著太平洋的震區。這學童聽信讓人心驚的謠傳：海嘯將至，將吞噬這整個濱海地帶了。他坐在海灘高處，最後終於見證自己童年的原鄉依舊無恙存在。同時他警悟，外面還有「一個更大的宇宙」引導他離開花蓮，在「一個非常遙遠陌生的地方，去探索，追求，創造」。地震最後的晃動使他進入某種狀態，「我似乎發現了甚麼永恆的端倪」！

對楊牧，那永恆的端倪是：文學。

楊牧在臺灣求學時代就已是知名的詩人和散文作者。他先後於愛荷華，柏克萊讀書進修研究；學習新的語言，以掌握新的文學—英、日文之外兼習德文，中古英文，拉丁及希臘文。其後他定居西雅圖，任教於華盛頓大學比較文學系，同時也多次在香港、臺灣作訪問教授或講座教授。

美國西海岸對楊牧的牽引力，在他的「瓶中稿」一詩裡有極動人的描繪。每一層拍岸的浪濤，對他而言，都與故鄉花蓮沙灘那片片弄潮的波浪切切相連；眺望可及，真實，卻遙隔千里之外。

另一處感人且詩意盎然的記憶片斷，使我們恍如就在學童楊牧之側，觀看著那位雕塑木刻師傅。倏忽之間，一座手刻完成的木像竟轉變成了神祇。那神祇是男孩在廟宇裡不敢仔細觀望的，卻讓這孩子悟及藝術與詩的緣起：「詩是神話的解說」。

取之為題的文章「蜘蛛。蠹魚。與我」導引我們趨向又一段時間與文化的臨界頃刻。

楊牧埋首柏克萊都蘭樓攻讀西方中古文學（譬如，他節譯了德國學者庫爾提烏思著作《歐洲文學與拉丁中世紀》—Ernst Robert Curtius（一八八六—一九五六）《Europäische Literatur und Lateinisches Mittelalter》—之一章），在樓底最下層的人文特藏室裡，他看到一隻誤闖進來的蜘蛛。他假想它的命運：無助地垂吊懸掛在一線之絲上，恐怕再不能完成它藝術品般完美的網；沒有同類相伴，除了書裡的蠹魚和這來自臺灣的學者詩人。

校園外學生正「熱火朝天」高聲喧嘩著遊行示威，而置身另一廣袤天地的楊牧，吸引他的是大街上幾家學術名著收藏豐沃的書店。一次，學生闖進大學圖書總館，揚言將把貯收著成千上萬張登錄書卡的屜櫃推翻砸毀。楊牧對圖書館工作人員的凜然無畏記憶深刻，他（她）們繞著卡櫃圍成一圈，誓死保護這些書卡，同時也是維護他們職業的尊嚴，不計生命安危。他們成功了。事件以口舌議論爭辯作結，流歸塵沙。

令人同樣印象極深的是，當他在歐洲語言文學的迷宮裡徘徊逡行如那隻失落的蜘蛛，他可敬的導師—比較文學家陳世驤先生（一九一二—一九七一），及時點醒他鼓勵他，不要辜負他的文采，忽略了創作。

楊牧的詩作數量極夥，並且屢屢加冕獲獎，這本精選十二篇文章的「隨筆」—如其副題標示，正是詩人沈思回顧的果實。

就像其他語文的偉大作品一樣，中文也具備著讓作者在一系列固定的文體之外，可以採用更多自在空間的抒寫方式。

「隨筆」，是一種周旋於短章敘說，奇聞逸事，遊記，論述或詩篇之間的文體。簡而言之，它包羅各種體裁，撰文者但需備妥水墨硯台，執筆直抒其思便是。

本書譯者洪素珊 (Susanne Hornfeck) 和汪珏 (Wang Jue)，二〇〇二年即已責成楊牧詩選精美的雙語本《和棋》（「Patt beim Go」）之譯，亦由慕尼黑愛文出版社 (A1 Verlag, München) 出版。這次她們把楊牧涵義深奧多重，註釋諷喻兼涉中西文化範疇作品，翻譯成流暢可誦的德文，殫非易事。

小說作者並漢學家洪素珊與在臺南成功大學攻讀中國文學的汪珏合作無間。汪珏從事善本書工作（類似西方十六世紀前之木刻本古書 Inkunabel），曾在德國慕尼黑巴伐利亞州立圖書館東方部與蠹魚為伍多年。對於楊牧文章辭面辭裡的瞭解詮釋，可無虞慮。

企望從文集裡領略「中國情趣真味」的讀者，自當感受到西方文學與中國古典文學在作者的思想裡交融激盪後，潛發出的獨特風格和迴響。楊牧，史迪曼（Tilman Spengler）稱之謂「當是今世最偉大的中國詩人」。他毋需以異端份子自居，亦不必拱列在中國主流文化旗下──洪素珊在跋裡的警語。

正當目前各種評議言論滔滔紛紜之際，這本作品更是亟需的增全補闕。因為它非但緊靠當下，也同時與千百年來中國古典文學的傳統密密關照，接軌。

兩位譯者共同撰寫的跋之後，附有語彙和作者紀事繫年，增加了這本新譯本的價值，讓我們更接近楊牧──這位美國著名的紐曼中國文學獎二〇一三年得主；同時也讓我們可以欣然稱之為：德語地區推介中國文學在臺灣的一方里程碑。

【註：】

作者梅儒佩（Rupprecht Mayer）：詩人，散文作家，漢學家，德漢語同步口譯家。現居德國巴伐利亞州柏豪森鎮。

德文原稿名為：Augenblicke an Bruchlinien – Über「Die Spinne, das Silberfischchen und ich」, Pinselnotizen von Yang Mu.

經作者授權，汪珏據原稿篇名翻譯為中文：「臨界的頃刻：關於《蜘蛛。蠹魚。與我》，楊牧的隨筆」。刊登在二〇一三年六月十二日「自由時報」副刊。

二〇一四年三月二十八日德國慕尼黑「南德日報」文學版刊出此文（Süddeutsche Zeitung, Literatur, 28. März 2014, München, Deutschland。）

題目改為：Die Wellen der Westküste – Flaschenpost zwischen Taiwan und Berkeley: Die 「Pinselnotizen」des Dichters Yang Mu.（西海岸的浪潮—臺灣與柏克萊之間的瓶中稿：詩人楊牧的「隨筆」）。

本書中譯文亦改用此題。

德譯楊牧的詩

——在呼吸頓挫間誦讀楊牧的詩，從翻譯其作品略探詩人指涉之藝事。

翻譯是公認的難事，不管是外譯或是譯外。尤其是詩，楊牧的詩，幾乎可以說是「mission impossible」。如何把他原詩文字的豐美，他獨有的各類詩體風格，和內在蘊藉的思想情感哲理，用非常別樣的西方語言表達出來，呈現給彼語系的讀者，即或難以完整——就已經是對譯者的挑戰，也是譯者的自我期許。

我深信只有真正讀懂原詩以後，方能整理出頭緒經緯，才能進行翻譯。如何讀懂楊牧的詩（至少是我認知的讀懂），遂成為譯者面對的首要功課。我以為必須先多讀詩人的著作篇章，以熟悉其文字的特色和行文之旨趣，繼而查出詩裡古今中外的典故修辭用語，這是不可或缺的工作；然後探尋原詩文體格式之蓄意安排，推敲文字之外的意境，這一層次，十分不易，卻非常重要。因為直接關係到譯詩的成敗——是否可以傳其神，而不是更換為另一種語文；是否可以讓譯詩的讀者興起如我一樣的領悟和感動。我採用古文句讀的方法，逐步分析其嚴謹的文法結構和文理組織，根據原詩本有的標點段落，反覆吟哦誦讀；如果仍然覺得在思緒連貫上有障礙，就暫且放下，隔一時隔一天，讓思維放鬆，再開始從頭朗讀。或遲或早，在呼吸頓挫之間，由遠而近，由迷濛模糊而清明，而逐漸體驗到詩的節奏音韻。於是具象的文字融和在抽象的音律裡，迴旋激盪變奏啟合：風鈴在叮噹，雙簧管在低鳴，一片降E小調的葉子輕輕落下，鐘鼓梵唄；文字飽含生機，意想隨之繽紜翩飛：這裡藏著詩的神韻和意境，是詩人與讀詩者共同跳動的心脈—我看著戴花詩人縱身一躍，濺起汨羅江的江水，透明的水珠在陽光裡如多彩的水晶；白茅裹身的嬰兒在金黃和深紫羅蘭的花叢裡扎手扎腳嬉笑。我目送漸行漸遠航向拜占庭的船，我探身想拾起對岸如衣帶飄搖緩緩下墜的青煙；漫天紅葉，一把黑傘。我聞到秋葉在燃燒，有無之間薔薇玉蘭的暗香，香蕉林鳳梨田裡蒸騰著燠濕的地母的氣息，孩童髮梢頸項傳來淡淡的汗水味。跟著他的文字音樂畫面氣息，我飛越子午線，尋覓北回歸，在萬里風波外蔥蘢一片，我看到那個「平生最美麗的島」。我也聽到詩人和海濤午夜的對話。

一部部五蘊紛呈的映象動片在腦海巡迴出沒，在有或沒有的情節敘事後面，旋繞著揮之不去的主調，是詩人對古往今來生命本質的痛惜珍愛和無可奈何的感傷。德文裡有「Weltschmerzen」這個字，是對宇宙眾生的悲憫與同情。或可譯作「悲天憫人」。

楊牧的詩讓人感動，因為他的感傷不就是私我的，是普世的，是永恆的「悲天憫人」。他追求的—公理，正義，同情，是儒家「知其不可為而為之」的極至。

他最美的情詩，最真摯的十四行詩《出發》，我讀著讀著總會無來由地覺得黯然。在歡愉溫馨的後面響起另首詩的詩句：「…然則美和真必然也是致命的…」因為幸福和愛就是致命的纏綿牽掛。

就這樣我把楊牧的詩，據自己的認知和瞭解譯為德語，儘量保持原詩的排比結構；但是還不是鏗鏘有致的德文詩。使它們恢復典雅的詩的面貌，那是洪素珊（Dr. Susanne

Hornfeck）母語文學的修養，任臺大五年執教德語的經驗，以及長期從事翻譯寫作的累積。

我們合作多年，二〇〇二年慕尼黑愛文出版社（A1 Verlag）集輯出版中德文對照的楊牧詩選《和棋》「Patt beim Go」之前，素珊與我已經共同迻譯過若干沈從文、白先勇、莫言、張愛玲和楊牧的詩文，分別發表在德國文學雜誌上。關於《和棋》「Patt beim Go」的翻譯，我曾在《中外文學》二〇〇三年元月號曾珍珍教授編輯的「雝和：楊牧專輯」裡寫過一篇文稿報告其成書始末——比較詳細地敘說如何從詩人一九八三——二〇〇〇年間發表的幾百首詩裡，選出四十餘首我以為具有代表性的作品；也略舉實例以說明翻譯過程中選字用辭之困惑；以及楚戈為封面作書畫的經過。此外，還有一篇翻譯德國名作家及漢學家史迪曼博士（Dr. Tilman Spengler）撰寫的書評。他斷然寫道：「這裡談及的，可說是今世最偉大的中文詩人，臺灣花蓮出生的王靖獻，筆名楊牧。」

從翻譯楊牧的作品我自然關注到詩人的詩文裡，或與訪問者的對談間，所論及指涉之事。詩人的用功博學眾所周知。對於他研究討論的嚴肅的人課題，我無從置喙。且略舉其涉及之若干藝事，以見詩人多方面的興趣和永遠的好奇心——這無疑是他超過半世紀以來，不斷創作自我超越的源頭。

詩與歌從來偕行，不論中外。詩人對西方古典音樂的樂種形式及樂器十分熟悉；我們也聽到東方的鐘鼓笙簧琴瑟，小調牧歌。詩集裡同樣有以民歌作序的如《前生》，也有用韻當代極簡派（Minimalist）作曲家 Philip Glass 的鋼琴曲寫成的《故事》。楊牧的詩裡音樂佔著絕對的重要性。

我讀楊牧的詩，常常覺得與聆聽布朗姆斯 Johannes Brahms（一八三三—一八九七）的音樂有同樣的經驗。思想哲理敘說，澎湃的感情，都用理性和知性的手段，密密嚴謹地濃縮編織在迴旋激盪、變奏啟合之間，等著你一遍又一遍用心細心全神全意地層層分析解讀，每一次都體會到新的不一樣的領悟和感動。

楊牧的詩亦是一幅幅圖畫，多彩濃豔的油畫，淡淡的水墨，極簡的白描。電影，用「蒙太奇之父」的手法：《近端午讀 Eisenstein》。

舞的場景時或可見，衣衫飄忽之間捲拂著暴風雨的激情，如：《水妖》。

天文地理常在詩文裡出現，或用作書名篇名，不一而足。此外居然還有數理化學，與愛因斯坦對論辯證之作。

黑子白子在詩人的作品裡屢次出現，《和棋》這一篇寓意尤其深遠多面。四節二十行完整地以時間始—從第一節起句「太陽疎漏畫一張棋盤」，第二節「付與晚霞檢點」到第三節「黑夜俯襲的一刻」—著筆在詩人與自我創作構思的漫長過程中，意向不定往返質疑，直至最後一節，「無與有之間局面已巍巍成立黑子和白子慵懶相違互相規避」，雖然相違卻互相規避則何如放棄對持，形成「和棋」；「有色與無色有想無情如一本金剛般若波羅蜜經。」佛經裡有與無原無差別。詩人以具象的對弈作抽象的反思，原不必囿於寫作一端而已。

詩人對自然生態動植物的描述指涉，已經有許多學者專文討論，不贅。且提一件事，因與我們的德譯本有關。西雅圖華盛頓大學的德語系系主任布朗教授（Professor Jane Brown）讀到楊牧詩中對山水草木描述之繁美而驚謂：「足可與歌德相匹伉！」她是著名的研究歌德的學者，她自己說：這是她對任何詩人極頂的讚譽。他如，針黹刺繡，草書碑帖，或指事或比喻，讓人不能忘記那飄落在白瓷盤上的細葉，染在新描的喜鵲左翼的血，和「……如篆如隸如黼如黹，如一組十四行詩」。

至於運動，詩人也決不陌生：騎射，劍術，賽跑，網球，游泳，跆拳道黑帶等等；對棒球更是情有獨鍾。他曾以棒球場的一二三壘和本壘比喻自己行止的軌跡，臺灣是永遠的本壘。在一次與奚密教授的對談中，詩人把唐代以前的詩比作棒球賽，場場不同，所以讀來「有新鮮感，有樂趣」。

其實，楊牧的每篇作品也正如每場不同、卻場場精彩的棒球賽。詩，更是詩人的強棒出擊：全壘打！

（二〇一〇，西雅圖）

【珏誌：二〇一〇年九月二十四—二十六日參加臺灣政治大學主辦的「一首詩的完成—楊牧文學系列活動。國際學術研討會」。據「外譯座談會」發言稿增改。】

讀楊牧編譯《甲溫與綠騎俠傳奇》

在楊牧豐饒的著作裡，我們讀到不少有關中古英詩傳奇文學的詩作或散文。我們也讀到他自承，當年於柏克萊大學攻讀比較文學時，曾經如何醉心「中世紀諸領域條頓族裔發展出來的史詩歌行」，「是我那幾年最嚮往的學術典型」（「蜘蛛蠹魚和我」，《奇萊後書》，二〇〇九）；幾乎便要落入潛心研究中世紀英詩文學，探索史詩典故幽微的淵藪。幸而只是「幾乎」！

楊牧終究是「詩人楊牧」。

他對舊愛的眷戀完成於二〇一六年八月洪範書店出版的《甲溫與綠騎俠傳奇》（Sir Gawain and the Green Knight）。[下文書名人名，若已見楊牧編譯本者，悉按之。]

中古英詩傳奇文學中，最吸引人的自然是亞瑟王（King Arthur）與圓桌武士的英雄事蹟—甲溫爵士是王的外甥，在英雄排名榜上長久佔著第一位；直至後來朗士勒特，Sir Launcelot，從歐陸傳入。千載以還，牽枝纏蔓，卷帙浩繁，從不列顛三島、歐陸、風傳世界，以各種語言書寫譯讀，敷衍傳唱。現在更假藉日新月異的媒體管道，搬演亞瑟王與他的圓桌武士們數不盡保家衛國、斬妖去魔、英雄美人，可歌可泣的軼事。其勢洶洶，正延綿不絕。

揣度其故，相信是因為中古騎士的基本精神和德行：敬畏上帝，信守諾言，忠誠勇敢而氣度豪放，講究榮譽，尚武但有禮有律，崇愛女性更關顧袍澤，以及其廣泛對真善美的追求；絕大部份仍然是超越時空侷限，最接近人類理想行為的準則—即或在二十一世紀的今天。然而古堡城樓、巫師神女，荒野叢林、鐵騎走馬，斧光劍影、屠龍救美：這些迷離撲朔而浪漫瑰麗的章回節目，早已隨著負傷的亞瑟王，在墨庚女仙（Morgne la Faye）的一葉扁舟裡，消失於阿梵瀧（Avalon）河面的迷霧中（M. Z. Bradley: The Mists of Avalon, 一九八三）。而我們對那些影影綽綽留下的悲歡遺憾，悵望顧盼不捨之餘，只能託寄於誦讀觀賞，悼念那位《永恆之王》（T. H. White: The Once and Future King，一九五八）和他的圓桌武士們。

其實從十五世紀初的英文鉅著《亞瑟王之死》（Sir Thomas Malory:《Le Morte D'Arthur》ca. 一四〇〇—深受歐陸法國作家克利惕昂（Chretien de Troyes，十二世紀）影響，加添了武士朗士勒特與亞瑟王之后琚聶薇兒（Guinevere）致命的戀情，迴不同於一貫標榜的「優雅情操」（courtly love）；繼而背叛其王，殺害同伴盟友甲溫之兄弟，藉詞追尋聖杯（Holy Grail）謊詐潛逃等等事端；導致王與英雄甲溫之死。王朝沒落，圓桌武士潰散，「騎士精神」名存實亡。唯是南德巴伐利亞詩人艾興巴哈（Wolfram von Eschenbach，fl. c. 一一九五—一二二五）以中古德文詩韻體書寫完篇的《帕西法》（《Parzival》），細說主人翁如何窮其一生的艱辛努力，通過聲色名利種種考驗，尋得聖杯（Holy Grail），完成自我，也完成騎士精神的終極事業。

十九世紀德國音樂家華格納（一八一三—一八八三）生前最後寫成的歌劇就是《帕西

法》。華格納酷愛傳奇故事，他傳世的歌劇，音樂詩篇皆出諸己手，除了四部《尼伯龍的指環》（《Der Ring des Nibelungen》）取材自十三世紀的德奧傳奇文學外，其他如：《羅恩格林》、《崔利思丹與伊莎德》中的崔利思丹、《帕西法》（Lohengrin、Tristan、Parsival）都是亞瑟王卡美樂（Camelot）宮中圓桌武士的故事。華格納直探人之本性，既對愛慾名利不能忘情割捨，却仍然祈望秉承天主教喻、騎士精神，以求自我超越。不斷掙扎奮鬥的過程，為其詠唱詩劇之最終目的。

但是上述諸多作品，不管是詩篇文籍還是音樂神話，都沾染著歐陸和後世泛情耽美的色彩。

「在文藝復興的浪潮全面湧入英國之前夕，為時代見證了中世紀傳奇文學的美學和它負載的哲學教誨」，楊牧在《甲溫與綠騎俠傳奇》譯序中寫道。

無疑這就是他始終關注這篇英詩傳奇經典的緣故，並歌之、述之、迻譯之。

甲溫出現在楊牧的詩集《涉事》（二〇〇一）所收「却坐」一詩裡。詩後註一九九八年，則詩之完成在一九九八年。詩前引用兩句中古英文原文：「Mony klyf he ouerclambe in contrayez straunge, Fer floten fro his frendez fremedly he rydez.」— Gawain。

（他陟降無數域外陡削的山頭，漸行漸遠，離開友伴策騎跋涉—甲溫。楊牧編譯本，第七五頁，七一三、七一四行）

「却坐」詩十三行，結構異常簡潔但獨別，思維時序上下六七百年。前面五行詩人自述其讀書暫息的片刻，秋葉燃燒、寂寞的氛圍流動著似有若無對往日的追念，彷彿聽見遙遠樓簷的風鈴。第五行之末，忽以「我知道」，緊接第六行「翻過這一頁英雄即將起身，著裝」；這時我們，讀詩者，才知道詩的主題不是「我」，英雄在後面。離開圓桌座位起身的英雄即將啟行，慎重其事的著裝，備馬，檢點盔甲兵器旗幟，一一如儀。其後三句泛寫中古騎士的職責。結尾：「他的椅子空在那裡，不安的陽光長期曬著」。英雄真的就是去執行屠龍救美的職責嗎？為什麼長期曬著他空著的椅子的陽光是「不安的」？究竟他將經歷如何的兇險？——「他陟降無數域外陡削的山頭，漸行漸遠，離開友伴策騎跋涉」。

是了，詩人在秋葉燃燒的季節重讀的，就是「早已嫻習的」《甲溫與綠騎俠》。以後寫下「却坐」。英雄甲溫將赴之約，是以項頸試斧鉞之約。

錄詩如下，值得誦之再誦。

却坐

Mony klyf he ouerclambe in contrayez straunge,
Fer floten fro his frendez fremedly he rydez.

—Gawain

屋子裡有一種秋葉
燃燒的氣味，像往年
對窗讀書在遙遠的樓上

簷角聽見風鈴
若有若無的寂寞。我知道
翻過這一頁英雄即將起身，著裝
言秣其馬
檢視旗幟與劍
溯流而上遂去征服些縱火的龍
之類，解救一高貴，有難的女性
自危險的城堡。他的椅子空在
那裡，不安定的陽光
長期曬著

一九九八

楊牧散文集《人文踪跡》（二〇〇五）裡的「奎澤石頭記」，楊牧談及「回頭重看研究院時期的《甲溫武士與綠騎俠》」之事。文後繫年正是：一九九八年。可見這篇中古英詩傳奇始終在楊牧心中盤旋醞釀—將及半世紀，而楊牧的讀者們也沒有把甲溫忘記。

特別值得記載的是，瑞典卓越的漢語學者馬悅然教授（Göran Malmqvist）翻譯楊牧之詩為瑞典文，都一百十六首。扉頁題曰：致綠騎詩人楊牧。中文書名：《綠騎—楊牧詩選》。

今年夏天楊牧編譯本《甲溫與綠騎俠傳奇》問世，對詩人和我們，毋寧皆是件煌煌盛事。《甲溫與綠騎俠傳奇》（《Sir Gawain and the Green Knight》）在眾多亞瑟王與圓桌武士的奇情歷險故事裡，是一則異乎尋常、光怪陸離真正的「傳奇」，共四折。話說：王與后偕眾武士正在新春歡宴，忽然來了一位騎馬直闖大廳廣廈的綠武士，全身衣著配備、髮鬚膚色無一不綠。氣宇非凡卻出言挑釁，指名亞瑟王與之答話，要求與任何一位有膽量的圓桌武士作一場互砍項上人頭的遊戲。甲溫武士毅然起身應命。綠騎士自願先被砍，登時血濺四座，他身體兀自挺立，手提頭顱，開口說道：明年此日甲溫若是真武士，需去他居住的綠堡堂，承受他的一斧。言畢，縱身飛馬提頭、揚長而去……這是第一折。先聲奪人，令讀者驚愕屏息，直追下回。讀完全書起承轉合的大開大闔，以一句中古英文成語「Hony soyt qui mal pence」（「心懷邪念者蒙羞」）作結。細細回想諸多隱晦別具用意的蛛絲馬跡，再三重讀，才醒悟這故事前後的情節和牽涉的人物，皆與亞瑟王之平生有關；同時以忠勇俊睿的甲溫爵士之驚險遭遇、豔遇為例，揭示：唯有經過不斷的誘惑、通過考驗方得證實「騎士精神」形而上的真諦。

作者姓氏無考，以其文字、思想、內容及描述的地形探究，學者咸認是一位活動在英國中西部（Welsh Marches、Manchester 附近）的詩人，遠離與歐陸文化接觸頻繁的倫敦（以十四世紀的地理形勢視之），或許就是促成他持續使用古樸詩體書寫的原因。全詩二千五百餘行，確定為十四世紀後期作品；與《珠玉書》等四種一併傳世。

楊牧的「譯序」，是論述嚴謹（但不是「掉書袋」）的論文，也是一篇精確的導讀。詳述《甲溫與綠騎俠傳奇》詩人的風格，固守頭韻體（alliterative）敘事詠唱的特色，兩百年間因為詩人的堅持，「延續著盎格魯。撒克遜的詩傳統」；並將全詩四折逐一闡明。書後附注釋、參考書目，為讀者解惑辯難。

楊牧的譯筆、中古現代英文的造詣，都毋需多言。務必強調的是：楊牧在編譯這本長歌所使用的語言文字及其格調體制方面，為外語漢譯開創了全新的局面。他跨出翻譯三字箴言信達雅的範疇，更上層樓。因熟讀原著，深知這齣十四世紀末葉的詩韻體傳奇，應該就是在庭宇廣場唱說的文本（那時聽書的人眾、讀書的人少）。所以（我相信）楊牧決意要將之迻譯為漢語傳奇說唱本的格調，摻入方言鄉俚俗話。如：甲溫二字，用閩南、蘇州等南方漢語發音，則與英文 Gawain 更相近；它如「好漢」、「碗公」、「熟女」皆日常用字，益增活潑語感。時而更反覆其詞，在在都為了加強傳唱文學素樸即興的趣味。同時還堅決仍舊採用原詩中古英詩頭韻體的特殊範例，每段結處，一行突變，續之以一組四行詩，音節輕重非常重要（楊牧「譯序」有詳細解釋。並見第四二—四三頁例）。

他不以「硬譯」的手段來逐字逐句翻譯，他要求不同的關節流動著不同的氣勢聲韻。誦讀其譯本，文采豐沛、鏗鏘有致，令人忍不住快意擊節；時而出奇的詼諧幽默，使人失聲縱笑—遂肆意朗讀令旁坐者不得不洗耳恭聽。但是又時而重重驚險，陰森森的叢林迷霧、狂飆怒吼，似乎到處是妖魔怪物；連讀者都要為武士中溫祈禱了。是這樣的生花妙筆，將這齣中古英詩傳奇點化為漢語說唱話本。

（附註例若干：）

第七十頁，第七行，「甲溫爵士以英武聞名天下，其純若金，完美無瑕兼領古今騎士必備之美德，望之儼然。此之所以他擁有燦爛五角星*，見於盾牌甲冑上世稱言無不信真騎士，溫文多禮不作第二人想。」

（註：五角星*）甲溫專持盾牌上的五角金星圖案，始自遠古所羅門，其象徵意涵，楊牧譯出如下「…那形繪五極的神物自成體系，於是，線與線間彼此重疊，互相扣合而未曾終止；是以我們英格蘭視之為無所不在，聽著，為永無止境的環節。此之所以它整合我們眼前這騎士以及他燦爛的武裝。形發五方精誠如一。」

書後第二〇八頁，註釋「六二〇—六五」詳細闡明。

第九一—九二頁，「這邊一位是青春豔麗，相對那邊即將凋謝枯萎；這一位粉黛嚴妝燦爛無比，那一位兩頰垂沉看得出皺紋疊跡；珠寶綴玉裝點這邊一位的髮飾，玉頸與豐胸色鮮形妍引人遐思，如白雪初落小山頭，而那一位…身材矮短腰圍粗，豪臀寬廣圓屁股…」

（註：第九十，九一，九二頁）女主角，豔麗嚴妝的堡主夫人出現，另一位則是墨庚女仙（Morgne la Faye）。至於為什麼具有少壯風采的亞瑟王之同母妹墨庚女仙，會是一老嫗呢？文中形容其老醜不堪之處，突梯滑稽而詳盡。

楊牧註云，當是口耳授受的即臨色彩（oral spontaneity），敘事干犯的問題。

拙見則以為，撰者既以信奉基督為「騎士精神」之首要紀律，為美德之最；堡主夫人是純真的基督信徒，青春與美的代表。她的美豔絕倫在後面兩折具有關鍵性的重要。而墨庚女仙雖受堡內眾人尊敬、地位崇高（亞瑟王之妹、綠騎俠之親屬長輩、甲溫爵士之姨母），且與堡主夫人一般經常進出教堂；但是她在亞瑟王傳奇故事裡的角色一向是崇仰摩臨（Merlyn）法術、並且深得其真傳的異教神女。因此在這本宣揚基督騎士精神的傳奇裡，墨庚女仙不可能擁有美德。不美，就是醜。老與醜經常相提並論，特別在說唱傳奇裡。

再者，綠騎俠事件，墨庚女仙就是規劃設計的主事者，用以挑戰亞瑟王卡美樂宮圓桌武士的聲譽，並驚脅以美豔聞世的王后琚聶薇兒。

後記：二〇一六年中秋，應曾珍珍教授之邀，勉力成稿。刊在「人社東華」，國立東華大學，二〇一六年第11期。

（二〇二二年春三月增刪一過。兼懷二位故人。汪珏識）

說不完的張愛玲

張愛玲生前再想不到，德國規模最大、歷史最悠久的柏林烏爾斯坦出版社（Ullstein Verlag, Berlin，一八七七—）為她今年（二〇二〇）九月將屆百齡，出版了《同學少年都不賤》德文譯本，以誌敬忱。

六月初，以前慕尼黑州立圖書館的老同事奚艾笛（Dr. Edith Schipper）來電郵，告訴我，她收到「新書雜誌」邀請她寫短評的信和書。那本書正是我和洪素珊（Susanne Hornfeck）合譯的《同學少年都不賤》（德文譯名《Die Klassenkameradinnen》）。

記得原來出版社外譯主編茉尼卡（Monika Boese）說，這本書將包括在「國際譯叢」系列之中。現在居然單獨印行，改為：紀念這位造詣不凡的中國女作家。

真是喜出意外！

當然立刻同意艾笛寫書評。同時打電話給家居慕尼黑郊外的素珊，請她聯絡茉尼卡：恭喜他們明智的決定！還有更重要的—出版社贈送譯者的書呢？

素珊也一樣大喜過望。答應儘快跟社方聯繫。

將近一週後收到德國寄來的書。

中文原著是中篇小說的平裝格局，德譯單行本加上譯者後記，共九十六頁，精裝。封面是極深的暗灰色，書裡用紙厚潤略帶乳白色，字型大方、疏密得宜。護頁設計：暖黑色的底，斜倚著一位正在攏髮的東方女子，黑白相片側面側身，黑色衣襟寬袖上、旋繞勾劃著鮮黃線條的龍和牡丹花枝；下方：作者、書名，用白色。整本書簡雅脫俗，盡現精緻用心。

拿在手裡再三細看，禁不住感嘆尋思：果然配得上這位一生講究「精美」的作者。

張愛玲居住美國四十年間（一九五五—一九九五），《同學少年都不賤》是她僅有的一部小說，藉書中女子趙珏，敘述她多面的美國生涯：工作、生活、所見所聞所思。同時也涉及趙珏來美之前在上海等地的歲月流光。

小說一九七八年完成。同年，張愛玲寄給香港的至交宋淇、鄺文美夫婦處理。但是，這本書並沒有立刻問世。直到二〇〇四年，張愛玲過世九年之後，才由她當時的遺物處理人鄺女士寄交臺灣皇冠出版社印行。延用此稿原書名，另加入幾篇「出土」的張愛玲散稿譯文；是為皇冠版「張愛玲作品：17」，我們德譯本的依據。

至於當年未出版的原因，皇冠在該書的序言裡提及。也就是夏志清教授在聯合文學陸續刊載「張愛玲給我的信件」（二〇一三年全書出版），一九七八年八月二十日張愛玲信裡所寫的：「這篇小說除了外界的阻力，我一寄出也就發現它本身毛病很大，已經擱開了。」

「外界的阻力」，「本身的毛病」，後面我再說明。至少，她從來沒有留下字跡遺言，說：這篇文字應當毀掉，不可出版—如她對「小團圓」的再三堅持。（當然，「小團圓」最後也還是付印了。）

她後半生大部分的寫作—除了那本讓她費去多年時間改寫成國語版，並翻譯為英文的吳語方言小說「海上花列傳」（清末 韓邦慶 著），其他不管是中文還是英文，不管是她生前還是身後出版的，甚至僅留下斷簡殘篇如「少帥」；幾乎都是她回憶在上海或香港的生命痕印，脫不了前半生自傳的色彩。

《同學少年都不賤》便成為張愛玲把自己羈旅他鄉的感受直接寫進小說的孤本。其值得讀者注意細讀正在於此。她不動聲色、訴說無端的悲涼，異樣地讓人感覺到文字間的徹骨冰寒—連淚水都凝凍住，成為一抹冷笑。

至於書裡直述美國六七十年代的事蹟，大學生走上街頭，向政府學校示威，反越戰，反傳統，高喊：「要愛情、不要戰爭」。吸毒普遍，森林郊野的「無遮大會」，校園裡的性開放。以及甘迺迪時代風起雲湧，卻突然遭到槍殺；尼克森上台與中國重建外交。所有這些事件，都在張愛玲這部作品裡或明或隱地重現，是為史實的見證者。

因而當年茉尼卡來信給素珊和我，說她看到報導，張愛玲過世後，皇冠又陸續推出不少張著。她的出版社也有興趣，希望我們再選譯一本與以前幾部較為不同的小說。（按：柏林烏爾斯坦出版社前此已經出版的張愛玲著作德譯本如下—《色。戒》，二〇〇八。包括：「色。戒」、「傾城之戀」、「留情」、「封鎖」、「等」五個短篇。素珊與我翻譯前三篇，並寫後記。

《秧歌》，二〇〇九。英文原作，洪素珊德譯。

《金鎖記》，二〇一一。包括：「金鎖記」、「紅玫瑰與白玫瑰」、「阿小悲秋」、「沉香屑—第一爐香」、「浮花浪蕊」五個短篇。素珊和我翻譯「浮花浪蕊」，並寫後記。）

讀了信我自然立刻想到《同學少年都不賤》。把大綱寫好寄給茉尼卡和素珊，兩人也都覺得極好，就是篇幅的問題；是否另加一個短篇？考慮再三，茉尼卡認為寧可短一點，不要添足，破壞了全書的氣氛。

這真是有眼光的決定。皇冠本因為湊篇幅多加了散稿，使得小說戛然而止的結局，少了那份無可奈何只能闔上書的惆悵。

決定文本之後，素珊和我就開始兩人長期合作中德文迻譯的一貫流程：我負責初譯之「信」與「達」，悉心做功課查出典。張愛玲的作品引人入勝就在她織文千迴百轉的綿密，詞藻鮮活；而且幾乎語語雙關，字字言外有意。如同站在垂掛著水晶鐘乳石洞裡，一聲嘆息，從四面八方傳來深深淺淺的迴響。加上她隨手拈來新舊中外典故，一重一重深鎖緊錮。待得細細展開，卻是這般看不盡的風景。

用心用得甘心。何況到了素珊手裡，變成更清新優雅的德文。這「雅」字得來不易。我們要再三推敲思量，稿子在電腦上傳來傳去，兩地長途電話不休。最後，素珊乾脆從慕尼黑飛來西雅圖，住在舍下，也算是渡假。才順利完成了譯本和後記。

我們知道一定要寫一篇詳盡的後記。對德語讀者，許多名詞事端、關鍵細節，必需解釋交代清楚；否則很難完整了解體會張愛玲這篇小說的許多弦外之音。

從書名說起：《同學少年都不賤》，這是據杜甫《秋興八首》第三首尾聯「同學少年多不賤，五陵裘馬自輕肥」之前一句。用作為題或書名的，曾有三四人。張愛玲卻換一字，「多」換成「都」。

原來杜甫的「多不賤」，意思是：少年時候的同學，現在多半很多多數不賤。改用一「都」字，就成為：少年時候的同學，現在全都不賤。

張愛玲用這題目取其正面與反諷的雙重意義。她在小說裡運用直述、回憶、插筆，或是藉意識流、潛意識等等各種跳躍截取的筆法，進退自如地書寫以資說明：不管是趙珏或恩娟，甚至其他不在場的幾位少年同學，無論她們目前景況之高下，是成功還是失敗，都不賤。因為她們都曾經為自己的人生盡心過，努力過，都備嚐過生命的悲歡哀樂。

可是德譯本卻不能逕以作為書名，翻譯之後太長太複雜，失了真趣。取《Die Klassenkameradinnen》一辭作題，女性同班同學們，至少簡扼，且得內容部份真相。其出典、含義在後記裡交代。張愛玲書寫的旨意，相信讀者在掩卷之後，也能感受體會。

令讀者太息的，自然是趙珏與恩娟在美國重見的結局。

字裡行間，我們不難窺見趙珏有張愛玲自己的影子。

兩個當年在上海聖瑪利亞女校最要好的同班同學，又同宿舍同寢室六年，彼此呵護關照，從青澀少女到懂事長大的歲月。中學畢業後，趙珏因反對父母強迫她早婚，離家出走。一九三七年日本侵華之後，恩娟與逃離納粹卜居上海的德籍猶太男友汴·李外轉去內地重慶，讀書、結婚、生子。而趙玨抗戰期間則一直住在上海租界。父女關係益壞，她自謀經濟獨立，大學沒畢業就跟人來往平滬之間「跑單幫」；且一度與有婦之夫的韓國男子戀愛。恩娟與丈夫孩子因內戰又起，匆匆回到上海，準備假途赴美。這中間多年兩人維持著信件來往。到再見面時，從她們的言談行止，讓我們讀出：是兩個志趣不同、思想各異的女子了。但是深厚的友誼和相互間的關心總還在吧。

待得十幾二十年後，趙玨恩娟美國重見，那種疏離隔膜的尷尬，矯情無奈—兩人的境遇更是猶如：雲泥之判。

其時趙玨跟丈夫已經離婚，丈夫回到成功發射了原子彈的祖國。她獨自留下，沒有正式文憑證件，她從事中英文文字翻譯或口譯的工作：不是很容易。而且還遭人白眼或嫉恨。

—這裡就牽涉到張愛玲一九七八年寫完這篇小說，把稿子寄去香港；卻又立刻追請宋淇夫婦不要出版的原因。據張愛玲信中告訴夏志清先生的說法，因有「外界阻力」。大概是當年忌才懷恨的人還活著，她不願書中揭開真相後，更遭此輩嫌忌、四散流言。但據宋以朗先生若干年前談到張愛玲與他父親宋淇信中談及此事和隱射的人，似乎很可能只是張愛玲太過敏感的臆測。

—至於她說作品本身有問題，不滿意，那幾乎是所有眼高手也高的作者都會這般自我苛評的通病。如果容易滿足，反倒不是張愛玲了。

小說開始，趙玨無意間在時代週刊上讀到汴·李外入內閣的報導，還有夫婦倆的照片。讓她確信，真的就是她少年好友恩娟和她的丈夫，丈夫現在政壇得意、飛黃騰達了。他們住在華府，離她目前短期工作的大學城相當近。於是她想也許彼此可以聯繫，重敘舊情；或請他們便中代覓一份翻譯教課之類的工作。以他們現在的社會地位、人際關係，應該不會太為難吧。

於是，在她再三考慮之後，就寫了一封信給恩娟。

趙珏和恩娟當年就讀的聖瑪利亞女校，是滬上最出名優秀、有身價的教會女子中學。進這女校讀書，等於說明她們出身富裕上等家庭（這恐怕就是趙珏父親的考量，給女兒的嫁妝之一）。至於恩娟，父親開了家買賣義肢的店，還另有外室和幾個小孩，她母親在外工作；算不上富裕或上等。但是他們是「教會培養」出來的。這大概就是恩娟能進這間貴族女校的背景。

張愛玲著筆帶情。這是她度過少年歲月的地方，也是她開始寫文章投稿到校刊《鳳藻》的地方。雖是教會學校，並沒有影響到她一生著作裡的無神意識。

幾十年後，在美國某城某地，她寫下：「……穹門正對著校園那頭的小禮拜堂，鐘塔的剪影映在天上，趙珏立刻快樂非凡……出了穹門，頭上的天色淡藍，已經有幾顆金星一閃一閃。」

年輕歲月裡的美和快樂，是不能忘記的。

（女作家早已去世，聖瑪利亞女校也早已不在。但是，我看澎湃報導，那座小禮拜堂和傍邊的鐘塔竟著意保存修整了。位於當下的上海長寧來福士廣場。鐘聲響起，就算是錄音帶；也還有其別樣的悠揚吧。）

書裡用了不少篇幅寫女校同性戀事件。青春時期，住宿女校，同性戀，或曰：同性戀傾向；好像不是奇聞少見的事。似乎也就是發生在那幾年仍舊青澀的年代，以後亦便了無痕了。

張愛玲寫趙珏在校，曾經對高她一班的赫素容跡近癡迷之「戀」。卻在赫素容畢業後給她寫信，鼓勵她以後也北上讀大學，令她先是興奮至極；繼而忽然頓悟，立刻決裂放棄。其原因正如她跟恩娟談起當年跑單幫跟崔相逸戀愛，並不在意他已婚或有沒有結果。張愛玲要清楚表現的，正是她自己的愛情觀。書裡，趙珏跟恩娟說：「我覺得感情不應當有目的，也不一定要有結果」。

放棄赫素容，因為趙珏發現赫素容有目的，知道她家有錢，可以作政治利用。與崔相逸戀愛，自始就沒有打算要跟他結婚。

證諸張愛玲自己的情感事件，她的兩次婚姻：跟胡蘭成燕好，一九四四—一九四七年，明知他有妻妾外室，仍舊心甘情願自寫婚書，緣斷決絕之後還給他一筆錢，恩怨了了；在美國與斐迪南賴雅（Ferdinand Reyher, 一八九一—一九六七）十年婚姻，一九五六—一九六七，賴雅病困顛沛，張愛玲對他始終不離不棄。即便當年在上海她和導演桑弧短短相悅，她都執守自己的信念：不應當有目的，也不一定要有結果。無論陷入怎樣的痛楚糾纏，她有她的傲氣和堅持。書裡書外都是如此。

譯完書，留下幾點，都是非常之張愛玲的瑣事，卻念念難忘：

—她的戀衣癖。張愛玲的「粉絲」們當然都深知張愛玲從年輕時就喜歡一般人稱之為「奇裝異服」的打扮。其實不過是自有審美觀，不願從俗。在《同學少年都不賤》這本書裡，她更從紙上談兵，變成「起而作」。引得喜歡女紅縫紉的素珊和我也忍不住放下紙筆、丟開電腦，想要照著她的設計依樣畫葫蘆。找出兩幅大圍巾，在長鏡前試著比劃她書裡所說的那款出席宴會的極簡禮服。所有她的著作裡，關於衣飾，實在材料豐富之極。

我就想，也許可以讓作家張愛玲換個身份，變成「服裝設計家張愛玲」，有何不可。

—張愛玲對「跑單幫」這件事好像十分神往。這本書裡的趙玨抗戰時期在京滬之間「跑單幫」；「色。戒」裡女主角王佳芝的職業也算是在當時港滬兩地「跑單幫」。是那時候跑單幫的女人特別多？還是張愛玲對別的職業沒有實際經驗，而跑單幫似乎無須特別訓練？還是，在張看來，這件事有點「犯法」、「冒險」，卻也不是什麼大奸大惡？

—張愛玲除了服裝衣著，對室內裝飾等等也非常熱衷。許多書裡都詳細描述了居家的佈置。在《同學少年都不賤》裡的一景，我以為其「功力」已臻化境：

趙玨為了款待已成貴夫人的恩娟來訪，特意在考究店家買了「冷餐」，並設法把大學單人宿舍佈置得比較體面。在一張古董八角桌上，她花了一番精神：「桌面有裂痕。趙玨不喜歡用桌布，放倒一隻大圓鏡子⋯大小正合式。正中舖一窄條印花細蔴布，芥末黃底子上印了隻橙紅的魚。萱望（她的前夫）的煙灰盤子多，有一隻是個簡單的玻璃碟子，裝了水擱在鏡子上，水面浮著朵黃玫瑰。」張愛玲精心設計的正是：「鏡花水月」。

—很久以前我看到過張愛玲一張照片，非常奇突難解：是在她居住的洛杉磯某家照相館裡拍的吧。她顯然戴著假髮，眼睛與從前不一樣，好像動過手術，微微似乎含笑，卻有揶揄的意味。舉著一份捲起來的報紙，頭條新聞：「主席金日成昨猝逝」。看不出是什麼報，但知金一九九四年七月八日過世。那末這張報紙就是一九九四年七月九日發刊的了。至於張愛玲什麼時候去拍的照，也無從肯定。

為什麼她寄出這張照片？什麼意思？一直是我多年來思索未解的疑團。

翻譯完這篇「同學少年都不賤」之後，忽然間我懂了。

文章將近結尾處，趙玨想起甘迺迪總統遇刺的那天，她在洗碗，無線電報導總統已死。她在腦子裡對自己說：「甘迺迪死了，我還活著。即使不過在洗碗。」是最原始的安慰⋯但還是到心裡去，因為是真話。

所以，她要說的就是：「金日成死了，我還活著！」

她去世在次年，一九九五年九月某日。靜靜地，來去無牽掛。

（西雅圖，二〇二〇年七月）

張愛玲。愛玲 賴雅。賴雅

張愛玲書寫自己與賴雅（Ferdinand Reyher，一八九一—一九六七）婚姻的文字不多見。在她晚年自傳意味極濃的《小團圓》裡有幾頁，此外就是宋以朗編的《張愛玲私語錄》裡她給宋淇、鄺文美夫婦的信件中輕描淡寫提到過若干次。

坊間讓大家想起來的張愛玲愛情「故」「事」，總還是胡蘭成；以及那位頗有才氣的導演桑弧。

胡蘭成（一九〇六—一九八一）乃是深深迷戀於他那時代（或更早一點、張愛玲父兄輩的時代），自以為瀟灑不群才華出眾，名正言順可以坐擁三妻四妾的所謂才子。晚年還藉張愛玲之名，筆下興風作浪。張愛玲決心離開他，真是萬幸。

導演桑弧（一九一六—二〇〇六）曾經與張愛玲一九四七年合作過兩部賣座極好的電影《不了情》和《太太萬歲》。張愛玲編劇，桑弧執導。兩人似乎都知道彼此有情無緣，在一起的時間很短。

賴雅不同。初遇賴雅在張愛玲到美國第二年，一九五六年冬天。《秧歌》英文本已經在美出版，銷路雖然不算好，但是諸多第一流報刊、文學雜誌的文評（包括：紐約客、紐約書評、時代雜誌、華盛頓郵報等等）都很不錯。藉此她申請到紐罕普夏州（New Hampshire）私人主辦的麥克道威爾文藝營(MacDowell Colony for the Arts)，讓作家們可以專心居住寫作的地方。在那裡她與賴雅結識。

賴雅是有文學底蘊的「文化人」。父母親來自德國知識份子家庭，賴雅在美國出生。哈佛大學文學碩士，教過書，做過波士頓郵報等報章雜誌派往歐洲的戰地記者，出版過詩集小說戲劇，也在好萊塢擔任過編劇。從上世紀二十年代到四十年代，賴雅曾風光美國文壇。他精通多種歐洲語言，當然尤擅德文。他把著名的德國左翼詩人、劇作家、戲劇理論家布萊希特（Bertolt Brecht，一八九八—一九五六）的著作介紹到美國學術圈。並且幫助布萊希特夫婦逃離納粹德國來美居住。二次大戰後，布萊希特夫婦返回德國。五十年代美國極右派當權，賴雅與布萊希特過從甚密是藝文界人盡皆知的事實；遂被誣為共產黨員—其實賴雅是共產主義的同情者，並非黨員—遭到聯邦調查局多方打壓，作品無處出版、經濟破產，家庭絕裂。

賴雅的第一任妻子，呂貝佳（Rebecca Hourwich）是著名的女權運動者、作家。女兒霏絲（Faith Reyher Jackson）比張愛玲長一歲，更是以華府芭蕾舞學院院長退休，也是極有名的作家，屢獲大獎。賴雅過世後，霏絲幫助張愛玲處理他的後事。

張愛玲遇到賴雅的時候，他已經六十五歲。經常出入不同的文藝營，試圖東山再起。在那樣的情境下兩人相遇，相濡以沫，彼此懷有同情與尊重的好感；也是很自然的事。

張愛玲覺得跟賴雅談天有意思，他見過世面，清楚美國與歐洲文藝界、文壇的情形。賴雅曾經跟喬伊斯（James Joyce）、康拉德（Joseph Conrad）、龐德（Ezra Pound）等名家論交，對好萊塢電影戲劇界各種情形、人物，如數家珍。更讓喜愛戲劇、自己也從事編劇寫作的張愛玲傾仰看重。而且據當時書報文藝界與之接觸的人記載，賴雅出言吐語風趣不俗。

她請他審閱正在撰寫的英文書稿《赤地之戀》，他給她極有深度的意見。對張愛玲以後寫的英文小說，他也提出中肯且證明是正確的看法。張愛玲對寫作，對自己英文的修養，不是沒有主見，人云亦云的人。她佩服他的見解，儘管不一定全盤採納。

兩人交好以後拿掉孩子的事，張愛玲在《小團圓》裡說得很清楚；也在給鄺文美的信中坦承：是她的決定。按照當時兩人的年齡、工作和經濟情形來看，應該算是理性的決定。

張愛玲自己承認不宜做母親。她與她母親的關係，像一把雙鋒匕首，對母女都是死而後不已的痛。

一九五六年張愛玲與賴雅在紐約結婚。同年八月十九日她寫信告訴鄺文美，自己八月十四日結婚了。簡單介紹賴雅，並寫道：「總之我很快樂和滿意。」信裡還夾了一句她跟好友Fatima（炎櫻）通電話時的英語來說明，意謂：「這婚姻不一定明智，但是並不缺少熱情」。

其後十年間，賴雅的中風一犯再犯，越來越嚴重。我們可以想像，對張愛玲的寫作、精神、生活、體力都是沉重的壓累。所幸據賴雅的日記和張愛玲寫給鄺文美的信件可知：他們有過快樂的時光，簡單而貼心的生活。

賴雅對張愛玲非常好，愛她至深。他的女兒霏絲曾對訪問者說：賴雅對愛玲十分傾倒。賴雅日記裡寫道，身體好的時候盡量挪出寫作時間，做採購和烹飪等家務，讓愛玲好好睡覺，專心工作。張愛玲說過，他很會做義大利麵；也曾告訴訪問者：「甫德（Ferd，賴雅名字的簡稱）和朋友在一起，總是滿座皆歡！不管去什麼地方他都瞭如指掌，妙語如珠。我常說，他該去做導遊。」兩人共同的嗜好：看電影，給他們許多樂趣。

當然，這都是賴雅身體還好的時候。

張愛玲從來不相信天長地久。然則她稟性堅韌，要做的事和決定，不為任何阻力壓倒；卻並非絕情寡義。且看她如何對待一九四五年日本投降之後，那惶惶如喪家之犬，還自命風流，到處留情的的胡蘭成。她最後的信裡也未出惡言，匯給他一筆寫劇本賺到的稿費，從此陌路。

何況是待她至厚的賴雅？

以後賴雅健康日壞，不能單獨生活。張愛玲憑實力獲得學界認知，推薦在不同的大學擔任「駐校作家」或「特別研究員」。東西播遷，仍一定與他偕往，以便就近照顧。兩人生活拮据困難的時候，只得「從大箱子裡拿一兩件老東西出售」（據：賴雅日記）。

那隻大箱子，熟讀張愛玲作品的讀者應不陌生。就是張愛玲的母親黃逸梵女士一九五七年倫敦病篤，託人寄運給女兒的遺物。也就是張愛玲書裡屢次提及的那隻隨著她母親歐亞南洋奔波半生的「百寶救命箱」，裡面的古董什物是母親娘家給女兒的嫁粧。母親留給了張愛玲。

賴雅一九六七年過世。

其時張愛玲所有新舊作品經宋淇推薦給臺灣皇冠雜誌社發行人平鑫濤，是皇冠旗下最暢銷的文學著作；風行海內外，在臺港東南亞華人讀書界造成轟動。也是張愛玲晚年生活的基本保障。大陸改革開放後，更掀起洶湧不衰的「張迷」閱讀研究潮。

香港宋淇早年在上海的摯友、紐約哥倫比亞大學夏志清教授，一九六一年出版《A History of Modern Chinese Fiction》（中譯本《中國現代小說史》一九七九年問世）。嚴謹精審，眼光獨到，刊行不久就成為中西方漢學研究者的經典。全書十九章，張愛玲獨佔第十五章。其影響力之深遠，非在一般。張愛玲（Eileen Chang）遂邁入中國文學史的殿堂。

一九六九年秋季她應加州柏克萊大學比較文學系陳世驤教授之聘，前往擔任一項研究工作。台港記者得知消息紛紛追蹤採訪，幾乎人人碰壁（除了水晶、殷允芃等二三人，以後都寫了紮實且言之有物的報導）。

一九七一年二月她卻欣然接受了美籍學者萊昂（James K. Lyon，一九三四—）的訪問。萊昂追憶：他與張愛玲對談非常愉快，張的英語選詞用字都極為精雅妥切，態度從容，而且言無不盡。事後還給他寫信補充材料，寄書。

八十年代他在加州聖地牙哥大學執教，偶然與同事鄭樹森教授提起此事，其驚訝的反應正如之後司馬新（《張愛玲與賴雅》的作者）所述：「張愛玲很不喜歡與人交談」，

「從不接受訪問」…令萊昂難以置信他們所說的，就是曾經與他暢談的同一位女士。（摘自萊昂回憶錄。葉美瑤有譯文詳記此事：「善隱世的張愛玲與不知情的美國客」，二〇一四。）

張愛玲不是崇洋媚俗之輩。她一生孤寂，但是對那幾位屈指可數、愛護她幫助她的朋友：宋淇、鄺文美夫婦，夏志清、王洞夫婦，莊信正教授，和她遺囑執行人林式同先生等；張愛玲都信任敬重有加，始終滿懷感激。這是我們從她留下的文字裡可以確知的─不管他們落腳在什麼地方，護照上是什麼國籍。

其實當年她樂於接受萊昂訪談的原因很簡單，因為萊昂要談的是關於賴雅，她過世了的丈夫；而不是她，張愛玲。

十年相處，張愛玲當然了解她丈夫晚景的落魄無奈。他去世之後，竟有學者看了報上訃聞，輾轉追尋而來；張愛玲怎會不欣然答應，為賴雅盡其心力？畢竟她曾是：愛玲 賴雅。按照西方習俗，結婚以後冠夫姓。

萊昂那時是哈佛大學的博士班研究生，原籍荷蘭，熟諳德語，專門研究一九五六年去世了的德國戲劇家布萊希特。從資料裡，他知道布萊希特當年和賴雅交情極厚。所以他一直在找忽然從文壇消失了的賴雅。無意間看到報上登載賴雅過世的消息，得知他的遺孀名為 Eileen Reyher。他很想訪問她，希望從她那裡知道賴雅與布萊希特一些不為他人所悉的事蹟。輾轉經賴雅之女霏絲得知愛玲曾任瑞德克里夫（Radcliffe）女子學院「特別研究員」。哈佛與瑞德克里夫有「姐妹大學」的關係，他順利拿到張愛玲在柏克萊大學工作的地址。隨即寫信請求飛往訪問，立刻得到應允並歡迎的回信。

他與張愛玲面談的結果，解答了好些讓他和其他美國研究布萊希特的學者都再三猜疑的問題。

譬如，為什麼五十年代之後從少年時代就是好友的兩人，幾乎不再往來？張愛玲告訴他，賴雅曾經跟她氣憤地說過，一九五〇年去柏林探望布萊希特，發現布萊希特已是東德文壇的特權人物，待遇享受與一般作者不同，而他甘之如飴。再也不是當年那個充滿理想主義的劇作家詩人了。令賴雅非常失望。不過他仍舊推介布萊希特的作品，看他戲劇在美國上演（賴雅和張愛玲一起看過多次）。可是兩人以往篤誠的私交已經不再。

此外還涉及布萊希特非常著名成功的劇作《伽利略傳》（《Life of Galileo》有早期版，美國版，及後來的柏林版）。據賴雅告訴張愛玲，此劇的美國版是布萊希特在美期間所著，他曾參與。但出版後，書裡沒有提及賴雅的名字，連他書寫的部份也被刪除。這件事令賴雅非常憤惱不滿。特別他在文壇受極右派干擾，連連遭遇身心多方面的挫敗，相形之下，更覺難堪。

【珏按：賴雅與布萊希特這段相知而後絕交的過程，很可能提供張愛玲以後寫「同學少年都不賤」這本中篇小說的部分動機。除了她自己在美期間的經驗，賴雅布萊希特事件可能是另一條導線：早年好友經歷失意與得意，成了「雲泥之判」的兩個陌路人。】

萊昂也問及，賴雅在五十年代中期「麥卡錫極右主義」結束之後為什麼沒有作品問世？張愛玲的答覆坦白而發人深省：一連串身心打擊之外，賴雅以前曾多年混跡好萊塢，受聘專事修改刪節別人的劇本，忽略了自己潛心用功寫作的事業。以後又熱衷類似大字報、街頭活動等事項，再難恢復早年以嚴肅冷靜的態度觀察生命，以認真的筆法書寫的毅力。「他後來的文稿，我都沒有看完過」，她說。

萊昂在回憶文中還提到，訪問之後，他回哈佛不久，收到張愛玲寄給他一本賴雅的小說：《I heard them sing》（《我聽到他們歌唱》，一九四五。無中譯本，暫名）。因為他承認沒有讀過賴雅的小說。她寄給他，當然是認為這是賴雅的代表作。以後他們還交換過幾次短簡。她有時用「愛玲賴雅」有時也用「張愛玲」署名。

萊昂感謝她，但是從未想到過與他對談的竟是一位最卓越、最重要的中國現代作家。關於自己她隻字未提。

張愛玲對賴雅人文層次的認識，難得的客觀，不帶私人感情之愛憎。

若是她知道現在從 Amazon 網上居然可以立刻訂購賴雅的作品，如上述的《我聽到他們歌唱》以及《人。虎。蛇》（《The Man, the Tiger, and the Snake》，一九二一年。無中譯本，暫名）等，有的是原版，有的是複印本。電影資料館有賴雅相當完整的劇本收藏。華納電影公司資料庫（Warner Archive）藏有一九五九年他參與編劇的電影高清版：《世界，肉身，與魔鬼》（《The World, the Flesh, and the Devil》，一九五九。改編自《世界末日》，《The End of World》。無中譯本，暫名）。是當年很受歡迎的影片。

她應會感到欣慰。賴雅並沒有被文藝界、影業界、學術界全然抹煞忘記。最有意義的是馬里蘭大學檔案特藏館（University of Maryland Archival Collections）藏有「賴雅卷宗」（Ferdinand Reyher Papers）包括：小說、劇作、散文、書信、日記。列入「值得關注紀念的作家」，供研究者查閱。同時，還有文社、讀書會之類的組織，會員們選擇閱讀賴雅的著作，並作討論的紀錄。

許多介紹賴雅的資料，都提到他第二任妻子：作家張愛玲。

從網上我讀到一篇賴雅在《大西洋月刊》（Atlantic Monthly, 1922, November）刊登的報導文章：「Christ in Oberammergau, 1634」（「基督在上阿瑪高山城，一六三四年」，暫譯）。文章記述：十七世紀歐洲遭「黑死病」（鼠疫）侵襲，南德巴伐利亞的上阿瑪高小山城因此在一六三四年閉關，嚴禁任何人進城，以免傳入病毒。聖誕夜，一位年輕人思念家人，從遠地返鄉，黑夜偷偷翻山崖、越叢林回到家裡。就此帶給山城幾近滅城的病疫。存活的居民一同去天主堂祈禱、發願：基督保佑他們倖存，他們一定以後每十年演出《基督受難》的事蹟，發揚基督慈悲的精神。

奇蹟降臨，病疫真的停止了。居民也真的幾百年來謹守諾言。每十年夏季就全鎮動員，隆重演出。（珏按：確實如此。是該鎮一大觀光盛事。）

一九二二年冬天賴雅在旅歐行程中，特別搭晚上的火車去山城，採訪居民和主持演出的人們。個個垂頭喪氣，訴說德國戰敗（第一次世界大戰），居民死傷者多，目前山城生活艱難。隨後他去訪問曾經多次扮演基督這角色的演員。果然氣度不凡，長相與達文西「最後的晚餐」畫像中耶穌基督相似；靄然恂然有救世主風貌。

談話間提到戰後德國景氣蕭條的情形，這扮演基督者勃然變色，說道，就是因為法國提出的談和條件苛刻，讓德國人受罪。明年復活節演出《基督受難》，他們不歡迎法國人來看，儘管法國的天主教徒佔絕對的強勢。他跟其他居民一樣氣憤填胸，或更甚。

之後，賴雅旅經德國中部法蘭克福附近小鎮，居民（多半信仰新教基督教）對法國人的反應與山城民眾迥然不同。

「基督的扮演者畢竟就是「扮演者」」。賴雅的結語。

賴雅的文字典雅，敘事緊密簡潔參差，營造的氣氛和典故，著意淡然的反諷；具見功力。當年張愛玲聽人說她嫁的美國男人「窮困老病，落魄江湖」，她淡然答道：若是他年輕幾歲，也不會要跟我結婚了。

（西雅圖，二〇二〇年九月，張愛玲百齡冥壽。）

【附記】：張愛玲與「海上花」

張愛玲在美國期間費了不知多少歲月，將晚清韓子雲（名：邦慶）的吳語方言小說《海上花列傳》改寫成國語版《海上花》，並詳加註釋。臺北，皇冠，一九八三年出版。

其後據之印行為上下兩冊。

她與胡適先生都是這部小說的忠實讀者和推介者。

臺灣導演侯孝賢，一九九八年據之拍攝《海上花》電影，聲光場景、暗香流動的氤氳之美，十分轟動。

國語版小說《海上花》讀者的反應，似乎正如張愛玲曾經自己預言撰寫的回目：

「張愛玲五詳紅樓夢　看官們三棄海上花」

至於她致力翻譯的《海上花列傳》英文原稿，更是事故重重。一九九五年她去世後，在捐贈給南加州大學圖書館的遺物故紙中被圖書館員浦麗琳女士發現而問世。

經張愛玲遺產執行人宋以朗（宋淇先生、鄺文美女士之子）委任香港孔慧怡修訂校勘，由紐約哥倫比亞大學出版社刊行：

Han Bangqing. The Sing-Song Girls of Shanghai. Translated by Eileen Chang, revised and edited by Eva Hung. New York: Columbia University Press, 2005.

花蹤可尋，怎樣的幸事！

（二〇二三年十月校補）

德譯莫言早期小說

那年，一九八七年，晚春初夏之際，素珊很興奮地告訴我：莫言隨著一個中國作家團來德國訪問；正在慕尼黑呢。

洪素珊 (Susanne Hornfeck) 我的德譯夥伴──那年她還沒有結婚，仍是葉素珊 (Susanne Ettl)。她是慕尼黑大學德國語文博士，副修中國現代文學。我在漢堡大學讀了四年德國當代文學，畢業於臺灣成功大學中文系。從事翻譯工作，我們互補短長，自命為「最佳拍檔」，或是「狼與狽」的聯手。

其時我們正初步譯完莫言一九八五年刊登在《中國作家》第二期上的中篇小說「透明的紅蘿蔔」。知道了這個消息，很興奮。小說將近結尾處一個枝節的詮釋，讓我遲疑；生怕譯文會錯了意。聽說莫言來到慕尼黑，自然希望可以當面請教。

之前不久我們已經合譯了他的短篇小說《枯河》。翻譯《枯河》，是完全意料之外的事。素珊來圖書館跟我說，幾位對當代中國文學有興趣的漢學界朋友在《北京文學》第三期（一九八五年）上讀到這篇小說；作者莫言（一九五五─）是一位相當新的作家。他們一致認為在那個年代，這位作家的成就非常不一般、值得翻譯介紹。後來卻人人搖頭，說原文用字奇險，意象太難著手。遂問到素珊和我這「狼狽」組合，希望我們讀一讀，鄭重考慮。

其實那年我正忙於任職中文藏書部主任的「正業」：編輯慕尼黑巴伐利亞州立圖書館

典藏的兩千餘本《中國善本書目錄：五代—清季中葉》，準備出版。

聽了素珊的話，忍不住怦然心動。要過雜誌當晚就讀了，十分震撼。第二天告訴素珊，讓我們試一試吧。

不記得花了多少下班之後、加上週末的時間，總之兩人認真投入。

作者的原文寫得用心，慘傷的故事—實在很難用故事兩字，沒有什麼奇聞撼世的情節。就是一個鄉村，幾戶人家，兩個孩子，一條枯了的河。時代應該是文革時期吧。

二〇一二年莫言獲得諾貝爾文學獎。報紙網站上論者紛紛，說長道短：莫言會講故事，是受了現代西方魔幻現實主義寫作的影響等等。其實這些「評論家」的評論，都是莫言在接受諾貝爾獎頒發之後的「答謝辭」裡自己說的—這篇極為感人的答謝辭，真實誠懇。坦然敘述自己小學沒有畢業，其後怎樣走向文學寫作之路。他連「坎坷」兩字都不曾用過，有心有識者自然明白。

莫言確實自己說過：他喜歡講故事，他就是一個會講故事的人。我以為這是莫言的「自我調侃」，一種謙遜，而不是自我定位。畢竟喜歡講故事、會講故事，和把故事用精濾過的文字，自成風格的剪接轉折，寫下來；讓看得懂或看不懂中文的人都想讀想看；不是件簡單容易的事。還因此推動了一些人努力把原文譯為外語，進而誘發編導表演工作者拍攝成電影片、電視劇、舞台劇。這整個過程，不是輕鬆僥倖的突發事件。這位自稱就是會講故事的人先後得了不少國內外文學大獎，包括二〇一二年的諾貝爾文學獎，是運氣實在好，還是所有的評審委員們都喝了莫言調和的「魔幻迷魂湯」，著了迷？

莫言自己明白，他書寫的原始震撼力和吸引力不就是在「故事情節」上，也不僅在「文字辭藻」、「魔幻現實」裡。是他用自己勤學勤讀、耳薰目染的口語文字，把所見所聞、所經歷所感受的種種切切，如一叢叢豐茂的桑葉餵養著蠶。蠶寶寶遂以穿曉天機的心思，吐出綿綿密密、千絲萬縷；織出此樣彼樣的圖案。那孩子始終無語而眼光清澈如鏡，看到河流裡接喋的魚群，看到金光灩灩透明的紅蘿蔔，看到人與人之間搏命廝殺、卻又如刺蝟般血淋淋地相擁取暖。他聽覺靈敏，風過雁鳴，黃麻地裡的呢喃，他耳朵會動。鼻子聞得到花草芬菲泥土的氣息。這黑孩不是莫言是誰？──那些天籟之音，那些澎湃的民間鄉土文學、歌曲傳奇，自上古以降的詩經、楚辭、敦煌變文、戲曲說部裡，也在他可以接觸到的古籍、以至民國後大量翻譯的西方文學、當代文學裡──鬱鬱蒼蒼，都成為餵養他文思之蠶的桑葉。綿密的絲，織成光彩奪目的文卷。

莫言幼年失學卻絕不自棄，在往後成長的歲月環境裡，他一點都不肯蹉跎，孜孜不倦，用思想文字表現出各種各樣的生命：外相的悲歡離合和內蘊之終究枉然，有一種地老天荒、殘缺荒涼的美和震撼力。

我特別喜歡莫言早期的中短篇小說。認真以為莫言作為一名傳世的作家，他與眾不同之處，充份顯現在他鵲起文壇開始幾年的作品裡：根植於他異樣敏感的同情心和充沛的想像力。他對生存在天地間各種各樣生命的認同，關愛和疼惜。不管怎樣卑微弱小、低下貧賤的生命，他都用心體念琢磨，或深或淺地細寫。用的心就是人類最原始的「天良」。

也就是層層疊疊陰影覆蓋下，太陽日月星辰的光──亙古以降大自然的「天良」。總會穿越過所有堆積的陰影，帶給那些卑微的苔蘚小草「生」的機運。

於是，莫言的筆下有「枯河」裡的小虎，有「透明的紅蘿蔔」裡的黑孩，有「老槍」裡飢餓以致於枉死的少年。血跡斑斑。但是，他們都曾經勇敢地嘗試過活下去！

莫言的這些「故事」，或曰「詩篇」，沒有多少篇頁，讀了讓人驚心動魄，卻又黯然無語。那樣沉重的同情和無底無邊的感傷，是閱讀一九五〇年以後的「文學」作品幾乎沒有過的經驗。除了讀以前沈從文先生和汪曾祺先生的文章。(*)

非常意外的機緣。一九八七年春夏之際經過素珊與訪問團對外溝通聯絡人──可能是他們的翻譯，後來在德國讀書工作的作家金弢吧。莫言可以在那天（記不得日子了）傍晚應邀，作為素珊和我的客人。讓我們喜出望外。

多年後才知道那次作家們的造訪並非「官方訪問」，而是一位德籍女士出資的私人邀請活動；所以單獨行動的空間比較寬裕。

而且那時候中國大陸與西方國家的接觸，所謂：文化交流，已經開始頻繁。

記得清楚的是，我們約莫言在訪問團下榻很近的一家中國飯館晚餐。（回憶裡一九八七年的莫言與二〇一二年在瑞典領取諾貝爾獎新聞發佈的莫言，甚至不久前在報端看到他與一些年輕人互動的短片，好像都沒有什麼太大的改變：形象與言談態度都極其誠懇溫厚，卻又不失風趣坦蕩。）

紅蘿蔔裡的疑問很快解決了。莫言似乎相當驚訝我們選譯的是這兩篇—外譯公認的「澀」和「難」。他二〇一二年諾獎答謝辭裡坦承，在作品裡表現「自己」最多的正是「透明的紅蘿蔔」和「枯河」。

【註：素珊和我一九八七年歲末還選譯了莫言另一篇短篇小說「老槍」。「老槍」與前兩篇都包括在北京作家出版社一九八六年刊行的單行本「透明的紅蘿蔔」裡。

這三篇譯文及其他譯者的譯文原來將由德國漢瑟出版社 (Hanser Verlag) 在一九八八年出版，卻因未明之故始終未能刊印。

現在公認西方最早外譯莫言作品是一九九〇年刊行的法語本《紅高粱》。

我們這三篇德譯稿後來經漢瑟出版社同意，分別於一九九二，一九九三，一九九四在不同的德語文學雜誌刊出。一九九七年波鴻魯爾大學文學特刊「莫言卷」與其他譯者六則短篇一併印行成書，以《枯河》命名。

遺憾的是，「老槍」這一篇，現在在中文的莫言全集裡竟找不到了。】

至於那天晚間與莫言晤談的細節固然不能一一記憶，但回想起來確是自然、隨興的。大家都喜歡文學和藝術，不愁沒有話題。飯後，我請他們一同到舍下喝茶。莫言和素珊都欣然應諾。

我住的是很簡單的公寓，在老城不遠河堤公園之濱。外子的工作在外地，他喜歡音樂，家裡有一架百年以上的老琴，還有些書畫冊頁之類。我去沏茶，莫言和素珊就在書櫃琴邊隨意翻看或試彈古琴的音色。記得畢加索、馬提斯，張大千、溥心畬等中外畫家的畫冊和幾本書法字帖，莫言看得十分入神：「都是在國內不容易看到的。」（不要忘記，那是上世紀八十年代！）

談話間知道他很早參加了解放軍，不自覺就問道：「為什麼呢？」大概實在覺得他不像是喜歡武器打仗的「兵爺」吧。「要吃飽肚子啊！」他回答我。讓我異常慚愧。同時想起那幾位少小離家跟著部隊到臺灣的好友，其中詩人、書家、作者都不少。他們的經歷何其相像，又何其相異。

莫言那時已經在解放軍藝術學院文學系畢業了。一九八七年，大家對莫言除了他刊印出來的文字，其他所知有限。（譬如，他真實的名字為：管謨業，莫言是筆名。以後看過某報導，似乎筆名是作者自我警惕的意思。其實，那「謨業」二字若用山東話唸，豈非正與「莫言」相同？）

那還是電腦查詢、Google、百科等等尚未啟蒙的年代。而且彼此初識，也不便一一追問。不記得我們坐談了多久。總之，是一次輕鬆愉快的會晤。過了些日子我收到莫言一封從中國寄來懇切道謝的信（特別提起那些贈他的畫冊字帖），字寫得很好，飽滿而有力。不記得自己是不是回了信，應該是回了的吧。卻記得十分清楚他的字跡。

同年秋天外子赴美工作。次年，一九八八年五月我離開慕尼黑、離開歐洲，移居美國。

莫言很快就出名了，很容易讀到他的長短作品和看到由他小說改編的電影電視。外譯者和多種語言的譯本也一樣多。

素珊和我的翻譯對象有了新的轉變。隔著大西洋我們仍舊是「最佳拍檔」。以後，提起莫言，我們總是感覺異常親切。

（二〇二二年虎年新歲）

（*）現在又加上小說家金宇澄的長篇《繁花》和幾本短篇文集。

蘇雪林吾師（一八九七—一九九九）追懷記

一九五六年的夏天，臺灣各大學新生聯考放榜，我名列剛剛從工學院改制為台南成功大學的中國文學系。喜憂參半。高興的是總算沒有名落孫山，且是公立大學—不會給父母親添加太多經濟負擔。而戚戚然的則是要離家遠赴台南（現在南北高鐵行車只要一百分鐘，用「遠赴」二字，簡直不可思議。但是六十年前火車行程至少八小時，還是快車呢！）。私心却又夾著幾分可以海闊天空、自由自在的興奮。父母親的反應亦是喜憂參半，父親尤其不放心，怕我不識天高地厚，不知將如何任性、為所欲為。母親對猢猻女倒自有觀音菩薩熟諳緊箍咒的篤定：「妳是我們的小孩，媽媽相信妳凡事自己會用腦子，行動進退必不肯讓我們擔憂操心⋯」

臨行母親再三叮嚀，代她向將任成大中文系系主任的蘇雪林教授問安。蘇老師是她（一九二六年）蘇州景海女子師範學校的國文主任。

三十年後我們母女竟得並列蘇師門下，怎樣難得的機緣！

蘇老師一九五二年從法國到臺灣。一九四九年她離開珞珈山武漢大學之後，經上海到香港天主教教會報刊任編寫工作。次年赴歐，主要為考證屈原辭賦裡涉及的神話搜集資料。經過多年的研究，她已略見屈賦《九歌》、《天問》裡西亞歐陸古老神話的端倪；希望進一步深探其源，以考其實。除了短期在義大利羅馬、天主教聖城梵蒂岡瞻仰教堂古蹟之外，蘇師都在法國巴黎利用圖書館和大學的收藏，攻讀古代歐洲及西亞神話學。同時在語言學校進修法文閱讀書寫的能力。畢竟距離她早歲（一九二一—一九二四）來法學藝術，已經將近三十年了。她在大學旁聽名漢學家戴密微教授（P. Demieville，一八九四—一九七九）的課，相與討論屈賦問題。戴密微教授精通漢語、梵文，是中古漢語詩歌、佛學以及敦煌學的專家。另外選讀專論巴比倫（Babylon）、亞述（Assyria）神話的課程。期間她得悉有些西方漢學家、也注意到屈賦的部份內容可能涉及西亞古歐陸神話；卻因楚辭釋義的困難而極少進展。這增強了她責無旁貸深究這一課題的決心：華夏文化與世界文化如何接軌、如何相互激盪。偶有閒暇，除了作畫，她喜歡「蹓躂書鋪」，買了很多有參考價值的書籍，準備以後細讀。

臺灣學界對這位「五四才女」、「珞珈三傑」之一（另外二位是：袁昌英，一八九四—一九七三；凌淑華，一九〇〇—一九九〇）十分歡迎，立刻應聘在臺北的師範學院（一九五五年改為師範大學）任教。

那時自幼與蘇師最親愛情篤的姊姊淑孟女士已隨次子一家渡海，住在南部。相信這是蘇師一九五六年接受台南成功大學秦大鈞校長之聘的主要原因。而且成大新建的教職員宿舍，即蘇師東寧路的居所—也就是她住了四十幾年的春暉山館（最後三年蘇師住入成大醫院附屬安養中心），極寬敞，有院落，離學校很近；正宜迎其姊氏來共住，再續珞珈山「姊妹家庭」之樂。

我到學校才知道，蘇師以不諳行政工作為由，懇辭中文系系主任之職；為我們開的課程是「基本國文、作文」和「中國文學史」（二三年級開「楚辭」）。校方遂請歷史學、國學家施之勉教授任系主任。蘇師在自述裡也說她不宜擔任行政，並想利用課餘時間，在屈賦研究上繼續用功。

從女生宿舍穿過朝陽下火紅翠綠的鳳凰木林蔭道，走進廊前垂著紫藤的教室，以為走錯了地方—怎麼坐滿了這麼多人啊？

成大中文系當時隸屬文理學院，班上不到五十人，女生與男生幾乎一樣多，是全校最大的異數（原來工學院，女同學極少）。教室可容約八九十人。

這天是正式上課的第一日、第一節課「基本國文」，緊接「中國文學史」；是中文系最重要的課程，7個學分（佔全學期必修學分三分之一）。居然坐得滿滿的，顯然許多是別班別系來旁聽的同學。

細細一想就明白了，因為教授這兩門課的蘇老師文名遠播。愛好文藝者誰不知道這位極有獨立個性思想的「五四才女」？誰沒有讀過她的著作《綠天》、《棘心》，且為書中文字的美，意境深遠而感動。他如《唐詩概論》、《玉溪詩謎》等等，雖是學術論著，見解每與前人不同，行文生動，主題特殊而印證周詳；讀過之後令人再三思考，得益匪淺。譬如：李商隱的《無題》詩，歷來就是吟詠之際只覺得飄邈迷離，美，卻無解。蘇師在《玉溪詩謎》裡（以後更作續集）探究出何以迷離何以美，但有解。至於蘇師對屈原辭賦之稽考詮釋，印證域外文化與華夏文化兩千餘年的衝擊融和，在學術界已經自成一家言。

還有許多費解之處正等著她一一開啓千古疑案的真相。

這就是那天教室擠得滿滿的原因。

上課鈴聲一響，立刻走進教室的正是神采開朗的蘇師，跟照片上一樣，及耳的短髮、短劉海，不染脂粉，著一件自然寬鬆長可過膝、深色布料的旗袍，黑短襪黑鞋—正如想像中五四時代女學者的風範。我們站起來歡迎致敬，她含笑說：「坐下，坐下！」這以後每一次蘇師來上課，不管是文學史、國文、還是屈賦楚辭，不管天晴還是颱風落雨，只要有課，她總是鈴聲一響就神采開朗地走進教室，笑著跟我們說：「坐下，坐下！」有時用空著的手頻頻作坐下的姿勢，另一手則拎著沈沈的布書袋。

蘇師的笑容很難讓我忘記。那樣的笑容，好像從來沒有在另一個成年人臉上看到過—完全的無機！讓我們，她的學生們，都感覺到她坦蕩率直的真性情。有時是她講課講得興會，就笑了；有時我們問了一個自己並不覺得那麼好笑的問題，她也笑了，笑得真切，有時還笑彎了腰。如果講述一件物事，她一再解釋而我們依舊矇矇然聽不明白；卻見她忽地轉向黑板，手持粉筆，幾秒鐘就出現了一張速寫，可能是馬匹、車輛、人物，也可能是某種奇花異草。總之叫大家張口結舌，這才想起，蘇老師第一次遊學法國不就是學藝術繪畫的嗎？以後就恨不能及時拍下照片來。但是那時誰有照相機啊？空想罷了。

是在這樣的氣氛裡我們逐步跟著她，走進有聲有色活潑豐沛的中國文學世界，走進質樸的古詩、走進屈原幽玄神秘的離騷辭賦、走進曹植走進李白的世界，與古人歌哭嘯嘆、上下遨遊。

住校的生活多采多姿，除了上課之外，還有各種社團的迎新會、球類比賽。大家忙著認識新環境，忙著與同房間的同學互相熟悉，也忙著參加課外活動。

直到母親來信問我有沒有替她向蘇老師請安啊？才不得不想著：該打點精神去拜訪老師了。那已經是開學之後兩、三個月。平白無端怎麼去打攪老師呢？大家都知道老師忙得很，授課之外還要批改我們的作文、編講義、寫文章、鑽研屈賦……就是告訴她母親囑我問候她，怪蠢的。

後來竟有了極好的原因，倒不是編出來的藉口：

蘇師雖然成年以後就離開了安徽故鄉，一直在外地外國讀書工作，但是她鄉音未改；或是鄉音之外還摻雜了別地語音。總之，開始的一段時間，老師上課好像只有我可以隨堂記筆記；當然每種課老師都先發給我們她自己編好的講義。只是她上課並不照著講義宣讀，時常有電光一閃的精彩；我幾乎完全聽得懂，可以立刻記下（連出色的笑話都不放過）。因此我的筆記變得很「吃香」，不少同學要借去對照看。——自揣可能是聽多了父母親的海州話、蘇州話，加上父親好友中不乏操著安徽、山西、山東，大江南北各地方言的長輩，時常出入我家，自然而然給我的訓練。

可是儘管如此，還是有若干地方需要向蘇師請教求證，免得自誤誤人。先跟老師請示約好，一天午後跟班上一位同學同去拜訪。東寧路的教職員宿舍離校本部不遠（一九五六年成大只有成功區校本部和自強校區，規模大約是現在學校的十分之一。對我們來說已經覺得很大了），穿過自強區就到了老師的宿舍。

小巷轉角第一家，竹籬笆圍著一扇紅門。門上的路牌號碼很清楚：臺南市、東寧路、十五巷、5號。

開門的是蘇師自己，含笑延我們入內，水泥步道直抵簡樸平房的紗門口。步道兩邊種著些花草，和三五棵小樹，顯見主人住進去還不久，沒有到繁花成圃木成林的光景。進屋是客廳的格局，放著幾張藤椅、矮几、竹凳；後面好像有櫃子飯桌等物。老師要我們去她右邊的書房，只記得到處是書，靠牆立著無數書架，都堆著書。壁上有畫，卻沒敢放肆細看。兩三張椅子，一張在書桌前，案上攤著紙筆書本等等。老師坐了，要我們在另兩張椅上坐下。問道：「有什麼問題啊？你們只管問吧！」這時進來一位跟蘇老師差不多高矮，臉龐容長，梳著髮髻穿著暗色旗袍的女士，手裡拿著兩杯水。我們趕快站起來，知道必是大蘇先生—老師的長姊，躬身稱呼。兩位含笑連連叫我們坐、坐，要我們喝水。大蘇先生走了，老師又接著問我們。

我就把筆記本拿出來，翻開幾個做了記號的地方，問老師我寫得對不對。老師很高興：「哦！妳還記筆記啊！」，看到我跟著老師畫的畫—我那三腳貓似的鴉圖，她就哈哈朗聲笑了起來—那孩子似的笑聲一甲子以後還在我耳邊迴盪。

老師替我改了會錯意的字句，隨口問些：妳們臺北來的嗎？哪個中學畢業的啊？等等。

我忍不住就告訴她：「蘇老師，我的媽媽也是您的學生呢！她要我向您問好。」她有點吃驚，立刻問，是在那裡的啊？我說，在蘇州，景海女師。並告訴她母親的名字。「哦！袁小玉，我記得，我記得。個子小小的，坐在前面，聰明得很，兩個大眼睛，書讀得蠻好。很調皮，上課還一面偷偷打毛線⋯⋯」真是難以想像，三十年前的事，老師記得這麼清楚。她還記得媽媽個子小，卻會打籃球。

後來告訴媽媽，媽媽驚訝蘇老師的記憶力這麼好，也笑著承認大家都偷打毛線，還以為蘇老師沒有發現呢。

我一直喜歡隨意塗寫，在蘇師基本國文課上除了讀古文，每兩週寫一篇作文，時蒙老師加紅圈、贊語。可惜這些作業和講義、筆記本，以及其他的課業，都在無數次搬家和颱風淹水間絡續遭難，幾乎什麼都沒有留下。

留下的是二年級開始，蘇師給我們啓蒙講解她窮究半生的楚辭屈賦。用她對於域外文化的研究來解釋屈賦裡的難題。她追索的不就是章句字彙的意義，而是要探尋辭章典故的原始淵源。它們刻印在我腦子裡，不為歲月顛沛流逝而湮漫泯滅。

蘇師研究屈原（西元前三四二—二七八）的辭賦，起始於她對《九歌》神話的興趣，早在一九二七年就先後寫下：「九歌中人神戀愛的關係」，「屈原與河神祭典關係」（刊在「現代評論」）。此後執教武漢大學（一九三一年—一九四九），為了講授「中國文學史」，必須教《楚辭》。

《楚辭》，在亙古綿長的中國文學史裡是承繼《詩經》最重要的詩歌韻文體作品。盛行於戰國先秦漢初時代，以楚地詩人筆下瑰麗特殊的地域色彩與曼約委婉的辭韻出之。流風所及，開兩漢賦體及其後詩文樂府之先河。《楚辭》最重要的作者當然就是楚人屈原和他的代表作：《離騷》、《天問》、《九歌》。

蘇師教學一貫認真，既要開課，自己立刻細讀原文並大量參閱古今箋註和參考書——武漢大學的圖書館是出名的典藏豐富。却發現歷代屈賦的章句註釋，從東漢王逸（活躍於一〇七—一四四年間）以來，無非香草美人、君臣遇合之類的「比喻說」。把屈原的文學境界固囿在他與楚懷王君臣不遇這一據點上。後代諸家的學說，多少就是架構在古人說法上，鮮有突破。

特別是文理駁雜淩亂的《天問》，是歷來最費解、難解甚至可以說無解的篇章。王逸的「呵壁說」略謂：屈原失意於楚懷王，自我放逐，徘徊流落在先王廟、公卿祠，仰見壁畫上種種開國事跡，憤而縱書《天問》於壁上，實是呵責問天；詞句混亂難以瞭解，則歸諸屈原悲憤過度，意識神智不清所致。

蘇師認為此說全屬臆測，沒有史實根據；王逸等更厚誣古人，直指屈原神經錯亂。後世和近代學者不少持「錯簡說」者，如：清代詩人屈服（一六六八—一七三九，號悔翁），聞一多（一八九九—一九四六），陸侃如（一九〇三—一九七八）諸先生。

蘇師也認為是錯簡的問題。因為屈原的時代還沒有紙張，文字寫在竹簡上，繫之以繩索，是謂「冊」。年代久遠繩索斷裂、竹簡散亂，又缺乏可以比對的「冊」；很容易造成後世鈔寫手民的誤書、誤植、誤列，甚或有脫簡（竹簡遺失、脫落）等情事發生，因而章句錯亂不可解。

雖然古今學者試圖糾正改編，但錯簡仍是錯簡，《天問》仍不得解。

於是蘇師決心著手整理《天問》。她以精審的國學根底、輔之以慎密的構思和堅毅的意志，將《天問》各句各節，一一拆散，分別寫在不同的卡片上；用有機的方法，將文句按其義理、音韻、長短，嚴加推斷，仔細反覆排比。因是竟得次序儼然、嚴謹有則的天問正簡。

一九四三年她據之寫了一篇「天問整理的初步」，發表在「紀念吳稚暉先生八十誕辰、學術論文集」，衛聚賢編（《天問正簡》附錄，四七六—四九六頁）。此文實為正簡最早的起步。定本《天問正簡》成書於一九七四，是為《屈賦新探之二》。

【按：《屈賦新探》共四冊，《屈賦新探之一—之四》，都一百八十萬言。是蘇師研究屈賦五十年、融匯中外古文化史論的鉅著，除了大量精密的釋義及考證，還有蘇師手繪的插圖、圖表，及實物照片。

之一：《屈原與九歌》，五〇八頁，臺北，一九七三年。闡釋九歌為祭祀諸神的套曲。

之二：《天問正簡》，五一九頁，臺北，一九七四。整理天問並註疏。

之三：《楚騷新詁》，五九三頁，臺北，一九七八。離騷、九章、遠遊、招魂諸篇的疏證。

之四：《屈賦論叢》，七五七頁，臺北，一九八〇。自成單元的有關屈賦的論著，附「屈賦新探」參考中西文書目〔部份〕，七二九—七五七頁。】

蘇師的《天問正簡》將全文以其義理分為：天文、地理、神話、歷史、亂詞五大段。天文、地理、神話每段各四十四句，歷史部份，夏、商、周三代每代各七十二句，亂辭二十四句。

考古語言學家楊希枚先生時任南港史語所研究員、台大教授，他是武漢大學畢業的，可能上過蘇老師的課。他一九七一年寫的論文「說古籍編撰的神秘性」與蘇師的「天問研究」有極重要的關聯。（《天文正簡》當年還未出版，但蘇師已發表過多篇論文。）

楊教授指出，蘇師提出的各段數字皆與「四」有聯繫。如：四十四、七十二、二十四。他認為這「與中國古代對於某些數字的神秘信仰有關」，數字「四」「與東西南北方向有關，而常用為象徵天地宇宙的符號」，如：四方、四季、四維、四喜…等等。同樣「希伯來人就以四為大地的符號；大地有四隅，天穹有四極…有四風。又如伊甸樂園的河分為四支…四對四色馬奔馳於大地，而分趨向四極，類此之例，不勝枚舉。」

「七十二」也一樣是神秘數字，他舉例如：孔門七十二門徒，「左暄：七十二乃天地陰陽五行之成數」等等，皆符合「古籍經典編撰之字數常具有「法象之義」的神秘性」。並且「古希臘舊約譯本原出於七十二人…上帝的神秘名字原為七十二字母」。楊教授文中強調：「這一神秘信仰——八和九代表至大全極的陰極和陽極，七十二則為兩極之積，也即天地之合，因此也就是至高無上之力量或主宰的象徵符號」。

這篇論文正可補充證明蘇師整理天問正簡各段各篇數字之正確，與其世界性。

蘇師自謂，她也是讀了楊教授的論文才知道這些數字背後隱藏的神秘。

至於《天問》的釋義，蘇師早在一九四三年整理正簡之後，就陸續撰寫了「屈原天問中的舊約創世紀」、「后羿射日」、「諸天攪海」三篇神話故事的論文，刊登在《東方雜誌》上；以及《崑崙之謎》專著。她發現我國故紙古籍（如：《山海經》、《淮南子》、《穆天子傳》等等關於史地、神話的書籍，大抵是漢代人纂作）無法解決的神話問題；她竟然在讀《舊約。創世紀》中得到證實。而《舊約。創世紀》實受西亞兩河流域文化影響，同樣內容的神話紀事也可在古希臘神話、古印度神話裡得到印證迴響。她開始廣泛搜查閱讀這些有關書籍。她認為這些域外文化傳人來華的時間最早略在夏商周時代，以後又發生在戰國初年；比吾人一向的觀念，漢唐記載、敦煌文物都早得多。

此外她覺察到《天問》的體制在國學史裡非常罕見，以一百七八十個問題來書寫全文（因為脫簡問題、文字有出入）。而這種文體卻在《舊約》和印度古經文裡可以找到呼應。

楊希枚教授一九六一年的論文「蘇雪林先生天問研究評介」裡寫道：「…雪林先生對於《天問》的題解、體例和語句結構的意見是值得注意的…她解釋《天問》的意思應就是問天；天問作者藉發問以反映出自己有關天文地理各方面的神話，也就是關於天的知識…

代表著戰國時人的一種宇宙論（Cosmology），而以文學的形式表現出來而已。證諸天問的內容，此說應是無疑。」對於蘇師所舉域外文化與《天問》裡的句例比較，他說：「…誰看了都不會不驚訝於它們在文體、甚或文意上的類同性（Parallelism）的。」隨之他錄下蘇師文章裡的附例：

「《天問》：遂古之初，誰傳道之？上下未形，何由考之？……斡維焉繫？天極焉加？……九天之際，安放安屬？……何闔而晦？何開而明？

《舊約。創世紀。約伯傳》：是誰定她的尺度，是誰把準繩拉在其上？他的根基安置在何處？地的角石是誰安放的？……光明的居所從何而至？黑暗的本位在於何處？

《吠陀經。曼荼羅》：何人真知之？何人能宣之？宇宙何由生？創造何由起？」

楊希枚教授這兩篇精闢的文章見《天問正簡》後面所繫附錄：「蘇雪林先生「天問研究」評介」（其後改題：「蘇氏天問研究評介」），楊希枚著：原刊《大陸雜誌》，臺北，一九六一。二〇〇九年成功大學「蘇雪林教授學術文化基金會」為紀念雪林師去世十週年所編印之《側寫蘇雪林》，也包括了這篇論文在內。

另一篇「說古籍編撰的神秘性」，南港中研院，一九七一。

楊希枚教授的簡歷：一九一六—一九九三，出生於北京，武漢大學生物系畢業。一九四三—一九八〇年中央研究院歷史語言研究所研究員、臺灣大學教授。退休後一九八一年返北京，任中國社會科學院歷史研究所研究員。著作極豐，文字鞭辟入裡；是國際知名的學者。

在我讀過的有關或討論蘇老師屈賦考證的文章裡，楊教授當年寫的這兩篇仍是最好、用功最深、最有價值的論文。同時還提出意見供原作者補充參考。

我們二年級下學期，初叩屈賦之門。從比較易懂、章句沒有太多問題的《離騷》開始，繼之《九歌》。三年級讀《天問》。

蘇師以她前兩年在臺北師範大學授課寫就的論文「離騷導論」作為我們研讀《離騷》的初步閱讀功課。

《離騷》，屈原自述其身世、為學、抱負，以及後來政治上含冤莫白的悽楚悲涼，是為千古「騷體」之始源。蘇師特別提出要我們注意全文的體制，其章法結構之嚴謹，音韻之起伏轉折；更在《九歌》、《天問》之上。然後才逐字講解義理，以及遣詞用字之美。（詳見《楚騷新詁．屈賦新探之三》。）

蘇師不是雄辯滔滔出色的演講家。（不像那位教授我們《詩經》的劉光義師，在講解「關關雎鳩，在河之洲…」，或「嘒彼小星，三五其東…」時，歌之唱之，蹈之舞之；六十年後回想起來，仍不覺莞爾。感激劉師把先民的《詩經》在我們生命裡留下鮮活的痕記。）但是蘇師學問淵博，研究屈賦之心得累積了幾十年，一字一辭不肯錯過。她認真懇切的教學態度，讓我們（至少是我）感覺到，她是如何希望把詩人內心的感受通過吟詠疏解，傳遞給兩千數百年後誦讀三閭大夫心血之作的這些青澀學子。讓我們感動，讓我們不自覺地儲放在腦子某一個珍藏「永恆」的小屜格裡，在往後間或失意落魄的時候，它們，這些辭章像清流和風，默默縈繞迴拂。

《離騷》之後蘇師為我們講《九歌》，將《九歌》闡釋為整套歌頌祭祀諸神的組曲；有的是神之獨唱，有的是祭司所唱、禮神眾信徒合唱、或由女性祭神者頌唱。

蘇師的《屈原與九歌》那時還沒有成書，有關文章則早已先後發表在學術刊物上。以後一九七三年此書出版，是「新探」第一本，《屈賦新探之一》。特以開卷「上編」為「屈原評傳」，專論詩人；「下編」則詳述各神之原始神籍、與域外文化之密切關係，以及辭章詮釋。

據蘇師的論証，《九歌》十一篇所祭的是源自西亞九重天之九神：木（東皇泰一）、水（河伯）、火（國殤）、土（湘君）、金（湘夫人）、月（雲中君）、日（東君）、死（大司命）、生（少司命），加上「山鬼」為大地之神，最後一章「禮魂」乃祭祀完畢送神之短歌。其排列次序與屈賦不同，因涉及域外文化、史記封禪書等古籍之參考互照。

我喜歡神話故事，把思緒帶往一個邈遠似真似幻的世界。蘇師介紹的《九歌》諸神，更大大開拓我的冥想空間。

在以後自己的生活讀書經驗裡，屢屢不自覺地回想到蘇師為我們解釋的種種事故、故事。譬如：「山鬼」，他不是鬼怪的「鬼」，不是可怕的「鬼」。（不是嗎？母親常常愛暱的叫我們：「小鬼」！「小鬼頭」！是可愛的小東西。）他的打扮正是西方的酒神，在美術館畫廊裡不知道看過多少那全身披掛著青藤葛蔓「乘赤豹兮從紋貍」，在叢林坡石間「含睇宜笑」——我總會訝然：他們，這些歐美畫家們，讀過《九歌》、《山鬼》吧？

英國中世紀的傳奇《甲溫爵士與綠騎士》（《Sir Gawain and the Green Knight》），那綠騎士橫刀上馬、在亞瑟王廳堂上，手提自己的首級，口中朗朗作語。還有那雲間高呼：還我頭來！的關公，印度古畫裡時常出現的象頭人身武士——頭被斬，遂按上象頭……豈不都是如蘇師所解乃兵主，乃無頭戰神？「首雖離兮心不懲」，「魂魄毅兮為鬼雄」；是熒惑，是火星，是「國殤」裡的戰神。

《天問》錯綜複雜的辭句、難解的神話，在蘇師為我們三年級上課之前幾乎都已有了她自己的答案。她稱《天問》為「域外文化知識的總匯」，是屈原以他那時代的宇宙觀解答天時、地理、歷史、神話的課題。

蘇師大量引用域外文化兼輔古籍國學來探究屈賦詩騷，就是將世界性的「神話比較學」納入中國古典文史哲學以及民俗學。

這是她畢生最重要的學術貢獻。是前瞻性的世界文史觀。

在跟從老師讀書的三年（四年級沒有蘇師的課）裡，知道她忙，不願常去打擾。自己課餘還找了個教兩位小朋友簡單英語會話的工作。而臺北家裡，母親住進療養院已經幾個月，每天我都給她寄一封信，好像寫日記，告訴她我讀書起居的種種事情，讓她放心，也讓她開心——那是打電話還屬於奢侈的時代。

一天傍晚從圖書館出來，正遇見蘇老師下課回家。我趨前行禮問候。老師一貫的和藹親切，問我快考試了，忙著溫習功課吧。我說，剛給母親寫信，晚上才來讀書。

她想起母親是她老學生的事，問長問短，問她好嗎？我一時說不出話，只是搖頭。老師大驚，一把拉著我的手臂，連聲說：「來，來，來，跟我回家，慢慢談。」

那是我第一次跟老師話家常，不是問學。我告訴老師母親的病情，住在松山療養院，現在在打一種新發明的針藥、好像見效。老師皺眉嘆道：「肺結核重發，多半是積鬱勞累出來的。」是的，我說，母親遠地親人忽然病故；臺北生活不易……老師囑我不要難過，自己好好讀書就是愛母親讓雙親安心。還寬慰我：「特效藥見效就好，一定很快就會好！」她說她瞭解我的心情，當年她急急從巴黎趕回國就是因為母病。她的母親太賢慧，是給婆婆—蘇老師的祖母，生生折磨死的，才只中年。以後讀老師的回憶和傳記，多次提到她母親的遭遇。是以用「春暉」題書齋之名紀念母親。

確如老師金口，我母親次年春天因為特效藥有效，痊癒回家。而且性情變得開朗樂觀。以後她給蘇師寫信道謝。

一九六〇年夏天我從成大畢業，畢業典禮致辭的貴賓就是蘇師最敬仰的胡適先生。全校老師同學都很興奮。誰能不興奮呢？誰不景仰先生呢？一九五八年先生從美國返臺任中央研究院院長，但是身體一直不很好，令人擔心的心臟病。

六月十八日上午先生為我們做了一個將近一個半鐘點的演講。這是我唯一的一次見到先生，清癯溫雅，笑容滿面。現在記得的就是他送給我們三個「救命藥方」：問題丹、興趣散和信心湯。他認為我們出了校門開始進入另一個人生階段，應該帶著一些問題，其實一生都應該經常有些問題，才會不斷要求自己找答案；永遠記得培養興趣，生活才有意思；同時對自己要有一定的信心，才不會氣餒，不會停止努力—而努力絕不會白費。

先生演講洵洵然、侃侃然，如和風細雨。用簡單的比喻，簡單的字彙，卻是深入淺出，讓人難以忘記。

如今回想五十七年前那一個半鐘點聽先生講話，跟先生同在一個禮堂，遙遙坐在台下仰望，竟有是耶非耶的迷惘。

接著是謝師宴，跟老師們辭行。最後去穌師家向她和大蘇先生告別；想著反正蘇師準備暑假去臺北與師範大學舊友相聚，很快我就可以前往拜訪了，母親來信也說要敦請蘇師到家裡便餐。蘇師與大蘇先生送我到門口，我回首看她們二位站在樹旁。樹已成蔭了。

然則我重見蘇師是在二十三年之後，一九八三年。老師已經重聽，依仗筆談，雖然仍舊含笑吟吟，而神情蕭索；大蘇先生早已作古。臨辭黯然，不堪追念。

那年，一九六〇年的暑假，蘇老師因故沒能到臺北。次年我結婚生子，一九六三年遠行。先在瑞士日內瓦小留，以後到西德漢堡，在漢堡大學讀現代德國文學。

跟蘇師一直保持書信聯繫，至少在年終假日之際，總會記得給老師選張好看的卡片，向她賀歲。老師是不肯負人的，必定覆我。連她休假在新加坡南洋大學執教一年半的日子裡，也讀到她的來信，告訴我她重提畫筆、時吟古韻詩詞。

老師回臺後，歲月安好。教課之餘勤於寫作，並繼續研究屈賦，希望讀其書者可以接受她對屈賦與域外文化的詮釋。時有新著、每每寄我，包括那四冊《屈賦新探》，洋洋一百八十萬字，兩千三百多頁。讓我有重頭細溫舊業的機會。

以後我在慕尼黑「巴伐利亞公立圖書館」任中文藏書部主管，主要為館藏善本書編目。暇時與友人德譯中國現代作家的作品。函稟老師，她來信勉勵，殷殷要我多讀書、用心查證，還說：「不論做善本書還是翻譯都不可粗心大意、求其速成！」。

師訓無時或忘。

不管在文章裡還是給我的信裡，最讓老師痛心的是：幾十年來一般論者都以為她用域外文化解釋屈賦，是藐視中國固有文化，是「野狐禪」，是「臆測」。不管她多麼周詳地比較解釋思想的相類、神話內容的相同，提供參考書目；都無法使他們認同夏商周時代戰國時代，域外文化曾經傳到中國；曾經直接影響屈原的學術思想、寫作，和當時楚地的世風民俗。

我們對有文字記載的簡籍或實物的信仰，所謂「科學的信仰」，自從「五四」新文化運動以來更是堅守不移。胡適先生正是提出：「大膽的假設、小心的求證」的現代大儒，他對蘇老師的屈賦探詁亦不贊同—因為沒有實物，沒有看到有文字記載的簡籍。

作為蘇門弟子，我也時常尋思：蘇師半生孜孜耕耘探究屈賦，為什麼在學術界得到的共鳴不多？大家對她的敬重推崇是因為她文學修養的深厚，言之有物的健筆。她畢生勤學勤寫，四十餘種著作：包括學術論文、散文、評論、小說，還有詩詞、畫集、日記（蘇雪林作品集，六冊，成大，二〇〇六—二〇 一；日記，十五冊，成大，一九九九；補遺一冊，成大，二〇一〇）。但是屈賦研究卻被認為不見實物，證據不足，歸之於「臆測」「野狐外道」。

可是她的學生對老師的論點卻認同、有信心。反思我自己的經驗，初讀屈騷，開始聽她的理論，也未嘗沒有疑惑：是不是屈原代表的楚文化、先秦文化與蘇師考究的域外文化（兩河、希伯來、蘇末、古希臘、印度⋯），在某些據點上正好相同啊？譬如人類渴了都要喝水、飢了都要進食那樣相同的反應，或是對大自然變幻的好奇，對生死的疑懼，對神仙世界的幻想等等；是不是也都是巧合？但是讀過太多太多「巧合」之後，就知道不可能有這麼多巧合；更不可能有這麼多系統井然、慎密深思的巧合。蘇師是用功篤實的學者，她研讀我國古籍及外文書籍之後，引經據典，提供註釋詮証，讓我們自己潛心思考辯正。經過這樣的學習歷程，我認為蘇師的論證所據就在她申引的文字裡。那些文字不是她「捏造」出來的。至於實物，當然重要，我們希望有實物實據。可是畢竟是幾千年之前的事跡，滄海桑田。有，是運氣；沒有，難道就什麼都歸之於「臆測」、「野狐禪」，輕易把這扇通往中外學術研究的途徑堵塞了嗎？

在蘇師提出「域外文化」這個觀點之後半個世紀，出土文物證明：不是沒有實物！！

簡籍可能已經焚毀於秦始皇—因為涉及域外文化、神話故事，被視為方士欺人之談；或兵燹於漢初。但是也有可能仍舊深藏在地下等著出土的一天。近數十年來地下發掘的文物證明蘇老師的「臆測」，不是臆測，更不是野狐禪。

僅就三星堆古巴蜀遺址一處，研究其出土文物的許多考古專家學術報告，就足以證實夏商周時代曾經有「異質文化」在巴蜀出現（約西元前二八〇〇—西元前一一〇〇）（見：《巴蜀文化研究集刊7》—南方絲綢之路研究論集，段渝 主編，二〇一二。文獻眾多，此處僅舉其一）。三星堆金沙遺址出土的青銅神樹、青銅縱目面具、金杖、金面具⋯都是古代兩河流域文物的表徵。「異質文化」的傳入大致以古印度為樞紐（古稱：「蜀身毒道」），利用南方絲綢之路，由巴蜀往來，遠至近東、中東—兩河流域。

而巴蜀與楚鄰近、交還密切，楚文化也受到這種「異質文化」的衝擊，是極自然的事。從楚地入江、一瀉千里，到山東不是不可能—蘇師主張，山東半島是域外文化聚焦的地方。

我以為，屈原楚騷裡兩河流域文化的特異色彩，不必一定要到山東才能得到靈感；從巴蜀來的「異質文化」不就是近在眼前的「域外文化」嗎？既然銅器、金器、青銅神樹（可能就是蘇師論及的山海經裡的「不死樹」，舊約聖經裡的「生命樹」）都可以製造出來，精緻如此，相信必有能匠大師傳授，則故事神話、思想學問的傳介絕非不可能。到屈原的時代，域外異質文化已經是楚文化的一部份了。

萬般遺憾的是：三星堆最早發現在一九二九年，緊接著不斷兵荒馬亂，遺址沒有開發，任憑盜賊遊民任意破壞，直到八〇年代中才啓動學術性的發掘工作。其出土文物之豐富、對世界文明之價值，可說是無與倫比。九〇年代以還、中外考古學家的學術論文不下四五百篇。「三星堆文物展」，遍赴歐美、日本各大城市。造成怎樣的轟動！

而蘇老師年事已高、不良於行，再不能像以前那樣到處旅行參觀博物館的文物展覽，她沒有機會看到實物、讀到文章。尤其是關於南方絲綢之路與其「異質文化」的重要性，更是近若干年來段渝等學者深入探究的焦點。蘇師早已離世。

蘇師對自己的研究是有信心的。她在有生之年為自己的學術做了最大的努力和貢獻。所以她可以坦然在《浮生九四》（一九八一）自序裡寫道：「現世雖無知音，我將求知音於五十年、一百年以後。即五十百年以後仍無人賞識，那也不妨，文章千古事，只需吾書尚存，終有撥雲見日的時候！」

是的，必然還有更多文物出土，更完整地印證蘇師對屈賦的探詁；讓人們認知她「視為性命一般，非常寶愛」的屈賦研究。讓遺憾還諸天地。

一九九五年夏接到蘇師七月八日寄自台南的手書。九十九歲，行文三頁，仍舊流利清暢。

那時我移居美國已經有些日子了，好久沒有向老師問安。忽見《世界日報》報導成大為老師慶百齡大壽的消息（實際是暖壽），立刻帶著歉疚的心情給老師寫了封祝賀的信，並告訴她自己的近況：先父去世後，接母親來西雅圖侍奉。信末母親囑我敬候起居。蘇師來信寫道：「你說太夫人是蘇州景海女師的學生：事隔差不多一個世紀，我那裡記得？」

六十九年前的事，不是三十年前。六十九年跟一世紀有什麼兩樣？五十九歲跟九十九歲則是不同的人生境界。

老師的信溫暖親切一如既往，還自我調侃：「我出生是早了點：歲次乙酉、屬雞。所以我是隻老母雞。」字裡行間對兩次摔傷，目下行動不便，記性更壞，「老病侵尋，百藥罔效」不能寫作，無奈而感傷。信的末端告訴我：「你贈我玉照，我現在也送你一張近照⋯還有我的山水畫冊、百齡紀念文集，等我精神略好時找出⋯」

這是蘇師最後一封給我的信。幾個月後收到老師的畫集、文集等等。老師的畫境高邁古拙，跟她冰雪寒林、出塵而入世的個性一樣，入世、但絕不媚俗。

蘇師一九九九年四月二十二日過世，一〇三歲。我的母親，她一九二六年的學生，一九九九年五月四日過世，九十六歲。都在二十世紀末花紅柳綠的春天。

（二〇一七年四月，西雅圖）

【珏誌：撰文前後承蒙中文系系主任林朝成教授與吾友德文系王琪教授寄下有關蘇師教學研究的若干資料，謹此致謝。】

蘇雪林吾師談端午節與屈原

端午節，農歷五月初五，吃粽子，龍舟競渡，很難令人不聯想到戰國時候的三閭大夫屈原（西元前三四二—二七八）。總以為這節日就是因為屈原投汨羅江自沉才有的。但是據我的老師蘇雪林教授（一八九七—一九九九）在一九五三、一九五五年發表的兩篇文章「端午與屈原」和「端午與龍舟」【註】裡精確論證的答案，卻是：其實不然。蘇師嘗贏得「學界福爾摩斯」之美稱，正因為她精擅考據。

首先她舉出五月初五並非從屈原投江以後才成為一個特別的節日或紀念日的。蔡邕（一三二—一九二）《琴操》即謂，五月五日乃是紀念介子推（西元前？—六三六）。曹娥碑則日該日紀念的是伍子胥（西元前？—四八四）。一人生歿時代皆在屈原之前。

她並考證最早記載屈原事跡的《史記》「屈原賈生列傳」：屈原「乃作懷沙之賦，於是懷石，遂自沉汨羅以死」。並沒有提及日子。

直到南朝梁紀的文史學家吳均（四六九—五二〇）在《續齊諧記》中才寫道：「屈原以五月五日自沉汨羅而死，楚人哀之，每於此日以竹筒貯米投水祭之。漢建武（光武帝，二十五—五十五）中，長沙歐回（或作：區曲）：見一人，自云三閭大夫，謂回曰：常年所遺，並為蛟龍所竊。今若有惠，可以楝樹葉塞之，以五色絲縛之，此物蛟龍所憚。回依其言。今五月五日作粽，並帶五色絲及楝樹葉，皆汨羅遺風。」

至是方見屈原自沉於五月初五這個日子的記載，且及楚人以粽子投江祭祀的習俗。還知道這種粽子製成的過程是先以「竹筒貯米」，而後經三閭大夫亡靈現身指示，遂有塞以楝葉縛之以絲的改進。

楝樹葉味苦、有殺蟲止痛之功，載於《本草綱目》。吳均之記述著實生動。五色絲則變作今日端午節仍盛行佩戴製作的纏綴香囊。

事實上比吳均早得多的應劭（約一五三—一九六）在他的《風俗通義》裡已經論及類似粽子的端午食物，以菰葉裹粘米的角黍。但並未提到與屈原有何關係。（或因應劭是河南人，不識荊楚風物？）

現在我們一般用竹葉或蒲葉包裹糯米肉類或甜豆沙等等的粽子，當然是後世為自己口腹之欲的改良品種，與先民祭祀品幾近無關。既不需擔心蛟龍搶食，也就毋需「以楝樹葉塞之」。我國習俗向來奠祭先聖先賢先人之食物，一定祭祀者與被祭祀者同享。吃粽子當然也不例外。而且還成為歷史最悠久的中國美食之一。

除了粽子，端午龍舟競渡歷來也與紀念屈原聯繫在一起。認作是當年楚人傷惜三閭大夫投江，「命舟楫以拯之」；命人飛舟去拯救他。遂成後世五月初五競渡之起源。南朝梁紀另一學者宗懍（五〇一—五六五）《荊楚歲時記》書中述及其事。

蘇師據曹娥碑考，曹父因端午競渡而溺死。但競渡所紀念的是伍子胥，與屈原無關。《荊楚歲時記》另引「越地傳」則又謂競渡起於越王勾踐。皆未涉及屈原。

至於門上掛艾人、菖蒲、喝雄黃酒等等端午應景習俗，古人並沒有附會到屈原身上。

實因端午起源甚早，或謂自夏后氏以來就有了。五月是為「惡月」，五月初五的端午更是惡月惡日，須以各種禳毒闢邪的手段來防止其危害生民。

蘇師又引證與屈原同時代的孟嘗君及《史記》中之「孟嘗君列傳」的記載，略謂：孟嘗君田文（西元前？—二七九）出生於五月初五日，其父田嬰告訴田文之母：「勿舉也」，意為不可留養這個孩子。但是母親仍將出文養大了。其父看到他，十分憤怒。田文叩問其父，為何不能留養五月出生的孩子？他父親答道，五月出生的孩子，長得高及門戶，就會對父母不利。田文問曰：「人生受命於天乎？將受命於戶邪？」父親默然。田文又說，若是受命於天，那您何必擔憂呢？若是受命於門戶，那末就把門戶加高就是了⋯

這段文字重要的是讓我們知道，五月在古時是「不祥之月」，五月初五則是「雙倍的不祥」。這個習俗五月初五生子不可舉，從戰國一直傳到六朝，尚未斷絕。

由是，蘇師作結：五月初五「雖非由於屈原之死而始有，屈原投汨羅特別選擇這個日子卻是極可能的」。因為「五月之所以為『惡月』與死神有關」。而「屈原是個死神的崇拜者。在屈原的作品里，彭咸之名一共提了八次」。

彭咸為死神，蘇師做了詳密的考證。並引國學家王闓運、顧頡剛之著述。同時也用兩河流域、域外文化對死神的描述加以引申：死神與水神原有密切的關係。三閭大夫行吟澤畔，「自殺自然也要特選死神的節日，因此屈原雖與端午無關而實有關。」

（西雅圖，二〇一七年 端午）

【註：】

「端午與屈原」——民國四十二年（一九五三）暢流七卷九期

「端午與龍舟」——民國四十四年（一九五五）六月廿四日聯合報

亦見：《屈賦論叢》，國立編譯館中華叢書，一九八〇，六三—八二頁。

憶張充和女士。四姊週年祭

二〇一五年六月十七日午後充和四姊辭世。我正在柏克萊朋友家作客。東岸的友人來電話告知，一時惘然。耳邊響起她溫柔叫我名字的聲音，聲音帶著笑、帶著一點點安徽口音。就在耳邊，而四姊已經遠行。

（一）

一九八〇年夏天，慕尼黑大學的鮑吾剛教授（Professor Wolfgang Bauer，一九三〇—一九九七）到我工作的巴伐利亞州立圖書館中文藏書部來找我，告訴我：美國耶魯大學中國文學系傅漢思教授（Professor Hans Hermann Frankel，一九一六—二〇〇三）將應聘來慕尼黑為期一年的講學，以中國詩詞為主；他的夫人張充和（一九一四—二〇一五）女士偕行。鮑教授請我出席中國語言文學系的歡迎會，要我著意款待這位以書法詩詞、擫笛拍曲聞名、並在耶魯授課的充和女士。

就這樣，我有幸認識了漢思和充和。

以後時而一同喝茶便飯，或去慕尼黑近郊小遊，或跟充和到離大學不遠的「太平商店」買點帶著東南亞風味、從阿姆斯特丹輾轉運來的黑醬油、崩硬的豆腐等所謂的「中國食物」。那時的慕尼黑不僅中國商店、飯館少得可憐；中國人、中國學生，屈指可數。歐洲國家一般幅員狹窄，不像美國、加拿大、澳洲那樣，廣泛接受移民—除非他們需要你某些特殊學識技能，主動為你申請就業居留許可。大學入學必須通過德文程度考試，德文難學，所以留學生比之英、法更少。東方面孔罕見，若在街上遇到，不管生張熟魏，也不管是中日韓那一國籍，都會互相忍不住含笑打招呼。

這也就是令鮑教授他們顧慮的地方：漢思原是德裔美籍學者，德文是他的母語；但是對充和來說，卻是人地生疏的環境，恐怕她會寂寞住不慣。

其實這是過慮了。充和知道我在圖書館工作後，對中文藏書的情形詢問得很詳細。聽說我們藏書極豐，特別是從十九世紀開始收藏的善本書，無論質與量，在歐美西方都負有盛名，她登時喜上眉梢，說道：她一定會常常來看書。果然，她常常來，靜坐在遠東圖書閱覽室一角，閱讀那些罕見的古籍，對子部書畫藝術、集部詩詞筆記尤其看得多。從學校為他們租賃的公寓乘電車或地下車到大學站，很方便，圖書館就在一街之隔。

我去拜望他們，漢思多半在書房工作。充和也總是在忙，不是讀書寫字弄笛，就是整理修剪窗台上的花草，或縫紉、編織做手工。某次去，她正用藍色的粗線，把一組清代銅錢，巧妙地穿過方孔，編成一條鍊子；古樸又新潮。我忍不住讚美，她笑著把鍊子套在我頸上：「給妳做的。前天在一家小古董店，其實就是舊貨舖，看見這些老銅板。他們不識貨，隨便丟在一個破碗裡。還有康熙乾隆間的呢。」暗藍配古銅，真好看！串結的辦法使用中式紐扣的環套，簡單，別緻。對她的靈思巧手只有張口結舌的佩服，鏡子裡自己左顧右盼；記在頭裡的是：化腐舊為神奇原來不是空談。——其後我對金工飾品設計製作的興趣，自她啓蒙。

充和怎會寂寞，她沒有時間寂寞。

何況慕尼黑的博物館美術館畫廊很多，藏品極精。地點相當集中，不是在國王廣場的四周，就是在麥克斯密倫大道上。二戰後期幾乎完全被炸毀了的宮宇廣廈，直到一九六○—七○年代，州政府經濟穩定可以負擔了，才按照十八—十九世紀的原圖一一重建、增建，成為西方古今現代藝術展覽最出色的建築群，氣魄非凡。是充和愛去的地方。

但是那次我們同去民俗博物館主辦的《渡海三家：張大千、溥心畬、黃君璧書畫展》開幕儀式，却是一次十分難得的中國現代書畫展。慕尼黑大學和我們圖書館都協同做了些研究釋讀的工作，因而被邀，漢思與充和則是貴賓。他們伉儷與這三位畫家皆是舊識，充和告訴我，家裡收藏著他們的手跡—張大千先生與四姊書畫詩文往還極多。（後來我在他們離耶魯大學不遠的家裡欣賞過。）

那天午後我特意早點去接他們，漢思一開門，就聽充和叫我名字：「等一等啊，我把殘墨寫完就好」。我應著，一看，這次例外，她不是一如往常端坐凝神臨碑—她說過：每天至少把正在臨摹的石刻拓印碑帖，書寫一過，頁末註上年月日、和編號，逢百（一百、二百、三百…）自己留著，其他的就丟了。（我當時吃了一驚：就丟了？）

穿著一件中袖藍白細紋旗袍，站在桌前，纖娟的她手裡握著一管大筆，在一張五尺餘長、一尺餘寬、略泛黃色的紙上，正大開大闔以草書寫李白的「問余何事棲碧山」，「山中問答」。筆墨提頓之間瀟灑不羈。我求道：「四姊（那時我已遵命稱她為四姊了），送給我吧！」她笑說：「妳要就給妳。研好的墨多了，不用可惜，寫張草書大字，把餘墨用掉。平時不常寫大字，這紙張可是最便宜的土紙啊！」我喜歡，喜歡那隨興的「草」，與她秀骨雋雅的小楷隸書非常另樣；快意揮灑、洋溢著大氣。她立刻題了我的號，押上印。還說，不值得裱，留著紀念吧。

這幅字是我們的傳家寶。一九八八年與立淩從歐洲搬到美國西岸西雅圖，一次四姊在去台港大陸途中來家裡小坐。看見牆上掛著這條幅，她驚笑著道：「真是忘了！妳還是送去裱了。這土草紙，裱好了倒也別有風味！」她又說，現在大楷、草書難得寫了；那次不經意、心情輕鬆放得開，倒還好！──看得出，她自己也意外的滿意、喜歡。以後還在卷軸上為我用小楷題籤：「草書李白山中問答、汪珏藏」。二〇〇六年充和應邀在西雅圖亞洲藝術博物館作「古色今香」書法畫卷及所藏名家書畫展，這張草書是參展品之一。

另外還藏有歷年來四姊送我們的小楷隸篆扇面和手卷──包括她要丟，却被我徵得同意後，從廢字簍裡揀回家的碑文練習稿一幅「錄稼軒詞三首」，寫在淡象牙色紙張紅色條線裡，晨昏刻刻相伴三十年，如對書家低首握管、心中一片清明；就是天長地久的繫念。

扇面中最珍貴的一張是四姊調寄「望江南」紀念沈從文先生，五唱「鳳凰好」。情真意切，感人至深。是一九九三年她與漢思到湘西鳳凰鎮沈先生墓前追念她的三姐夫，回美後寫成。扇面上她以極具個人特色端雅不苟的小楷用筆，詞字著墨、中間硃紅小註；誦之讀之，令人歎賞忘倦。

鳳凰好，山水樂無涯。文藻風流足千古，苗家人是一枝花，此處最宜家。
（苗裔陳滿妹殷殷相待。）
鳳凰好，老幼喜洋洋。休道物華今勝古，古城中有古心腸，此處最難忘。
（陳久經先生云此間物質條件尚差，固有此作。）
鳳凰好，主雅客心寬。湘黔古道黃泥板，迎送殷勤山外山，苗曲當陽關。
（田君時烈迎余等自淮化「懷化」，復送至遵義；一路即景、高歌苗曲。）
鳳凰好，沈墓面沱江。更喜在山泉一脈，路人來止飲清涼，相對話麻桑。
（沈從文曾云，一生寫作得力於水，可謂葬得其所矣。）
鳳凰好，渡口暮歸鴉。忽聽爺爺呼翠翠，一時詩畫幻奇霞，何處筆生花。
（邊城之作，如詩如畫也。）

右 調寄 望江南

充和 「印·:」 充和 「印·:」 楚人

四姊對這位姊夫異常敬愛。她知道我對沈先生的文章風格一直尊崇為近代中國第一人，如畫中逸品。

一九八八年移居美國不久，去大學圖書館讀報，驚悉沈先生故去的消息。感傷間立刻與德國「沈迷」們通訊，大家隨即分別著手翻譯了十來篇沈先生的作品，由梅儒佩（Ruprecht Mayer）辦的雜誌《中國訊刊》（《Chinablaetter》）出專集在德語區發行。此外我寫了一篇中文稿「沈從文先生四帖」，在臺北《當代》雜誌一九八八年九月號刊出。寄了一本給四姊留念。

很快接到四姊電話，說她喜歡這篇文稿，說我寫得用心。過了些日子忽然收到一份湖南省吉首市《吉首大學學報》—沈從文研究專刊，裡面赫然轉載了這篇文字。次年又收到吉首大學編輯出版的《沈從文別集》二十冊，袖珍本。淺灰的書面，書名題字皆是四姊手筆；其清簡典雅可以想見。

這些出乎望外的事件，當然都來自四姊的錯愛與推介。但是她決不事先告訴我，事後也不說不提。四姊行事的風範一貫如此。

說起怎麼我會冒昧稱呼她「四姊」前後三十五年呢？—就是緣份。漢思、充和謙和灑脫，當年在慕尼黑幾次歡聚之後就堅持要我直呼他們的名字。可是不管是中國規矩還是德國習俗，都踰越太過。看我猶豫，充和說，她家四姊妹，她最小，弟弟們喚她「四姊」。既然我認得她當時在比利時皇家交響樂團拉小提琴的七弟張寧和先生夫婦，就跟著叫她四姊吧。從此她就是我的四姊（正好，我自己家裡有三個姊姊），傅教授就是漢思了。

我們移居西雅圖後，不時給她電話，只要一開口叫她「四姊」，她就知道是我。多年前她黯然跟我說，弟弟們先後過世，叫她四姊的，只有我和舍弟汪班了。—此是後話。

回到那年秋天。四姊與漢思暑假去ㄦ歐旅行，十月開學回慕尼黑。我也才從臺灣新加坡訪親歸來。圖書館鄰近的「英國公園」依舊草木森森、溪水潺潺。秋陽裡四姊與我常趁午休時間在公園散步、吃「冷餐」。談笑中居然發現，我們十幾年前，一九六四年吧，曾經在漢堡見過一面。

那時我在漢堡大學讀現代德國文學，認識了該校教中國語文的趙榮琅先生。他從臺灣大學受聘到漢堡大學任教。趙先生儒雅博學，趙太太爽朗好客。他們溫暖的家是全校中國同學（一共三人！）最愛造訪的地方。那一次去，進門正好有兩位客人將要離開。只記得一位瘦高的西方男士和一位端莊嫻雅的中國女士，與趙氏伉儷殷殷作別。行色匆匆，主人未及介紹。

因而四姊聽我說起在漢堡大學讀書，問我可認識一位趙榮琅先生。這才頓悟：驚鴻一瞥，當年那位端雅的中國女士，豈不就是眼前的四姊？彼此都覺得不可思議。原來趙先生與四姊皆是安徽世家，且屬戚誼。

很難忘記那些漫步樹蔭小道或坐在水邊餵野鴨子、彼此無話不談的時光。四姊想念她的子女，女兒小時候如何隨她同台演出崑曲；兒子喜歡飛行，她支持他向這方面發展，現在已經成為職業飛機駕駛員了──她相信「行行出狀元」，決不拘泥孩子非要走學術路線不可。她也想念分散於大陸、臺灣、歐美的許多家人師長朋友。

四姊幼年在安徽老家啓蒙讀書習字，稍長與父母姐弟卜居蘇州，讀書之外家裡延師授曲，崑曲是她一生最愛。抗戰時期一面隨沈尹默先生攻書學詩，一面跟高人學吹笛拍曲。還與姊姊等同台義演《牡丹亭》的「遊園」、「驚夢」、「離魂」等各折。清音婉約，名噪山城。戰後進北大，邂逅漢思，結成好姻緣；以後離國赴美。

「不光嫁了個外國人，還在外國住了大半輩子」，她自嘲地說。

四姊有一幅極負盛名，屢被提及的隸書對聯：「十分冷淡存知己　一曲微茫度此生」。九十年代她在信上寄這兩句給我看，讀過又讀，眼淚不自主地流下。四姊是中國傳統文化薰陶下的國士。四姊的悲哀不止是寂寞，是國士放逐異地，不經意間、揮之不去、無可奈何的傷懷。儘管這「放逐」是自己的選擇。

四姊在北大讀的是國文系。

那時我正在註錄圖書館從一八三〇年開始就有計劃收藏購買的上千種中國善本書，却從未整理編目。百年來深鎖在地窖鐵箱裡，意外逃過二戰末期轟炸焚毀之劫。編錄善本書與現代書最大的不同在於前者沒有一目瞭然的出版訊息。編目者必須細讀未加標點的刻印文字（木刻雕版或活字版、石印版），由字裡行間和版本的形式、用紙、墨色、雕版者等線索，尋找出作者、出版者、出版之年代、地點，以及其他特點：如收藏者的印鑑、眉批等。我在成大中文系修過目錄學、版本學，可是工作過程還是困難重重。譬如，提供訊息最多的序文，作者自序或他人作序，常常使用草書刻板；而歷代收藏者的印鑑攸關版本年代，只字不能忽略。我在辨究時，縱然儘量參考各體書法、金石字典，或是其他圖書館的善本編錄書目以及種種專著，許多關鍵問題，還是疑竇叢叢、難以解決，或猶豫不敢斷言。

所以，國學修養深厚，且又精擅書法刻印的四姊來到慕尼黑，對我來說，真是意外之喜。她在圖書館讀書的餘暇，就是我請益問學最好的機會。四姊曾仕職柏克萊加州大學中文部圖書室，也經手過那裡的善本收藏；辨識草字篆刻更是心得獨到。她讀書仔細而教人悃悃不倦，總是鼓勵我提出個人的看法和意見，她再一一指點，相互切磋。真是最難忘最珍貴的讀書經驗。

（二）

次年二月間圖書館館長「冷水」博士（中文意譯Dr. F. C. Kaltwasser）請我去他辦公室，說道：「你們臺灣藝文界的「教皇」要來了！」我愕然不知所對。冷水博士看我發愣，很樂。告訴我：臺北故宮博物院蔣復璁院長（被他稱為：「教皇」！）在受邀參觀德奧兩國文化機構行程中，申明決不可遺漏當時西德藏書最多規模最大（員工五百多人）、歷史悠久的慕尼黑巴伐利亞州立圖書館。冷水博士非常高興。希望我參與接待。

午後四姊來看書，我提起這事。她高興地連說：「這下我的笛子沒有白帶！」。原來這位詩人徐志摩的表弟、蔣復璁先生，是她的熟朋友、忘年交，抗戰期間人夥苦中作樂的曲友。四姊在慕尼黑平時度曲消閒，卻無從白吹自唱。慕城雖是音樂名城，但是要找到會吹中國笛子、會唱崑曲的知音，卻只能空嘆枉然。

我對國樂、傳統戲曲所知極其有限。除了讀過些《牡丹亭》《桃花扇》的文本，隨意看過幾齣平劇，聽過幾段胡琴、琵琶；實在是十足的「門外漢」。百戲之祖的崑曲更是陌生，好像從來沒有聽過（在大學喜歡的是搖滾、是「貓王」！）當時心中暗喜：說不定可以聽到四姊和「教皇」拍曲唱和呢。

蔣先生與兩位隨行學人在一九八一年三月中旬某日，早上九點準時來到圖書館。館長、幾位特藏組主任和我陪同參觀，並邀請充和四姊參加茶會。兩位老友異地重逢，都意外的高興。因屬正式訪問，兩人不便細談，約好晚上在家小酌敘舊。

四姊要我也去參加他們的雅聚。我當然欣然答應了。

世事難料，晚上我因突發事故不得赴約，非常懊惱。四姊安慰我：將來有的是機會。

次日她嘆道：前一天晚上，她吹笛子的時間多，唱得少。感歎老院長笛藝荒疏；唱得高興，可是年紀大了，當年一條好嗓子，現在竟咿呀不成音。

她告訴我，下月要回美國一行。紐約大都會博物館新建蘇州庭院「明軒」，四月十三日請當地崑曲社去表演，她將唱《金瓶梅》裡的曲子。—可是我也聽不到。

四姊大去後，她的曲友陳安娜女士告訴我，四姊過了百歲高齡嗓音仍舊婉轉動聽。天賦異稟，信然。我與四姊相交相知三十餘年，除了在慕城碰巧聆聽過她或吹笛或唱曲自娛，却從未欣賞過她現場度曲、更沒有看過她登台演出—其實自己也明白：不識音律工尺，怎堪作四姊的知音？

四姊的小友兼曲友李林德博士曾寄給我一份四姊一九六二年四月十九日、二十日連載在《美華日報》副刊「自由神」上的大作：「如何演牡丹亭之遊園」。文章以精練雅達的半文言、半白話寫成。是四姊從少年時期開始學習、以後屢經名師指點，自己潛心揣度體會的心得；再加上累積的登台演出經驗。戲中一聲一腔、一歌一舞，舉手投足、旋身迴盼，絲縷不肯輕輕放過——十分詳晰認真地分析演繹如何演出這段湯顯祖精彩的崑曲折子戲。

就憑著細讀四姊這篇文章，二〇〇六年我看白先勇率崑曲團來美西演出青春版全本《牡丹亭》，居然可以心領神會，連連在柏克萊、聖塔芭芭拉看了兩輪，六天六場。不厭不倦。

從此憬悟，為什麼書法與崑曲纏綿婉轉一詠三嘆的水磨調是四姊此生最愛。

（三）

四姊、漢思返回美國後，繼續在耶魯執教，住在離大學不到十英里的北海文鎮（North Haven）。我們持續通信，間或道經紐約，必設法與四姊歡喜重逢，但都是一晤匆匆。

一九八七年立凌受聘西雅圖華盛頓大學，次年我們移居美西。從此隔一段時間就要飛一趟東岸，必定到北海文鎮，在四姊漢思林蔭間半坡上幽靜的家裡盤桓小住。

灰白色相間簡樸的樓房，繞著庭園。第一次去，是夏天。簷下瓜棚透綠，籬邊叢叢紫竿翠竹，幾株花樹、幾方菜畦。四姊說，每早起來坐對晨曦，磨墨寫字；以後就是澆水、除草，對付蝸牛。否則「吃不到自己種的菜，看不到盼了一年的好花了。」可惜牡丹花期已過，四姊要我下次四五月間來，品賞春風拂檻的名花。此間氣溫與洛陽相近，宜於牡丹芍藥（原種是二十世紀初從雲南遠渡重洋移植過來的）。跟著她在園子裡四處遊逛，五穀不分的我對四姊的農藝園藝實在佩服；尤其是看到瓜藤上結著纍纍的小葫蘆。

「以後會長大吧！」我想當然的問。誰知出乎意料：「不，不會再長大多少了，」四姊說。「啊？」四姊不答笑著拉我拾級進屋。

小門廳正對樓梯，左邊客廳擺著磁青色布面沙發，地下靠牆和茶几上放著兩三盆垂葉植物和洋蘭。舉目壁上四望，疏疏朗朗掛著幾張現代名家沈尹默、沈從文、臺靜農、饒宗頤諸先生的作品；上款題的都是四姊與漢思的名字，足見皆是主人的故交。（歷次拜訪時有更換。但是從來不見四姊張掛她自己的書畫！其謙沖有則如此。）

一張極長極大的桌子居中獨佔門廳右邊的房間。桌面鋪著深色毯子，零星擺著大墨池、兩三方小硯、水盂、筆架、印泥盒之類，和捲著攤開的幾種紙張，也有四姊寫了的字。長桌兩端堆著書籍、翻開的字帖等等。房間靠裡牆立著一架紫檀玲瓏櫃，藏著四姊與漢思當年新婚燕爾就離開中國，隨身行李帶出來的幾組古墨、幾方印石，和一些別的物件。矮椅、地板上盡是書報，四姊稱作：「為患！」桌前放著張高背椅，是四姊坐著臨池的地方。四姊說：這間原來是飯廳，西式長餐桌平時難得用到，空放著可惜。就變成她樓下讀書寫字、或教授學生的房間。樓上小書房則是清晨練字的地方。習慣了，好像在小書房坐著就自然練碑臨帖。到下面「大書桌」上就寫別的自己想寫的條幅、卷子、扇面等等。

午後金黃色的陽光穿過盤繞著窗沿的爬牆虎綠葉，影影綽綽，灑落在桌面和牆上。抬眼看見牆上陽光照不到的稍上方，掛著兩幅水墨勾勒寫意：一幅是三兩枝花卉、聊聊著色。另一幅則是鬟鬟輕攏、纖纖素衣女子的背影，雙袖交垂，只有腰間飄拂著一抹藍帶。韻致飄逸，說不盡的款款風流。真是神筆！

再看，是大千居士的落款。四姊見我看得走神，笑說：「張大千說畫的是我！反正看不到臉，是誰都可以。」

是她，是幾個世紀前的四姊。

她聽了，也不理會，迴身從櫃子的架上拿出一個小東西，給我看。卻是個約三寸高的小葫蘆，淡黃泛綠色，蒂上捲著寸許已經乾了的細藤。葫蘆小小的胖肚子上，竟刻著篆字「吉祥」二字，硃紅色。捏在掌裡堪堪一握，光滑輕潤，可愛極了。「這就是去年的小葫蘆啊！」四姊說：「妳剛剛不是以為那綠藤架上掛著的葫蘆還會長大嗎？過兩天我就要摘下來了」。原來四姊特意把普通的葫蘆幾經改種，才長出現在這樣罕見的小葫蘆。摘下的小葫蘆要掛在通風簷下風乾，「不能曬，曬了就會癟、會爛！風吹乾透了，才可以淺淺刻上字，或寫或畫。好玩吧？」

實在好玩。就不知她怎麼想得起的。連園子裡的紫竹，也是為做笛子種的呢。

臨走，包裡多了兩個小葫蘆，四姊要我自己加工。一直沒有敢瞎寫瞎畫，留著天然素色。輕輕握著，依稀感覺到四姊放在我手心裡的溫暖。

（四）

不知多少次，吃過晚飯，唇齒間新韮猶香，天色還早；我們就出門在他們住宅邊小坡道上散步，往高處走去。林木森森，環境清靜幽美。四姊告訴我，鄰居不少是大學同事，極典型的美國東岸新英格蘭區，緊臨大學的小鎮。我說，這樣多好，彼此雞犬相聞，有照應。四姊過了半晌答道：「各忙各的，不好隨便打擾人」。

繞著山坡半環，我們緩緩從另一端下坡，迎面的夕陽仍好。

回家後，或是在大書案前覽讀四姊自己的近作，或細賞他們收藏的現代當代名家書畫。知道我是胡適先生的仰慕者，四姊就翻出胡先生寫給她和漢思的兩件墨稿給我看。胡先生不是書法家，我總覺得他的字有點「太」灑脫，好像跟他埋頭做學問考證的形象有點「不搭調」。但是，那樣仔細的一劃一捺，清清楚楚，不管是文稿日記還是題款，都一貫認真書寫，不作飛龍在天的草書、難為讀字的人；這種一生裡外一致的表徵，實在更令人嘆服。

有時就是捧著茶漫談什麼新的話題。如果漢思和立凌也在，兩位君子正襟陪坐，心不在焉地跟著觀賞，彼此竭盡主客之禮，卻絕少加入我們的談話。所以四姊經常笑著請他們自便，「不用奉陪了」！漢思遂邀立凌去他們客廳旁邊加建的休閒室，一面輕聲以德語交談。然後過不了多久，就會傳來鋼琴的樂聲。

漢思幼年在故鄉柏林讀書學琴、喜歡語文音樂。這架大鋼琴，德國名琴貝赫斯丹（Bechstein），是三十年代舉家移民美國，飄洋過海運來的家藏舊物。音色仍舊清越，立凌試彈之後告訴我。

漢思一家三翰林（正對：張氏《合肥四姊妹》！）。他的祖父、父親、和他自己都是研究西方古語文學家、哲學博士，大學教授。而漢思於西方古語文之外又下苦功，拿得中國古典詩文的博士學位。先後在史丹福、柏克萊、耶魯諸大學執教，更時常出入歐亞名學府講學。

「溫文儒雅，沉思好學」，就是對漢思最妥貼的描寫。二十幾年交往，從來沒有一次聽到他大聲說話，或看到他面有不豫之色。他的英文學術專著如《孟浩然傳》、《梅花與宮幃佳麗》等，以及他與四姊共同翻譯出版的唐代孫過庭（六四八—七〇三）《書譜》，都是專攻中國詩學或書法的學者必讀必備的典籍。他英譯漢文之馴雅精確備受同行識者敬羡。（好萊塢拍的經典動畫片「Mulan」，就大量採用他翻譯的「木蘭辭」—收在《梅花與宮幃佳麗》裡。）

我們卜居美西那年，漢思已經從耶魯退休。仍舊勤於翻譯、研究、寫作，多半的時間在他樓上書房工作，對待我們總是一逕的和熙親切。

四姊說，他還義務參與為盲人團體讀書和製作錄音帶的工作。包括西班牙語、希臘語，都是他擅長的。

當時看著他和四姊恬靜質樸的日常生活，簡單和諧而相互體貼；我常想「鶼鰈情深」、「琴瑟和鳴」當即如是。

（五）

二〇〇〇年秋冬之際，到波士頓劍橋跟女兒女婿小聚，過了假日他們忙著上課、趕作業。我們臨時起意給四姊打電話，開車去北海文鎮看他們。

四姊正在大書桌前研墨，忙著幫朋友們趕寫書題之類的墨稿。囑我們先上樓跟漢思說話。我說怕吵他做事。四姊回道：不要緊，平時他話說得太少，要跟人談談才好，活動活動腦子。

漢思看見我們有點意外，隨即起身，含笑請我們坐下。他案前攤放著歌德的《浮士德 II》（《**Faust II**》）原文本。

據文獻，歌德晚年續寫詩劇《浮士德》，一八三〇年完成，是為《浮士德 II》。卻將原稿戳印密封，還特意寫下：「我死後方得拆開」的字樣。歌德一八三二年去世，文本隨即出版刊行。可是遲遲超過一世紀，直到一九三五年才在劇院上演。《浮士德 II》，出名的難，難懂、難演。內容涉及天人之間的互動，生命的旨意，形而上的哲學問題，和種種超現實的想像與古典神話的另樣闡釋。出版後書名題曰：《Faust. Die Tragoedie von Goethe. Zweiter Thail》（《浮士德。歌德著作之悲劇。第二部》）。

正想向漢思請教這齣詩劇深奧的哲理，忽聽他緩緩說道：「歌德這時期對中國的哲學，人與自然的關係，人與人的關係，覺得有意思」，略一停頓，又說：「歌德年輕的時候自己學寫中國字，後來還跟從中國回來的傳教士學過。最近讀到些新材料，想寫一篇關於歌德學中文的事。」

太好了！我說。只知道歌德、席勒（Friedrich von Schiller，一七五九—一八〇五）等文學家也深受從十七世紀開始盛傳歐洲的「仿中國風」（Chinoiserie）影響，覺得來自「遙遠神秘古老的中國」的一切、新奇而有啓發性。他們還根據英譯的中國詩文改寫成德文。却沒想到歌德居然對漢字下過功夫！讓我記起那位我們共同的朋友—鮑吾剛教授，他說過，當年選擇研究漢學，與中國的象形文字有關—他喜歡繪畫。歌德不也是極好的畫家嗎？漢思連連點頭，說他也喜歡畫畫，對漢語的四聲音韻最感興趣。啊！難怪他專門研究並翻譯中國古詩詞了。對西方人、甚至漢學家而言，中文發音是最難學的部分。我說，恐怕涉及他喜愛音樂，聽覺特別敏銳。他點頭說：「可能、可能」。

記憶最深的是，他推崇歌德在兩百多年以前說過的：偏窄的民族文學已經過時了，代之而起的是世界性的文學。

四姊喊我們下樓吃飯，幫她收拾碗筷的時候，她悄悄跟我說：好久沒看到漢思談得這麼高興了。

漢思二〇〇三年過世。沒有留下歌德學中文的文章。

最後幾年漢思時常臥病，四姊實在沒法在家照顧，於是送他住進不算太遠的安養院。自己每天開車去看他陪他，先後出了兩次車禍，幸而都有驚無險。家人朋友們空著急、偏又幫不上忙。

我們飛去東部，到北海文鎮已是下午，接了四姊一同去看漢思。

漢思雖然消瘦孱弱，精神還好，洵洵有禮依舊。他跟我們輕聲招呼，灰藍色的眼睛無限溫柔地隨著四姊來回的身影轉動。

那是我們最後一次看到漢思。

（六）

西雅圖亞洲藝術博物館（Seattle Asian Art Museum）二〇〇六年一月十四日—四月二日舉辦的「古色今香—傅張充和女士與其師友之中國書畫展」（原名：Fragrance of the Past – Chinese Calligraphy and Painting by Ch'ung-Ho Chang Frankel and Friends.）是美國藝展中罕見的盛事，意義非凡：一位非主流的華裔女性藝術家以及她非主流的藝術作品，在一個主流的博物館展覽，這與在專注學術研究的場所展出，其意義和走向非常不同。

特別是展品中大量的書法。一般西方觀眾，「書法」常是他們難以勘破的障礙。

但是這次展覽不僅轟動而且成功。當然，開展之前宣傳印刷品及目錄準備周全、及早寄發，專題演講一一推出，展覽場地佈置得典雅有序，每一項展品附有簡介卡片、易讀易懂——這些都是有力的推波助瀾。但是，展品與眾不同的「實質」，足以印證所有的文字記載，造成有目共睹對「線條之美」對「書法藝術」的肯定。才是這次成功的終極因素。

館長 Mimi Gardner Gates（她有一個不俗的中國名字：倪宓）以畢業於耶魯大學中國藝術史博士的學歷，耶魯大學美術館館長的資歷，從一九九四年開始，擔任西雅圖藝術博物館（Seattle Art Museum）、亞洲藝術博物館（Asian Art Museum），以及西雅圖奧林匹克雕塑公園（Olympic Sculpture Park）三館的館長。她在耶魯隨充和學書法，聽漢思講中國古典詩詞。以後她任職美術館，因鑑定或展覽館藏的中國書畫古物，時常向充和請教。四姊對我屢次提及：Mimi 好學、聰敏！她和漢思都喜歡她。

而 Mimi 對老師更是敬愛推崇出之至誠。她清楚知道：如此品格，如此不凡的書法造詣與畫風，深厚的詩詞戲曲文學修養，都源自古老中國精粹博大的文化——古老而彌新。老師是不世出的幽蘭。她要讓更多人來欣賞這種以後再也難見的亙古典範。

跟 Mimi 成為至交，與彼此對四姊之羨敬愛慕，自然切切相關。

亞博館坐落在城中坡頂的公園，遠眺縹青灣和峰頂常年積雪的雷尼山，近看華盛頓湖粼粼水波綠影，風景絕佳。是根據二十世紀初紐約山水林園設計師奧姆斯德（John Charles

Olmsted, 一八五二—一九二〇）所規劃建造的。水塔、野栗子樹的綠蔭道、繽紛叢叢的茱萸、櫻花、山杜鵑，大片草原、池塘噴泉、露天劇場；在在都是大師的特色。與稍晚完成的「美國新藝術風」博物館，成為西雅圖最精彩的文物景點。這景點也正是「古色今香」！

展覽由 Mimi Gates 和當時的中國藝術策展人沈雪曼博士共同策劃，白謙慎教授參與作業。分為三部份：

一、充和與她師友的書畫。以充和的各體書法、山水畫仕女圖、手書詩詞、小品書畫手卷為主；兼有沈尹默、沈從文、臺靜農、唐蘭、饒宗頤諸先生的書法，黃永玉、吳子深先生的水墨畫。

二、文房四寶。充和的印鑑，皆是名家刀筆。最令人矚目的是詩人聞一多為她刻的圓章「張充和」三字。此外，她收藏的明代九龍墨、清朝御用箋紙、特殊的毛筆、筆架等等；極為可觀。

三、與崑曲相關的藏品。充和一九九一年手寫的《牡丹亭》拾畫、叫畫、硬拷三折，十五世紀寒泉古琴一張，十六世紀漆笛一管；還有她登台演出穿過的戲服三領：海水龍紋披風，月白披，雲蝠百摺裙。

（七）

四姊會親自來參加開展儀式，而且還會在西雅圖小住兩星期。大家都很興奮。

當然我跟立凌特別興奮，因為四姊要下榻寒舍。

Mimi 十幾年前就告訴過我：那時候她決定來西雅圖任新職，立刻告訴四姊和健在的漢思，並邀請他們以後到西雅圖來玩，住在她家。四姊很為她高興，却斬釘截鐵地說：我們不會住妳家，去西雅圖就住汪珏家！

所以，Mimi 笑說：「這次又碰了釘子，倒也在意料之中。」

不過，開展之後一個週末，她請四姊一家、舊金山來的林德和我們，一同乘船，到她與 Bill 在縹青灣離島上的別野小住渡假。

四姊在展前兩天的晚上由兒、媳、孫子陪同，從新海文市乘 Mimi 安排的私人飛機直達西雅圖專用機場（與公共機場不在同一處）。看到九十二歲的四姊，清瘦，但依然健朗，步履安穩，舉止平和端祥，自是非常歡喜。卻又難禁許多惆悵—圓滿也帶著遺憾。看不見總在她身旁的漢思。

四姊的兒子 Ian 一家跟著 Mimi 走了，他們住在城裡博物館代訂的旅館。女兒艾瑪和家人晚一天也會從芝加哥趕來。

我們帶著四姊開車回舍下。

我們住在西雅圖的城北，距大學、亞博館、市中心，都只有二十來分鐘的車程。一個四五十年前七畝地的馬場闢建為十二棟雙拼公寓，庭院裡樹木花草整理得滿目青翠斑斕。

父親一九九一年過世後，我們接媽媽來西雅圖住，須要換大一點的地方。媽媽一眼看中這棟三樓坐北朝南房，採光好，園子裡老樹蒼綠參天，卻不會擋住陽光。我們喜歡園子寬敞，老太太可以散步看花，挑高的屋頂、牆壁上可以掛中國老畫。所以十分鐘就決定買了。

母親一九九九年棄養。這間前窗面對庭院、一端小門通往陽台的的主臥室變成我們的書房。加了些書架書桌等物，還放了一張可以拉出來成床的木架沙發，墊子用厚棉花製成，軟硬度對腰背脊椎極好。房間連著更衣室、梳理化妝間，盥洗室。關起房門，與外界完全隔開，自成天地。

這裡就是四姊的「歇腳庵」（臺靜農先生語）。我知道，四姊對物質奢華講究向來不在意，簡單乾淨、舒服自在就好。所以十分安心，除了在化妝小間的大理石桌面上添放了一隻自動煮水器，茶具之外，沒有著意打點。

果然，四姊一看就連聲說好。又說在飛機上吃得很飽，不能再吃了。幫著她把箱子什物略略整理，就請她早點休息。

此後這十幾天與四姊朝夕相共，是最難忘又難得的記憶。

早上我起來多半四姊已經起來了。她說，年紀大了睡不長，經常睡了兩三個鐘點就醒，起來喝點水、看看書—她喜歡線裝書：「捲起來，又輕又方便」，那次她帶著的記得是李長吉的樂府詩—以後睏了再睡。大概就睡五六個鐘點吧。下午盡可能，請她小睡休息一兩小時。

每天吃過簡單的早飯，我們就照著行程表上的節目準備出門或等朋友來。四姊門生故舊在西雅圖的不少，李林德姐弟從灣區飛來，加上慕名者、不速之客，忙得很！立凌實驗室走得開就請假，做我們的司機兼攝影師。

最開心的是參加宴會之前在家的準備時段。譬如一月十四日（星期六）傍晚的開展典禮，緊接著就是近千人的酒會自助餐會。那大午後，四姊小睡起來，我們一起挑選「主角」要穿哪件衣服？最後選定酒紅色暗緞旗袍與同色短外套；領下扣一隻翡翠別針。然後我請她坐在梳妝間大鏡子前的藤凳上，稍稍淡妝、淺點口唇，挽起一個鬆鬆的髻，耳翼戴上翡翠耳墜。鏡子裡一位端莊雍容的銀髮麗人。很美！她滿意。我也很滿意。

晚上，真是眾星捧月。演講廳座無虛席，後面還站滿了人。典禮如儀，Mimi 滿面春風地致歡迎詞，介紹她的充和老師。白謙慎教授自己也是書法家，他分析講解充和的書法和詩詞，輔以幻燈圖片。會後來賓自由觀賞樓上展覽廳的三個展場。

亞博館前面早已架起壯觀的帳篷，四角擺著大火盆—很冷的農曆臘月十五晚上。轉眼就熱起來了。人潮一群群湧往站在前面的充和，圍著她，向她致敬致意，Mimi 在她旁邊充當禮賓司。四姊的笑顏從容嫻雅。

（八）

亞博館忙過幾天之後，我開始準備在家裡為歡迎四姊全家的晚宴。Mimi 和 Bill 是當然陪客。其他客人有四姊與漢思以前耶魯的同事，中國藝術史學家班德華（Richard

Bernhard）夫婦—他也是Mimi的博士論文指導教授。幾位華大研究亞洲藝術史的學者。策展人之一沈雪曼特地從愛丁堡大學飛來參加開展，自然也出席「家宴」。其他遠近對四姊欽慕的好友們也都來了，還幫忙待客，準備餐點飲料等等。

其中幾位：四姊舊友梁實秋先生的女兒文薔—我對窗居的芳鄰，四姊故交羅家倫先生的長女久芳、桂生教授伉儷，還有特地從灣區飛來的民俗學家李林德—則不但是四姊摯友語言學家李方桂先生、徐瓔女士的女兒，也是四姊經常讚譽有加的崑曲吹笛拍唱高手。此外沈從文先生北大的學生、華大馬逢華先生夫婦，四姊耶魯的小友女作家程明琤與夫婿羅平章先生…看到他們，都讓四姊出乎意外的高興。

我相信，沒有人在乎東西好不好吃，地方擠得連座位都要「大風吹」團團轉。在意的是：今夕何夕，大家竟能濟濟一堂。如此光景，就成為我現在重寫舊事的引子，傷逝惆悵喟嘆，但是終是歡喜：畢竟有過，有過那樣無機的笑談，忘情的開心。不是嗎？四姊。

那天上午，Mimi送我們去專用機場—她打進特別號碼，車子直馳到飛機旁邊。她太忙，說好了，由立凌與我陪四姊乘私人飛機飛返新海文市。照顧四姊的小吳先生會開車等在機場外。Ian兄妹因為工作，與家人早就離開了。

兩位駕駛員在機旁等著，接過我們簡單的行李。Mimi與四姊殷殷話別，跟我們擁抱揮手，就匆匆離去。上了飛機，副駕駛來告訴我們安全設備、取用餐點的地方、盥洗室的位置等等，看我們各各就座綁好安全帶，就回到前面駕駛室；飛機輕盈迅速地滑行起飛了。

這種噴射小飛機，左右兩排八個座位，設計得簡單舒服大方（就是盥洗室特別豪華）。最好的是幾乎沒有噪音。彼此談話也不需提高嗓門。

四姊一向不喜歡多說自己的成就，行事十分低調。對這次的展覽相當滿意。特別是Mimi事前事後的安排和各部門負責人員的專業配合，實在可說：成績斐然。西雅圖幾份報紙—包括中文報，在開展那天都派出專訪記者，第二天也都作了報導或有內容的介紹。電視台的採訪當夜「晚間新聞」就播出了。雜誌《Seattle Met》，是份內容品質極高的刊物，登載了展覽的消息和四姊、Mimi與來賓的照片。

一路飛行平穩安適，立凌坐在我們後面。四姊和我隔著走道，時而小談、時而翻翻帶著的書、時而假眠。吃過準備好的「冷餐」和飲料，稍稍在飛機裡走動瀏覽；那位副駕駛竟從駕駛室出來告訴我們，大約還有半個鐘點就要到達目的地了。

算算時間，只有五個飛行鐘點。好快！

小吳果然已經在等著了。四姊堅決要我們一起上車，讓他先送我們去火車站再開回家。這樣我們可以早點乘車到紐約。我們準備在汪班家住一晚，次日飛回西雅圖。因為新海文市的機場根本不容普通班機起降。

當然拗不過四姊，而且即或只是十分鐘的車程也捨不得放棄。跟四姊道別，夜色朦朧，看著車裡纖瘦微傴的身影，額前飄拂著銀髮，向我們頻頻揮手。

（九）

以後近十年的歲月，我只去拜望過四姊三次。平時就是過一陣打個電話問候她，跟她話家常。她說，自從小吳去她家關照她，家人朋友們都為她高興。他對四姊好，事事體貼周到。連他的妻子小孩對四姊也猶如親人尊長，喊她姨婆。而且他在四姊有教無類的堅持下，竟學會了吹笛。「還可以為我拍曲伴奏呢！」她在電話裡笑著說。不錯，我聽過錄音帶。

更難得的是紐約曲社的成員和行家越來越多，常去北海文鎮四姊家與她唱和。如果在紐約演出，社長安娜或別的曲友一定會接她同去觀賞。

那次汪班在華美協進會的人文學會為四姊主辦極全面的「張充和詩書畫崑曲成就研討會」，曲友們也為她事先事後張羅準備。研討會開得很成功。

跟 Mimi 一起去看四姊的那次，當是二〇〇九年的秋天。

忽聽小吳電話裡告訴我，近來四姊有點鬱鬱寡歡，胃口也不好。我跟 Mimi 商量，兩人放心不下就捉空飛紐約，開車到北海文鎮，一探究竟。Mimi 開車，這段路她很熟。不久前她被耶魯聘為大學董事會的理事之一。時常要開會，每次儘量彎去看充和，有時間還住一夜。

這次我們兩人，怕麻煩小吳，就住在鎮上的旅館。

四姊是瘦了，看見我們站在門口，很意外，隨即掛上笑容。Mimi和我不會唱曲，就看她園子的收成，看她的書法。晚上乘Mimi陪她聊天，我去廚下幫小吳的忙，炒了兩個菜。吃飯時，逼著，也吃得還好。約了她第二天遊車河，她立刻應了。

Mimi對這裡極熟，原來她以前就住在這附近。帶著我們一路看她的舊居，看新英格蘭區美好的秋天，在路邊市場買水果，到小鎮吃標準的美國午飯：三明治、沙拉和湯。兩人你一句我一句，勸著哄著四姊多吃些。四姊本來不是多話的人，喝著湯，神色怡然。我們知道，這一陣老太太一定寂寞了。

回到西雅圖家裡，趕緊請東岸彼此的朋友多多去拜訪。以後，小吳的報告逐漸正面。每天寫字也恢復了。

二〇一一，二〇一三年都是跟立凌一起經紐約飛歐洲的途中，特意小留，去探望四姊。二〇一三年那次是早春。我知道，五月間崑曲社的朋友要替四姊過百齡大壽。我們提前去賀。四姊要小吳開車帶著我們到那家飯館吃飯，就是以後壽慶設宴唱曲的地方。是在飯館後面另闢的一間，很寬敞、面向草坪小樹林。我們都說好，四姊卻道：「這些玻璃門太大了吧，人來人往，看著多窘啊！」四姊大氣大方，但並不喜歡爭強好勝、出風頭。我們告訴她，不會的，這裡不靠大馬路，不會有閒雜人等隨便來看熱鬧。她才放心。

以後我聽說，壽慶熱鬧得很，壽星也唱得盡興。

去年去灣區之前，我接連打過幾次電話。因為有些時候了，我發現，四姊跟我說話，其實並不知道我是誰。我的名字她已經不記得了。當然，這麼久沒有去看她，怎能記得呢?這一陣小吳之外有位女士住在那裡照料她，大概方便些吧。沒有去看她，心裡難過。遠地家人接二連三，噩訊不斷，疲於奔命。

電話裡，那位女士告訴我，老太太不愛起床，不愛吃東西。我問Mimi近來去耶魯沒有，看到四姊沒有。她忙著敦煌莫高窟佛教藝術在洛杉磯蓋蒂博物館展覽的事，來回中國，美國，洛杉磯、西雅圖、紐約之間，也是疲於奔命。去耶魯開會只得減少。她說，幾次去，充和時常不記得她了。

安娜以後告訴我：

⋯五月六日，崑曲社的幾位好友去探望她、跟她祝壽。她躺在床上，安娜扶她坐起，穿好衣服，梳好頭髮，挽著她出來看花。朋友們帶去的鮮麗的蘭花。她輕聲跟安娜說：「如果我想的人，我都能看見，那樣多好啊!」

是的，她去找她所想所愛的人了。

（西雅圖，二〇一六年。二〇二三年六月校補。）

李約瑟博士與魯桂珍博士

那年是一九八三年，我去新加坡看孩子。無意間在報紙上看到一段新聞：李約瑟博士和魯桂珍博士訪星，當日傍晚將在新加坡大學某個講廳演講。我就去了。講廳很大，我找到這地方的時候，已經坐得滿滿的。只有最前面第一排還有兩三個空位。在一位銀髮女士旁邊我趕快坐下，把筆記簿和筆拿出來。李約瑟博士就從後面走到講台前了。

我認得他，不是真正的認識（英國人所謂：沒有被正式介紹過！），是在若干次歐洲漢學會議，或在劍橋大學校園裡他的學院（Gonville & Caius College）附近看到他，急急獨行；或是遙見他騎著後面有兩個輪子的腳踏車（據說是特別訂做的），四平八穩地穿越過小徑兩邊野栗子樹濃鬱的綠蔭。在附近談笑閒話的眾人，立刻避讓噤聲、行注目禮，恭送他高大微傴的背影。絕對是當年劍橋校園難忘的一景。

上世紀七八十年代不論在什麼城市，也不論是哪國人，大概只要喜歡翻翻報章雜誌、對世事時事歷史、學術科技略有興趣的，很少會不知道這位劍橋大學的英國科學家Dr. Joseph Needham—李約瑟博士（一九〇〇—一九九五，後面簡稱：李博士）的大名；與他數十年來致力編撰的巨作《Science and Civilization in China》【《中國科學技術史》，以下簡稱：科技史】，劍橋大學出版社出版。

李博士對中國科技發展的興趣與研究，早在上世紀四、五十年代就知名於學界。【科技史】卷一，一冊，<Science and Civilization in China, vol. 1>，一九五四年在劍橋大學出版社問世（此後於一九六一，一九六五，一九七二年三度再版。）

英文本 Vol. 1– Vol.7 共27冊，一九五四—二〇二五。（李博士過世後仍繼續編撰）。

簡體字中譯本，十四冊，一九九〇—二〇一四（繼續編譯中）。

正體字中譯本十五冊，臺灣商務印書館印行：《中國之科學與文明》，一九七一—一九八二。

特別值得一提的是：當年劍橋出版英文原本賣價，對港台中的留學生是不可能的負擔。經過有心人將實況與劍橋大學出版社李博士等洽商，竟獲得同意：讓臺北某書店出版影印本供學界人士購買，但不能轉售。（舍下也藏有若干冊。）

李博士原是劍橋大學生物化學系教授。二戰期間出於對中國橫遭日本好戰者殘暴侵略的同情，並深受一九三七年在劍橋大學進修生物化學的魯桂珍博士（一九〇四—一九九一）之影響—魯博士是李夫人李大斐教授（Professor Dorothy M. Needham，一八九六—一九八七）的高足，對李約瑟博士研究編撰中國科技史的事業厥功至偉。李博士逝世後，科學史學家何丙郁教授任「李約瑟研究所」所長。何所長與李、魯二位長期共事，情誼至篤。他曾坦然說過：「沒有魯桂珍就沒有李約瑟，只會在生物化學領域有一個Joseph Needham…」一九八七年李夫人大斐長期患病過世。一九八九年魯博士與李博士在劍橋教堂結婚。不幸，魯博士一九九一年因病去世。

長期協助李博士致力研究，並為【科技史】撰稿的，還有也是在一九三七年就進入劍橋大學的王鈴博士。

一九三八年李博士應中英科學合作計劃之邀，放下教學工作，去當時未經戰火殃及的中國大後方及偏遠之地，實地訪問考察遷往該地的學府學術機構。先後結識了不少中國知識份子菁英，以及在極端艱難的物質條件下努力不懈的科學家。

此行與以後更深入的訪問，奠定了李博士對研究中國科技史的興趣。同時讓他認知：這些中國古代科技，如：指南針、火藥、造紙、印刷術、造車造輪、天文地理、星象算術、醫學生化、農業工藝等等；甚至明朝永樂年間鄭和下西洋其規模傲世的船隻，建造的圖稿記錄；皆因中國文字的發明，造紙製筆印刷術的發達，千百年來史書編載一一有據。促使他更積極用功地學習中文，讀中國書、寫中國字，由根本探源，從事「中國科學技術史」的研究與編撰。

五十年代初，他提出：「為什麼十五世紀之前重要的科技發明在中國，而文藝復興之後就換成了歐洲？」

這一「大哉問」，被媒體稱為：「李約瑟難題」，發人深省。同時李博士和他的團隊，於二三十年間持續撰寫論文，揭示未曾被西方重視的中國固有之科技醫學天文地理等各方面的發明。其時正值上世紀七八十年代，西方國家（以美國為首）經過韓戰、越戰始未料及的躁進失敗，激發社會大眾（特別是大學生、年輕人）反政府反資本主義的連串悲劇；

遂引起學界和新聞界對中國（乃至整個東方）古代科技罕見的關注和討論。且不僅限於數理科技領域內，也促使他們對文史哲多方面研讀的興趣。

中外報章雜誌掀起「李約瑟」、「中國科技」熱，報導訪問不斷；質疑和辯駁也始終不息。一般的質疑問難是：【科技史】記載中國十五世紀之前的發明是所謂的「原始科技」(primitive technic)，可以定位為「現代科技」之肇基嗎？持異議的科學界人士強調歐洲文藝復興開始才是「現代科技」的發端。同時也引起疑問：中國為何在明朝中葉之後「停滯」了科技發展？原因何在？

當時我在圖書館工作埋首古籍，幾乎不問人間世事。但是李博士的「大哉問」和【科技史】激起的熱浪，迎面撲來；不由分說，連我這外行人也多少被浪花沾及。純科技問題固不容置喙，卻忍不住反思旁及左右：真的，什麼緣故使中國的科技從明朝中葉或更早，就「停滯」了發展？兩百年後，清王朝閉關自守，坐待英法俄日兵臨城下，卻自守無能，割地賠款，淪落到次殖民地位；以及其後賡續不斷的重重悲劇。

回顧中國從春秋戰國漢唐盛世，到文物繁美精華的宋代，其後經過西北邊疆民族遼金元分據或統治，國祚延續至明朝。數千年來，早已是個政治文化經濟各方面制度運作相當成熟的君主國家。

因循故舊不求更新，則熟極而爛，是為必然。

明中葉之後，幾代皇帝在百十年間，竟史無前例地深居後宮大內，幾乎從不上朝直接會同臣下議事。上奏下達均由內監呈報或代筆，執行政務的官吏臣工從無面君商榷國家大事的機會；枉論徵選鼓勵特殊人才。內外忙於貪賄私鬥，或輸糧給銀、粉飾太平。後來更因沿海倭寇猖狂（名曰倭寇，其實不肖漢人居多），無力剷平，遂實行閉關；國力日衰，民生日疲。朝廷既沒有培養具有宏觀遠志之士的眼光，更缺乏鞏固國家發展的計畫或組織。

大環境如此，而個人，則管子四民說：「士、農、工、商」，千百年來深入社會各階層的思想，愈演愈烈。所謂士者，埋首經典句讀，祈望考試中式，此後岌岌於高官厚祿。一般平民為生計終日碌碌，但求溫飽。即或鼓勵子弟進學，亦以圖仕進，改變家族地位為念。在這樣的處境下，更難促使對新知識、新科技、新思想有興趣的人才被發掘重視，使之潛心研究展其所長—不是沒有這樣的人才，是缺乏國家社會鼓勵他們突破的助力。

反觀十五世紀的歐洲，文藝復興在義大利半島中心城邦佛羅倫斯（Florence/Firenze，詩人徐志摩筆下的：翡冷翠）肇其端而擴展，使歐洲從神權主義過渡到思想開放的人文主義。

梵蒂岡天主教長期全面控制的腐化失措，貴族豪門與教廷相互勾結，壟斷思想知識和經濟資源；加上黑死病（鼠疫）橫行，庶民難以聊生，是當時的實況。激發有理想有魄力之士，對古希臘羅馬文化、天文地理、技藝科學，文學藝術等多方面的反思探究；並適時引進阿拉伯源自古印度（或曰中國）的數學理論。這些措施得到佛羅倫斯有眼光有實力的美第奇（Medici）家族及其他城邦之世家，積極支持。於是一場包括：思想、文學、藝術、建築、科技乃至商業經濟等各方面的改革創新，隨著海陸運輸交通傳播之順暢，歐洲文藝復興（當然不僅在文在藝）的融融之火，展開其燎原之勢。

中國恰在圈外，故步自封。

歐洲經濟科技各方面發展了三百餘年，促成十八、十九世紀英國的工業革命。運用機器製造，物品產量大增，消費市場擴展，資本主義興起，英國成為「日不落帝國」。殖民印度之後，背後由英國皇家政府掌控的「東印度貿易公司」上下官員商家處心積慮，實行向中國傾銷鴉片的計劃。其獲利之鉅，遠遠超過購買中國絲綢茶葉瓷器等等支付的稅金；而其荼毒國人身心健康之用意行為，尤其可卑可恥可惡。及至清政府發現弊端之嚴重，林則徐的努力犧牲，只留得國人後世永久的景仰。

為什麼大清帝國的政府軍隊完全無力自禦？為什麼面對西方的新科技未能及時善加利用學習？

清朝進關後，康熙雍正乾隆算是盛三朝，財力國庫都還豐裕；卻沒有從華夏歷史文化探取精萃，著力培養特殊人才的遠見。也沒有善用機會，鼓勵學習西方三百餘年間科技文明的成就。不是沒有機會，是沒有善用機會。

從晚明到清初先後來華的耶穌會傳教士利瑪竇（Matteo Ricci，一五五二——一六一〇）、湯若望（Johann Adams von Schall，一五九二－一六六六），南懷仁（Ferdinand Verbiest，一六二三－一六八八）等都是飽學之士，他們攜帶著宗教信仰之外的新科技新思想：數理天文曆法、方輿科技常識，以及哲學理論等；由海上輾轉來華叩關。

他們的學養認知與後來來華的傳教士很不一樣—他們深知中國是一個有完整歷史文化的國家，必須努力學習漢學，知己知彼，才能融合深入。他們也都是最早可稱為「漢學家」的傳教士。利瑪竇、湯若望與楊廷筠（一五五七－一六二七）、徐光啟（一五六二－一六三三）、李之藻（一五六五－一六三〇）等有識官員仕來，交換中西學術文化精萃，合作譯印書籍（至今仍保存在有歷史背景的中外圖書館裡）。同時也教授物理數學幾何、天文儀器、輿地（如：萬國坤輿圖，利瑪竇繪製），以及紅衣大炮等新科技的知識。

清初，年輕的康熙帝對新知識非常感興趣。文字記載，他對待南懷仁傳教士「有若師傅的感情和信任」，在取捨學習間極有見地。可惜未能系統的規劃傳承，難以抵擋龐大舊官僚的排斥。畢竟在思想信仰上，傳教士的最終目的：成為信仰基督的天主教徒（或以後的：基督教徒），與數千年中國社會傳統，有難以磨合的相違處。同時其他派系來華的教士們，在傳教運作方面常與耶穌會相牴牾。乃逕向梵蒂岡教廷申訴，利瑪竇、湯若望、南懷仁等皆遭譴責。以後還涉及教廷對康熙之「大不敬」，清廷遂閉關禁教、驅逐傳教士。直到喪權辱國的鴉片戰爭「南京條約」，以及其後一連串西洋東洋的侵略和不平等條約；清政府和國人才驚悟自己在各方面的落後。

中國從官方到民間有計劃的學習西方科技，還要等到下一個世紀。

在這種歷史背景下，李約瑟博士和他的團隊不計功利名聲，幾十年如一日，發掘書寫中國曾經有過的科技發明，名之以史，分外令人敬重。

坐在新加坡大學的演講廳裡聽皓首窮經的李博士告訴大家，繼續出版科技史急需改進的近況：參與研究撰寫的東西方學者們需要獨立工作的研究所，以他私人收藏之書籍為主的「東亞科學史圖書資料館」，藏書已經不敷使用，必需繼續不斷擴充，以便學者尋找資料。

他和魯桂珍博士屢次行足萬里，過訪各國學術界，演講、會談，就是為以後在劍橋羅賓森學院 (Robinson College) 成立「李約瑟研究所」(The Needham Research Institute: A centre for the study of history of East Asian science, technology and medicine)，也包括圖書館，籌劃長期的合作學術機構與資助。

看著聽著這位年逾八十的科學家神采奕奕、滿腔熱情的敘述，只有敬重和感動。說到興會處或略有猶豫的地方，他即轉身含笑與魯桂珍教授交換神色、會心互動—正是我旁邊那位銀灰色短髮、笑容可掬的女士！

演講會在熱烈掌聲裡結束。李博士走向我們，魯教授正親切地跟我說話，她的普通話沒有捲舌音。她向李博士介紹我：「她在慕尼黑圖書館工作，也許以後可以請她來我們圖書館！」我謝謝她的好意，解釋自己做善本書編目，對科技數理實在一竅不通。李博士笑著問我的名字，我告訴他，他立刻從上衣口袋掏出小記事簿和筆，說：「這個字，我不認識。哦，是兩個玉合在一起，唸「jue」。」他的中國話有點口音。當然，不是從小學的，難免。他專心把我的名字寫在本子上，遞給我看：「對嗎？」

這樣字字認真的態度，讓我不能忘記。

我們走出講廳，門外已經聚了許多人在等著他們了。我匆匆跟二位告辭。魯教授殷殷囑我，下次到劍橋，去研究所看他們，跟他們喝茶。我應了。

很遺憾，是一個沒有實行的「應諾」。以後很長一段時間沒有機會去劍橋。再去，兩位都已先後作古。

(西雅圖，二〇二三年七月)

仰望長空—感念趙榮琅先生與國芳姊、雷開媞女士

這些難忘的人、時、地，這些難忘的機緣。彼此相處會晤或長或短，幾十年、十幾年，幾十分鐘、十幾分鐘。偶然，如徐志摩的詩。釋出的關懷與眷顧，是散佈的星辰在我仰望著的長空閃爍；不管天晴落雨或雲煙重重，從未間斷，也不會消失。

趙榮琅先生與國芳姐（上）

趙榮琅先生是我一九六三年秋天初到德國，進入漢堡大學第一位認識的中國學者。趙先生在漢堡大學漢學系任教。

我申請就讀「德國現代語文系」，外國學生規定要在附設於校外的先修班進修德文一學期。

對漢堡大學校本部的漢學系真是聞名已久。二十世紀初德國帝制時的「殖民學院」開創「東亞研究所」，設立該系。以後大學成立，歸入大學，是為德國最早研究中國文史哲語言的科系，名師輩出。

而且也知道系圖書館的典藏極豐，還有不少罕見或清朝因為不同原因明令銷毀，卻漏網了的禁書。對我這個中文系畢業生來說，當然是十分嚮往、亟欲一訪的地方。

就在圖書館，我正出示學生證給圖書館員登記，一位儒雅的東方學者走進來，手上抱著幾函中國線裝書。頓時讓我覺得十分親切，不由自主、貿然趨前自我介紹。就這樣認識

了趙榮琅先生。不久即欣然應命去趙府大快朵頤，結識了我此生三五知己好友之一：趙太太鄭國芳女士。開始了我們半世紀的友誼。

德國大學的學生，不論國籍都免學費，但是要自理健康保險、書籍、住宿（可以申請學生宿舍）和餐用費（設有餐廳）。對我們這些一九四九、一九五〇年隨著父母家人倉惶逃離大陸的留學生來說，仍舊是一筆不小的開支。不可能再加重父母的負擔；必需打工自給。

德國從二戰慘敗之後，十幾年間，仍在恢復民生工商業、都市重建等等的努力中。外國學生打工的機會和選擇遠不如美國「留學生小說」裡寫的那麼簡單容易、甚或浪漫多采多姿。我認真讀完德語先修班之後，在大學註冊選了三門課，留出打工的時間。

找到的零工收入低，可是時間有彈性，離住處不遠，乘搭公車到大學上課也還方便。參觀了一下工作的情形，好像很簡單：站在固定的轉台前面，隨著轉動的機帶，把源源不斷運送過來的一盒一盒成品蓋上蓋子。到了一定的數目，機器停止，就把成品放進紙箱，搬到某個地方堆起來，別的部門自會處理。

正式開始以後，那些看上去簡單得不能再簡單的步驟卻變得讓人心慌意亂，雙手不聽使喚，機器輸送帶當然不停不斷，一個動作失控立刻造成物品堆積擠壓。要管理的工頭立刻傳訊運送帶停止，等一切處理正常，才能再開工。對二十幾年始終慣養的我，這麼簡單的工作竟是好幾重身心的挑戰。

每週三或四次，每次三或五個鐘點。兩手連續不停作同樣的動作，站著站著、蓋著蓋著，想起卓別林的「摩登時代」。

這間小型無煙工廠，因為無煙，所以可以設立在住宅區。大概有三四十個員工，靠近馬路的小屋是老闆和管理人事部門辦公的地方。工廠在後面的大院裡，分隔成兩三大間。他們是我最早接觸過的、最普通、最「普羅」的德國人，不管是老闆還是男女工人同事都十分友善而且有禮—有禮，這是我寄居歐美大半生，最佩服德國人的地方，不論出身、幾乎皆具有這種基本教養。

不記得在小工廠做了多久，兩三個月，或四五個月？我的右手腕和肘部開始疼痛。用力不當傷了筋，腱鞘炎，醫生囑塗藥膏、按摩、用皮綁帶綁緊腕部，肘部則套上保護套。又過了一段時間，持續性偏頭痛舊疾發作。醫療保險醫生開的幾種止痛藥都不見效，有的且引起嘔吐。（以往發作總在缺乏睡眠、情緒緊張，或考試前後。是家族遺傳性神經血管異常的偏頭痛—英文：Cluster headache。）

有幾次撐不住，就只能回到住處躺下。學校也不能去。

一天清早，正在做工，老闆讓秘書小姐來請我去辦公室。我想大概他們要解僱我了，麻煩太多。到了那裡，老闆客氣地問我的情況。知道偏頭痛依然不時發作，就遞給我一張名片，跟我說，這是專門治療神經系統病症的醫生，不看普通保險病人，我不用擔心費用，工廠願意為我付醫療費。

我始終沒有去看那位昂貴的專科醫生。但是不會忘記那位姓 Witt 的老闆和他誠懇的態度：儘管將近一甲子，面容早已模糊。

過後某日，門房來告訴我，有位女訪客在前院等我。我詫異地過去一看，樹下站著的竟是趙太太（那時除了兩三個同學，彼此都不直呼姓名）。吃了一驚。趙太太幼年一足扭傷，正逢日寇猖狂，未能及時求醫，留下步行不便的後遺症（多年後在漢堡大學醫院治癒），平常她除了買菜購物不常單獨出門。他們有兩個進小學、幼稚園的孩子，涵溥、涵芬；趙先生大學教學課程極忙，家裡的事當然都要她操勞打點。

她忽然來工廠找我一定有特別原因。住的地方沒有自己的電話，害得她只能坐輕軌車（德國的 S-Bahn）再步行了。趙太太看到我委頓的樣子，也吃了一驚。我告訴她最近的情形。她周圍打量了一番，對我說：快換個工作吧。

然後告訴我，一家出版社的資料檔案室正在找一個對中國史實現況有常識、會德文、英文及兩種主要漢語羅馬拼音的資料管理員。朋友推薦她，但是她要照顧孩子和家，不可能去。立刻想到我，時間緊迫，她趕來就是要我快去應試。

於是，在漢堡最美的外湖（Aussenalster See）岸邊美景道（Schoene Aussicht）上一棟戰前豪宅改建的藍尼出版社（Reineke Verlag）僱用了我。檔案室在豪宅後面一棟小屋裡。我一週工作三天，從住處搭車到美景道對岸的湖邊公園碼頭，乘十來分鐘渡輪，橫過外湖，上岸不數步就面對出版社大門。最難忘的記憶是：一九六七年冬天漢堡酷寒，湖面結成厚冰，渡船停擺，三三五五的行人走在清晨白茫茫紛飛的大雪裡。戰戰兢兢，踩著積雪很深很滑的冰面，每次我總要摔幾跤才到得對岸。又好玩又興奮又害怕。看著那些穿著溜冰鞋的好手，逍遙自在飛也似地從我身邊溜過，真是萬分羡慕。大約兩三週吧，再到湖邊，就看見四處豎著警告牌：「冰開始溶了，嚴禁步行！」

我的工作是閱讀大約二十份當年西德重要城市每天印行的報紙及週刊、月刊，把所有有關中國大陸、香港、臺灣的新聞報導和文章剪下來，貼在標準格式的白紙上，蓋上日期；用紅筆把標題和主要的消息勾寫出來，分門別類按照日期地點放入各地專屬紙袋。—以後才知道，這些檔案直接寄往當時西德首都波昂外交部，再由該部分別轉寄駐各地使館，作為行政參考資料。出版社這一特殊檔案部門的經費，由西德外交部負擔。

這份工作讓我增強對世界局勢的認識、德文閱讀書寫的能力和整理編目的訓練，從一九六五年秋天工作到一九六九年年初。大學學業亦告一段落。

一九六九年二月，飄拂的細雪裡女兒腳踏蓮花，來到世間；帶著所有家人好友的驚喜和祝福—那還是小嬰兒哇哇墮地的瞬間才知道是男是女的年代。同時也讓我加倍地思念父母親和將滿七歲的兒子。我準備等那位嚴格盡責的小兒科醫生認可：嬰兒六個月以後，才適合長途飛行；就帶著女兒返臺省親。

一天，我正忙著照顧女兒、收拾行李的時候，國芳姐來電話（期間搬了家，有電話了）：漢堡大學附屬的亞洲文物研究所 (Institut fuer Asienkunde = Institute of Asian Affairs)

圖書館徵聘中日韓文部圖書館員，待遇不薄。趙先生和國芳姐知道我在成大中文系修過目錄學版本學，也曾選讀過日文。至於韓文書籍，那時的書名、作者名字基本上仍舊用漢字，韓語拼音不難自學；加上我資料編日的經驗，他們建議我無論如何在返臺之前與研究所聯繫，參與徵選。

於是我給研究所所長葛洛詩曼博士(Dr. Bernhard Grossmann)辦公室打了電話，並約好面談的時間。

Dr. Grossmann 是漢堡大學漢學系、日語系畢業的學者。我們的談話非常愉快。我告訴他自己將返臺省親，他答應決定是否聘用會以信件通知，請我留下在臺地址。

一九六九年十月下旬我抱著女兒從漢堡乘 SAS（瑞典航空）到瑞京斯托哥爾摩(Stockholm)。接著續飛曼谷、轉香港，再搭華航（那時還沒有長榮，中華航空是唯一臺灣自辦與世界接軌的航空公司。所有的國際航線都以香港或曼谷為轉機樞紐地）。到達臺北松山機場（桃園中正機場一九七九年才建造完成）應是當地的傍晚。

可是瑞航飛曼谷班機竟然延誤四小時才啟程。我一路惶惶，抵達曼谷，則轉香港的飛機早已起飛。機場工作人員安排我和女兒搭乘第二天一早飛香港的班機。

但是我不能。

我要帶著女兒當晚趕回臺北。

這時機坪停著一架 Swiss Air（瑞士航空），是當天最後飛往香港的班機。曼谷機場的監督官正要跨上吉普車去作啟航前的例行檢查。

我是那個一手抱著八個月的女兒，一手拉著嬰兒用品大包，情急狼狽的女子。丟下大包，我拉著那位官員的車門，告訴他，請他讓我搭這班飛機，我要趕回臺北：那天是我六年未見的父母親的雙壽。自己不知道，眼淚已經不斷流下，女兒用她的小手為我頻頻拭拂。

世界上是有好心人的。

他跳下車，替我拎起大包，讓我們坐上他的吉普車。同時不斷打電話。到了飛機前面，他幫我拿著大包，要我們隨他從前門登機。經濟艙已經滿座，瑞航機長同意讓我和女兒坐頭等艙到香港。然後，他告訴我，不要著急，他已經聯繫了香港的華航，最後一班飛臺北的位置已經訂好了；我一定可以抱著女兒趕回家為父母祝壽。

我沒有這位先生的名字，再沒有向他致意的機會。沉埋的感激，日久彌新。

回到父母身邊又是「最小偏憐女」。姊姊親人們和兩個孩子，朝夕相處，時光如水。幾個星期後收到漢堡亞洲文物研究所 Dr. Grossmann 來函：歡迎我擔任東方語言圖書部館員。

真是一則以喜一則以憂，怎麼捨得離開？我寫信道謝，懇請過了一九七〇年春節之後赴任。

雷開媞女士

德國漢堡亞洲文物研究所圖書館另有收藏完備的西方語言部，主任是 Kaethe Rettke

（雷開媞，一九二七—二〇一〇）。她是我的上司。我去了之後，她非常懇切認真地指導我工作的技術部份。也就是德國圖書館和大多數歐美圖書館執行運用的編目方法。同時讓我知道，由於服務的對象以本所研究員為主，兼及各大學從事亞洲文物研究的教授學者，行程規則與一般公共圖書館不同，購書訂刊物的重點也迥然有異。

我們共事期間，開媞經常鼓勵我參加圖書館員進修班或參與學術會議，以增加專業知識、廣拓見聞。她訓練我成為合格的歐美圖書館工作者。

以後藉此資歷，一九七六年我申請到慕尼黑巴伐利亞公立圖書館中文圖書部主任的職位。結合中文古典文學、文字學、目錄學與現代歐美圖書館編目規則，把該館所藏三千餘冊極為罕見、價值連城的中文善本書完成編日，與近代當代中文書籍刊物的資料卡一同印行成冊。成為中外學術界中文圖書館（特別是也藏有珍善本的）必備之參考工具書。

一九八八年遷居美國西雅圖，時任華盛頓州立大學東亞圖書館羅館長 (Carl Lo) 聘我為【館藏善本書、明清方志】編輯，得到美國聯邦政府教科部門的經費支持。同時，設立在普林斯頓大學的【中國善本書編目中心】主任 Edgren Soren 博士邀約為該中心任顧問多年。

我供職慕尼黑，開媞已經離開漢堡到史圖特嘉市 (Stuttgart) 刊行教育圖書的出版社 (Klett Verlag) 工作。

兩城相去不算遠，彼此往來交好如昔。假日她來慕尼黑，伊沙河兩岸、英國公園，和十九世紀巴伐利亞國王路德維二世 (Koenig Ludwig II) 策劃建造的幾座神話行宮都是我們一再造訪的地方。或是我去史圖特嘉看她，穿越她公寓後的山坡叢林，俯視奈卡河 (Fluss Neckar) 粼粼水面，對岸崗上密密纍纍深深淺淺的綠葡萄園;這裡盛產白葡萄酒。坐在青草野花旁的木椅上，她會遞來緊實而切得極薄的黑麥麵包，夾著起司或火腿片。就著自己壺裡的水，兩人慢慢咀嚼，說話。

開媞是柏林人。二次大戰後父親失蹤，可能被蘇聯軍隊逮捕送往西伯利亞，或遭殺害。總之，從此下落不明。東西德分裂，母親和她姐妹二人居住的地方屬於東柏林。

開媞從美工學院繪圖科畢業後，在東柏林地質研究所任繪圖員 (圖書館工作是她到西德之後進修的) 。她關注時事，對東德政府作為蘇維埃共和國附庸的種種措施非常反感。一九六一年她從當時上下班都行經西柏林的地鐵某站冒險下車，步入居住在西柏林的友人家。離開了東柏林。纏滿鐵絲電網的圍牆在她出走之後不久完工，開始啟用。原來也準備來西德的男友與她從此雲漢闊別。西德公民允許短期探望東德家人，已經是六十年代末了。

開媞終生未婚。

最早最深的記憶裡:嚴冬，我坐在漢堡亞洲文物研究中心圖書館，面對盧騰堡大街 (Rothenbaumchaussee) 窗前，中午休息時間，穿著大衣戴著帽子的開媞，手裡拎著網袋，裡面是包紮得極好的兩三個包裹，匆匆而過。她身長玉立，走路很快。以後我們相熟了，忍不住問起。「去附近郵局寄東西到「那邊」」，她告訴我。各種日常用品，或金錢。幫助她的母親和已經結婚有兩個孩子、工作收入不敷、又離婚了的妹妹。

開媞自奉甚簡。一房一廳的小公寓，地段不錯。室內起居傢俱幾乎都是她自己改裝或洗刷霂漆過的二手貨，簡單實用。她還很會剪裁縫製與眾不同的衣衫，好看又大方。在她的縫紉機上，我也做過兩條裙子。

更不可能忘記的是，我一生最窘迫無奈的那段時間，是她伸出援手幫助我脫離困境。一九八八年春天我向慕尼黑公立圖書館提出辭呈，離開慕尼黑。立凌受聘為美國西雅圖華盛頓大學醫學院的研究員。真是難捨的決定！割捨歐洲割捨德國，離開那些相交二十幾年知心至意的同事好友，不是容易的決定。儘管彼此都相信：距離不能割斷情義。

同年柏林圍牆在秋冬之際一夕間被推翻，隨之德國統一。

我們有機會到柏林探訪開媞已是二〇〇二年。期間她早就從出版社退休移居柏林。她母親過世了，妹妹和她長年累月幫助教養長大的姪兒們也都成家立業。開媞還是瀟灑自在，平時讀書、聽音樂，為柏林公立圖書館做義工。

她招待我們在她公寓附近的旅館住下，陪我們參觀座落在「博物館之島」(Museeninsel) 上那幾所藏品驚世的博物館（原來在東柏林境內）。

附誌：觀訪首選自然是佩佳蒙博物館 (Pergamonmuseum)。所藏公元前五七五年巴比倫八大城門之一的伊西塔門（Ishtator），建築工藝奇巧華艷、光彩奪目。博物館為之特建廣宇巨院的主題建築物：佩件蒙祭壇 (Pergamonaltar)，乃是古希臘人專門祭祀天神宙斯

(Zeus) 和智慧女神雅典娜 (Athena) 的祭壇·，公元前一八〇年左右建造在今土耳其土地上。巍巍然，莊嚴肅穆。兩側臺基下環繞雕塑著天神與巨人爭戰的故事。

記得學建築的女兒女婿曾異口同聲告訴我，最讓人看得動魄驚心的收藏，最好的裝置展出，就是當年還是在東柏林的佩佳蒙博物院。

此外，古典藏品博物館、包浩斯資料檔案館 (Bauhaus Archive Museum of Design) 等，不管是復舊還是創新，都非常精彩。

那座紀念歐洲被害猶太人的碑園 (Denkmal fuer die ermordeten Juden Europas)，更是設計得雅肅而莊重。

幾座音樂廳、歌劇院則是愛樂者流連至再的地方，最亮的亮點。古典音樂，德國人的靈魂，是不朽的老靈魂。

柏林終於以德國首都之姿，從容呈現在人們眼前。再也不是以前的分殘缺失，灰暗疏離。

驚撼歡喜之外，更有話不盡的感慨。也才明白何以七十年代陪同先父訪問西柏林時，他的沉默黯然。

父親早歲留學法國，曾經數度探訪納粹執政之前，風華正盛的柏林。

跟開媞在一起最多的時間當然是並膝話舊，永遠有太多不能以信件電話替代的話題，和令我們捧腹或垂淚的回憶。

記得那年開媞到新加坡來看我，我們帶著五歲的女兒和十二歲的兒子參加旅行團，乘遊覽車環遊馬來西亞一週。她是三四十人中唯一的西方人。三餐中式，除了早餐的粥，她都欣然嚐試，筷子也用得很好。她的友善禮貌和風趣，使大家同車相處愉快自在。某日沿著兩側遍植橡樹的公路，車子抵達涼爽宜人的雲頂高原。行程安排次日參觀高嶺茶園，我們非常期待。第二天一早大家上了車，導遊說：「今天茶園沒有接待的人，所以我們改去參觀十分罕見的高山菜園。」

開了一段時間，請我們下車，到了。其他旅客和兩個孩子匆匆跑進菜園。開媞和我站在車旁面面相覷，哭笑不得：面對著一片黃泥地，一顆顆籃球大小的包心菜──「高山菜園」。

德國，特別是西德，寸土寸金。除了建築物，公園，河岸坡地幾乎都是葡萄園，產酒。南部丘陵起伏，鮮綠的草原上則多是黑白乳牛，悠閒的嚼草漫步，鈴聲叮噹。供應最好的牛奶、牛油，出口賺外匯的乳酪。菜蔬水果花卉大多從荷蘭、丹麥等鄰國進口。當然也有「土產」，樹籬邊貧瘠野地闢出的幾畦菜圃，那一定就是不怕冰雪、碩大、廉價的包心菜。歐美人提起德國和德國人常以「酸白菜」(Sauerkraut) 調侃之。就是出名的酸得讓人想起就牙軟的酸包心菜。

萬里迢迢，在這東南亞海拔最高、最出名的觀光地，我們來參觀：「包心菜菜園」！可不是嗎？新加坡菜場裡最貴的菜就是它。一般溫度實在太高，只有在雲頂高嶺的觀光菜園才長得好。證實「物以稀為貴」的成語。

笑說包心菜，兩人忍不住又想到那後一天，女兒演出的驚悚劇。

我們一路在車上總有說不完的話，相聚的時間實在很短，分秒必爭。下一站是什麼行程兩人也沒注意。到了，孩子們跟著那位已經相處得很融洽的年輕導遊一溜煙就先跑了。我抬頭看，是一座頗具規模的廟宇。兩人隨著大夥往前走，陰涼涼的，很舒服。廟堂四周擺設著許多灌木盆栽，看不清供的是什麼佛像或道教尊者。正疑惑間，兒子跑過來找我們：「媽媽，Tante Kitty，快來，來看寧寧！」兒子在雲頂高峰因為缺氧，氣喘病發，幸好帶著噴劑。現在回到山下又精神如常了。他總是照顧著妹妹，讓我安心。現在跑來要我看什麼呢？他拉著我們到後面的廳堂。女兒站在人群間，笑得開心。我過去看她，問她笑什麼？下一秒鐘，我就差點昏倒：她的頭頸纏著一條黑色大蟒蛇！「涼涼的，媽媽，很舒服！」她跟我說。這時導遊看見我驚慌失措的樣子，急忙和另一人輕輕巧巧就把那條「涼快的圍巾」解開了，笑說：「不怕，不怕！都沒有牙、訓練過的⋯⋯」這裡是遠近聞名的檳城蛇廟。

再去柏林是二〇〇七年。見面之後，她的精神與身體狀況讓我明白，電話裡她告訴我的都是實情：老病纏身。斜躺在榻上，她淡淡地跟我說：沒有人可以永遠年輕。

回到西雅圖打電話，開媞常常不接，也難得回信。輾轉從她的妹妹和友人處知道：開媞是骨骼神經系統的病。她非常高挑，在她同齡的那一代女子甚或一般男子間，鶴立雞群。因此幾乎「彎腰駝背一輩子」，如她妹所說。

這幾年腰背骨骼疼痛尤甚，是群醫棘手的：脊椎柱炎。以後聽到的消息就是進出醫院、開刀療養院開刀。

二〇一〇年春天收到她妹妹寄來的訃聞：四月十九日開媞過世。

跟立凌若干次換車問訊打探，找到原屬東柏林郊區小鎮的墓園，已是二〇一七年秋天的午後。

矮牆環繞，種著幾棵不知名的樹。荒涼的平地上，狹窄的草徑間隔著上千塊一方一方高出寸許的水泥磚，上面刻著編號姓名。我們來來回回，倉惶低頭尋找：這裡沒有一個人，沒有管理員，沒有姓氏資料標誌，排列按照墓磚上的編號。而我們沒有開媞墓磚的編號。

天色越來越暗，抬眼漫天晚霞，就要遲暮了。仰望長空我無聲叫喚：「開媞，我們來看妳，跟妳致意。也許就是今生唯一的一次。讓我找到妳長眠的地方。讓我跟妳說再見，讓我安心。」

再垂首，看著右側那磚上不就是明明白白刻著開媞的姓名、生辰過世的年月日和地名？真的，開媞在我們左右。

立凌在進口的地方找到鏟子和水。跪在草徑上把幾盆帶去的花種在那方碑磚的週邊，很美，是開媞喜歡的那種多彩好看但不張揚的小花叢。薄暮裡我用手撫摸開媞的名字，叫她，感謝她讓我們找到她。是的，沒有人可以永遠年輕，沒有人可以永遠活在世上，但是彼此的情誼就是這一世的永恆。不是嗎，開媞？我們相信。

趙榮琅先生與國芳姐（下）

離開漢堡之後，不管搬到什麼地方，跟趙先生、國芳姐一定保持聯繫。在慕尼黑的許多年間，只要到漢堡，總會去他們後來在郊外帶著庭院的家裡盤旋。喜啾國芳姐最拿手、百吃不厭的發麵烙餅、炸醬麵（她籍貫山東萊陽：「是出梨的地方」）；或是偕麗琪、勝明一起跟國芳姐打麻將。我打得最壞，沒耐性，還一邊看電視，屢遭他們笑叱，積習難返。

趙先生從漢堡大學漢學系退休。與國芳姐離開歐洲，遷來他們在美國波士頓行醫的兒子涵溥家附近定居。電話裡國芳告訴我：正在教孫子唱中文歌呢！我問：是不是「紫竹調」？國芳姐哈哈大笑：「一點不錯！」

我的耳邊立刻響起當年在漢堡，趙先生低聲唱給他們兩個孩子聽的山東兒歌：「一根紫竹直苗苗，送給寶寶做管簫，簫兒對準口，口兒對準簫，簫中吹出新時調⋯」國芳姐跟著哼唱，她的音色很美，孩子們也咿呀咿呀地合唱。我喜歡那質樸的曲和調—不由自主跟著咿呀，又是笑又掉淚：遙遠記憶裡的紫竹和管簫。

多好啊！現在他們倆可不就是含飴弄孫，重唱新時調嗎。我說，等耶誕節弟弟學校放假從紐約來陪母親，立凌和我就去東部看他們。

相隔不到半年，聖誕節前我們飛抵波士頓，租了車，深夜抵達他們住所附近早已訂好的旅社。

第二天上午找到他們的公寓，在美國只有東部才有的古色古香四季爬滿青藤的紅磚樓房。

國芳姐來開門。一別多年人事滄桑，我們相擁無語，國芳姐拭淚指指長房相連後進的一間，陽光溫煦，紗簾後面床榻上躺著趙先生。

再沒想到，三數個月前趙先生因胃疾求醫，經診斷竟是胰臟癌。

涵溥工作的醫院可說是美國極享盛譽的權威之一。幾位專家都是他的同事，自然盡心盡力，檢查得仔細徹底。大家都知道不管化療還是電療對胰臟癌都是徒然。

病人、家屬、醫生一致同意，不讓病人再承受更多不必要的折騰。住在家裡，由家人陪著，醫護人員按時來訪。服用最有效的止痛藥物，讓病人在相對安詳的情形下走完旅程。

我們去的時候，趙先生已經臥床匝月。正睡著。

比以往略見消瘦，卻膚色清爽，面容異常平靜安和。閉目低聲說話，聽不真切。國芳姐說，這是近兩天的情形，睡夢中不斷囈語。

跟國芳姐談了片刻，趙先生醒了。我們過去看他、叫他，他略顯驚異地微笑著招呼，記憶依舊，輕輕喚我們的名字，問了幾句話，一嚮的溫頤剴切。以後又闔眼淺睡。

涵溥夫婦孩子們、醫護人員進進出出。時而趙先生醒來略進湯藥小食，國芳姐招呼著；一面跟我絮絮話舊，說不盡的陳年往事，竟不知今夕何夕。

第二天涵芬從維也納飛來，涵溥和立凌去接她。那伶俐倔強的小女孩、風姿綽約的新娘，現在站在我前面的是漂亮幹練的女子。國芳告訴我，涵芬的兒子已經成年。她親切地問候大家，放下簡單的行李，就接過媽媽手裡的活兒，去照顧爸爸。

拉上垂地隔簾，聽到她輕聲跟爸爸帶笑細語。再拉開，她已經幫爸爸換了睡衣。床單被套枕套也都換了，清清爽爽。

隔日午後我們要飛回西雅圖，去辭行。期間趙先生一直閉著眼在睡，仍不停喃喃絮語，低沈的聲音，不徐不緊，聽不出他一而再、再而三切切關照叮嚀牽掛著的是什麼？國芳姐只是搖頭垂淚。

走近他床邊，我低喚：趙先生，我們要走了⋯他竟立刻張開眼睛，柔和地看著我們，緩緩從被裡伸出雙手執著我們的手，輕聲叮嚀：「你們要好好的，好好的！」

——讓我想到很久以前，趙先生也曾懇切至誠地關照：要好好的！

我說：請放心，我們會好好地珍惜。

幾天之後，一九九八年歲末，趙先生在波士頓去世。安葬在普林斯頓鎮離大學不遠的林間墓園，與其姊氏趙榮琪女士、至交陳大端教授夫婦為鄰。二〇一八年三月國芳姐病逝漢堡近郊，子女奉遺燼與先生合壟。

趙先生諱榮琅，安徽太湖世家，祖上四代翰林。

《近代中國史料叢刊》收有「太湖趙氏家集叢刊」。

一九五〇年代初與兄姐若干人渡海到臺灣，在臺灣大學繼續國學文史研究，是甲骨文大家董同龢先生的高足。

重要著作：

《中國歷史參考圖譜》。一九五三

《記臺灣一種閩南話》，中央研究院，歷史語言研究所，單刊，甲種之24。一九五四

《竹書紀年研究》，臺灣大學碩士論文。一九五五

趙先生治學之專注精深，可以從學者們引用其著作論點的文字裡讀到。任教漢堡大學期間，暑假經常應聘在美國普林斯頓大學或別的院校從事漢語教學工作。

他以德漢雙語為漢堡大學漢語系編著的教科書，前後校編重刊十餘版。是當年德國漢學界唯一的一本以德漢雙語教學專著。

先生去世後，國芳姐搬回漢堡，在郊外極幽美恬靜的小鎮定居。我們去看她，立刻感覺到，她喜歡這裡的人文地理環境和種種安排。老友們麗琪、品寬等定時前往歡聚、閒談、打小牌，鄰居們融洽自然、相互關照。購物求醫上館子一切方便，都在那條「主道大街」上。涵芬與家人住在維也納，工作分散德奧匈牙利各城。但是她很會利用時間探望媽媽，或陪媽媽旅行訪友，或安排兒子來看外婆。涵溥夫婦也經常從波士頓橫跨大西洋，孩子們更學得一口好德語。最讓國芳姐自己和所有家屬友人放心無慮的是：德國政府完善的健保制度。

我們不時通電話，電子時代，西雅圖和漢堡就如緊鄰一般：「雞犬相聞」。

二〇一八年西雅圖煙雨如江南的三月，電話裡是涵芬。

國芳姐走了。

五月，我和立凌飛漢堡，參加家屬與僑社共同主辦的送別之儀。涵芬、涵溥邀我說幾句話。

站在鮮花環繞國芳姐的照片前面，面對滿滿一室國芳姐趙先生的兒女晚輩學生、親朋好友，忽然間我回到五十五年前的晚上，在漢堡他們離 Dammtor 很近的公寓裡，趙先生操胡琴，國芳姐手持一根竹筷在桌上點落。【劍閣聞鈴】，外面下著雨，琴聲與京韻大鼓淒切交錯：「…到如今，言猶在耳人何在？只落得，幾度思量幾慟情，鈴聲斷續雨聲緊，殘燈半滅榻如冰…」唐明皇楊貴妃的故事。

幾十年間等閒過，清越的唱腔、纏綿的弦音原就是總在記憶裡盤旋著。對趙先生和國芳姐的感懷追念也從來沒有淡忘過。

（二〇二三年早秋）

寄又方

季蘭從臺北發來電訊：「曹又方走了！」我坐在電腦前呆看著那幾個字。內容不想再看。

我已經知道你走了。清早寶雍留話，她剛到臺北，而你在三月二十五號清晨三點鐘，她到達的三個鐘點前已然長行。「見不到最後一面」，寶雍哽咽著。

你一直表現出女強人的姿態。你的工作能力超強，你寫作的態度嚴肅，你活得認真，你肯定生命的毅力感天動地。但是那層層外衣裡面裹著的是一顆與常人一般，或更易感易碎的心。心肌梗塞，心上有個洞，不是心傷了是什麼？

相識二十年，其實在一起的時間實在不多──大概永遠都覺得不夠多的。熟稔沒有幾時，你就回臺北從事出版業。中間你雖自東岸搬到柏克萊的「白楊居」住過一段短短的日子，卻也只得有限的幾次我南下去看寶雍跟你，艾貝。還有那年你們約了羽書同來，擠住在我和立凌臨時租賃的一房一廳公寓裡。西雅圖難得的好春天，無風無雨。乘船穿梭於縹青灣星棋般羅布的小島，遊湖，上雷尼山看雪看野花。開心的時間總是太短，匆匆來去。

這以後你偶然從臺北來美西渡假或探望家人。畢竟灣區和西雅圖還是相隔幾近千里，我又在博物館上班，彼此的時間不一定可以配合，就不一定每次見得了面。消息倒總是最新的，正如艾貝所說：寶雍是我們的橋。然則，一逕那樣自在無機的相知相處，足夠讓我回臺探親之際，千方百計也要抽出時間與你一見。每每急促得可憐，話也說不了多少──你本來就不是話多的人。記得有次回去，極短的兩三天裡，好不容易找到你和羽書大家都有空檔的半個下午，三人坐在圓山飯店的咖啡廳，談的竟是各人洗衣服的經驗！似乎那分分秒秒過去的滴答聲，弄得人心慌意亂，都語無倫次了。其實，話語已經不重要，能在一起就好。看見你，知道你忙得有成就，事情做得還順心，身體好，也就夠了。彼此明白：是不用朝朝暮暮在一起，不用什麼都講得清清楚楚，便能心神相照的。從開始交往就感覺到了是這樣。

一九八九年我和立凌開車從西雅圖經過奧立崗海岸到柏克萊去看寶雍的陶藝展，那是我們從歐洲遷居北美的第二年，感恩節前後。

寶雍的百年老屋是一棟難得在西海岸看到的帶著「新藝」(Art Deco) 趣味的建築。廳堂裡還有鑲崁著彩色玻璃幾何圖案的窗子，垂著細銅打就線條簡單的吊燈。桌案櫥架上瓶花錯落間陳列著她個人色彩很濃，造型獨特的作品。尤其是幾組「樂燒」，黑陶板切割勾勒出中國風味的大型壁飾，非常出色。(有一組扇型的，後來就掛在你佈置簡雅的「白楊居」進門牆上。)

來賓多極了，我和立凌卻幾乎沒有認得的人。卜居歐洲二十幾年，來到美國，除了寶雍，好像跟其他從臺灣遷徙到這新世界的人與事都脫節隔離。其實就算回臺北，也多半陪伴父母，深居簡出，與外界鮮少往還。所以寶雍百忙中還張羅著給我們介紹朋友：趙耀渝、喻麗清、張洪年夫婦等等⋯，舊金山灣區是出了名的臥虎藏龍之地。

忽然我看見七彩玻璃窗下的長沙發上坐著幾人。靜默端坐中間的那素衣女子，雙臂環抱胸前，纖纖巧巧，低垂著眉，凝然有觀音相—寶雍發現我注意的方向，跟我說：「快來，這就是我在電話裡告訴你，要你認識的曹又方！」她拉著我走過去。你抬眼展唇微笑，一剎間白瓷的寶相上流動著萬般關情。

這時大門開處，飛閃進來一個高䠷身材穿著火紅上衣的長髮女郎。我們都轉臉張望。只聽寶雍叫道：「艾貝！」那團火就撲向我們而來了。

寶雍的展覽結束以後，緊接著是長週末。你，艾貝，我們都住在她樓上的客房裡。那年灣區特別冷。古宅的熱氣管好像壞了。白天寶雍領著我們四處冒寒看景點，當導遊／觀光客。傍晚回到家裡，大家趕緊用路上收集到的枯枝木條在客廳壁爐裡升起火來，再把買就的薪柴一根根架上。桌櫃置放著盆碟小碗，裡面點燃著五顏六色長長短短的臘燭。圍坐在融融火光前的地毯上，吃著眾人粗枝大葉做出來的晚飯，天南地北，笑語不斷；窗外霏霏雨雪。木柴燒完了，蠟燭點光了，大家披上大衣禦寒，打著哈欠，就是捨不得回房睡覺。是這樣的機緣浸釀出來的情誼，當然比 Napa Valley 的紅酒還醇還釅。在相互忘形的談笑間，我看到你佻達灑脫唐朝豪放女的　面。暗自訝異，剛剛不是一尊明代官窯素燒觀世音麼？

這就是你，就像你在許多作品裡提到過的：完整而吸引人的人，總是擁有包含著陰陽兩極，正反雙面的心性。你自己正是如此—可以似平明湖水的溫柔，也可以是洶湧澎湃的錢塘潮；可以是熱鬧的 party 女王，也可以是甘心寂寞日夜苦讀，與紙筆書本為伴的文字工作者。同樣的，在那看似娟細秀弱的身體裡埋藏著怎樣堅韌不妥協的生的意志。

病前病中病後，不管是見面或書信電話裡你從不多抱怨。兩次手術，艱苦的化療就醫復健，種種摧殘心靈，軀體煎熬的歷程，都是我以後看你的書才知道底細的。總是要我不要擔心，囑我放心好好侍奉病中的母親。

母親一九九九年五月棄養。十月送母親的遺燼返臺，安放在善導寺父親靈壇的旁邊。我去「安和居」看你，你的神態安謐和豫。那可愛的妹妹頭假髮，使你看起來格外年輕。雖然形容消減，卻清麗更勝以往。可佩的是，你已經又開始寫作了。你說要把你得病的前前後後，自己病中的潛思，對生死的憬悟，一一寫出來，給他人作參考。同時還在為出版社籌劃新的「百年大計」。你的思想和筆端是閑不住停不下的。照顧你的女士做得一手好菜，色香味之外，還完全遵照漢方食療的大原則。Party 女王的席上自然又是客常滿了。

再沒料到二〇〇一年春天你再度病發。驚惶黯然的情緒瀰漫在你的至親好友間，更不用說對你的打擊和殺傷力了。但是你決心面對，再上手術台。天幸不需化療，除了繼續以中藥食療調理受創的身體外，你獨自來美，在亞特蘭大靜修八個月，學習氣功。你一再自勉的就是：身病心不病！勉勵自己過如常的生活。

這之前，你以羸弱之軀，鐵般的意念，把自己一生的作品逐本逐字校對彙編完畢，是為精選集二十四冊。二〇〇一年年底在臺北的發表會上，還同時配合你的「快樂生前告別式」——於是，你成為一則完整的傳奇。

我們都相信你是「九命怪貓」。你奇蹟般地活得神完氣足，至少看起來是如此。短髮覆額，多了一份輕俏脫俗。原來白瓷般的肌膚似乎蛻變成了羊脂白玉。二〇〇四年夏天我們一同有「雲南行」。

二〇〇五年你為我在「安和居「舉辦」飾物展覽會」，女友們都來共襄盛舉。尤其是原本專為你打造的戴在一邊耳費上的長墜——被你命名為「單吊」，更是剎時間走紅海內外。每次在書報上，電視網頁上看到你佩戴著我做的飾品，就高興。因為知道你真的喜歡，否則根本不會用。你是那種跟朋友相交，坦坦誠誠，不屑做假的人。會告訴我：該注意體重了；稿子那些寫得好、那些不好的諍友。二〇〇六年春夏之交，我們在上海聚首——那竟是我最後一次見到你；我覺得你比以往任何時候都美，美得帶著靈氣。

次年你遷居珠海。電話裡你說，不知道那一天會走，所以每一天都十分珍惜，非好好利用不可！因為體力的關係放下出版社工作，正在埋頭寫小說。

今年春節前後，我們通了幾次電話。問你，身體怎麼樣，你說，還可以。聲音如常的落漠。問你，小說寫得怎麼樣，忽然，語氣就熱切起來：還不錯，就是不能出門，一分心，要好幾天才進得去。大概快了吧。

「寫作是我終身的志業」，這是你早就說過的。你也說過，你願為自己定位是小說家。事實上你的「送君千里」，「綿纏」，「美國月亮」早已受到讀者和評論者的肯定。

至於你其他方面的書寫：闡釋愛情，分析兩性關係，勵人勵己，對美的追求和倡議，長期為婦運民運發聲，這些文章因為執筆者勤於閱讀，敏於思考，文采過人且用筆簡樸；切入面既廣，影響力自然深遠。特別是你患病的紀錄，抗癌的經驗，對生命的考量；在在表現出你至真至懇無私無我的態度：因為懂得，所以慈悲！

你讓我想到蘇珊。桑塔（Susan Sontag，一九三三—二〇〇四）。除了小說而外，她的論文集裡所表現出對文學的專注，對人權政事的關懷，對婦解的省思。中年得癌症劇病後的作品「Illness as Metaphor」（「以疾病為隱喻」），她探討疾病與生命之終極意義。凡此種種跟你的人生經歷及文學努力何其相似。這些作品難能可貴的社會人文功能，對生民的哀矜同情鼓勵，我認為，其價值實在不在任何文學作品之下。

當然，我怎能不為你高興，更為你的讀者感激，你在離開我們之前寫完了你的長篇小說—大家都在殷盼著！

你應該是無憾的吧，親愛的朋友。而我的遺憾是，再也無從守諾去珠海看你。滄海月明珠有淚。但是，不應有淚。

記不記得那年我們在雷尼山下的瀑布前，看到雨過天晴後幻麗的虹霓？如今我抬頭看山，我想，你就在山後虹霓歸去的地方。

二〇〇九年四月二十四日（二〇二四年三月二十九日校。）

沈珍珍—不能忘記的珍珍

那年是二〇一〇年，上海世博。Angela、立凌和我下榻在大妹（外甥女陳沁）的公寓。等到大妹自己一家大小從美國灣區回上海度暑假，Angela 已經返翡冷翠。寧寧志強和元寶原來就住在寧寧的仲則堂兄嫂家，這時也已返新加坡。

我們搬去儒沛、海棠夫婦住處再逗留幾日。

梅儒沛，Rupprecht Mayer，德籍漢學家、翻譯家、作家，熱愛收藏中國民俗工藝品（以後曾在歐洲好幾個城市和香港大學美術館等處展出他精藏的玻璃畫—盛行於清末民初的民間藝術。他自己用心編印了目錄）；時任德國使館漢語翻譯。我們從一九八八年慕尼黑闊別，竟在上海快聚，豈非幸事。可惜海棠因故返德，未遇。卻連好麵包、好咖啡都準備好了。

我們協定：主人該上班就上班，要看世界杯足球賽，只管請便；客人想出門即出門，各行其是。早餐時間幾經商榷，儒佩答應從權，晚半小時，八點半在樓梯口敲鑼—我們住樓上。以後他去領事館，我們自由行。傍晚賓主歸營，對酒縱談—主人喝著青島啤酒也必得配以嫩脆白蘿蔔薄片、略灑細鹽，不可壞了南德巴伐利亞的規矩；好像又回到伊沙河邊的逍遙歲月。

其後立凌和我去蘇州兩人，迤邐上下虎丘獅子林，梅園觀前街，還有那條流動著千年歷史興衰的「七里山塘」—主要是沿著平江鈕家巷，留戀徘徊在母親袁家舊宅左右。小溪早已填沒，觸目盡是淒涼，叫人難捨難忘。

繼而乘火車到杭州，專程拜望當年幫我忙卻只在電腦上「交流」過的沈珍珍女士。她費了許多心力為我出版散文集「流光徘徊」，二〇〇八年。

那天是端午節。只有午後幾個鐘點相聚的時間。她來火車站接我們。奇怪，從未謀面，也沒寄過照片，但是在密集的人來人往中，我們立刻找到彼此。

她溫暖的笑容和帶著江南口音的言談，正如想像中的親切。應我要求重溫兒時記憶，珍珍先陪我們去沿湖的學士路瀏覽。

當然，我想念那棟樓房—六十幾年前抗戰勝利後，父母親帶著我們從閩北山區返回京滬，曾在西湖邊學士路上暫住過的那棟面湖的樓房。美麗的秋天，美麗的湖，跟隨父母去過的幾個名勝古蹟，記憶剝落，也都未曾完全褪色。

「我是黃菊花，長得肥又大，瑟瑟的秋風，我也不怕它，小朋友快快來，和我來玩耍」，自小不大會唱歌，獨獨李福封先生（女士）教我的這首兒歌，一個多甲子之後仍在記憶裡盤旋：樓上長廊，對著園裡叢叢盛開的菊花，有黃有白還有淺淺的紫紅色，樹木參差間湖水粼粼。

找不到面湖的樓房，找不回滿園繁花。

珍珍說，我們去參觀修整好的岳王廟吧！

聰明的珍珍，我們相聚沒有多久，她就猜到了：對於立凌，恐怕中國歷史人物當中，他會知道得較為詳細的，應當就是岳飛。

杭州岳王廟極負盛名。南宋首都臨安，就是杭州。高宗紹興十一年除夕（一一四二年一月二十七日）岳飛遇害的風波亭，即在境內。二十年後宋孝宗卜詔為岳飛平反，起骸骨葬於此。歷代修築，清康熙五十四年（一七一五）建成目前的規模。民國七年（一九一八）重事整修，是為全國建造得最恢宏完整的岳廟。文革時期被嚴重破壞，墓地幾被夷平。浩劫後一九七九年重建。

我們讀著墓前迴廊底端壁上懸著岳飛的「滿江紅」，感傷間不自禁哼唱起來。珍珍的音色極好——想起她在信裡告訴過我，除了讀書，她喜歡聽音樂、彈琴。她的歌聲十幾年後還盤旋在耳邊。

西湖堤岸濃蔭下我們或散步，或喝茶說話。談著彼此的愛好：讀不倦的古詩詞，看不厭的小說評話……太陽大，幸得樹木花草種得多而密，廊外水裡荷葉田田，只覺得湖光水色分外亮麗。

然後搭公車去她家，在離湖不遠規劃得極好、綠樹蔽天的住宅公寓園區。我看到她信裡提到過前院後窗的廣玉蘭——果然比我們西雅圖庭園裡的高大豐茂得多。是故鄉水土畢竟不同吧。

珍珍的家佈置得簡單大方。客廳裡見到珍珍的先生，劉先生是資深水利工程師。我是「科學、工程學白痴」，但是也知道水利對中國地方建設和民生問題的重要。「黃河之水天上來，奔流到海不復回」——這條華夏母親河，讀李白的詩好像一瀉千里就直奔海洋了。實則奔流篡奪的過程帶著大量黃沙，幾乎處處年年造成無數大小災難。長江流域的問題也同樣嚴重。中國歷史上治河治水的先賢個個讓人尊敬，從大禹開始。

珍珍告訴過我，劉先生雖已退休，其實是退而不休。各處請益請教，非常忙。

珍珍喜歡文史，卻是當年極早就從事電腦工作的專業人才。留美進修的時候在波士頓認識了我中學同班同學劉渝。以此因緣，彼此一通信就已如故。

沒有珍珍的鼓勵、幫助、投入，我的「流光徘徊」（二〇〇八）不會有出版的機會。那以前我很少用電腦，寫信寫稿還是習慣手書。圖書館善本書編目定稿或公務信件，在我做好之後，有助理把它們輸入，我只需勘校過目。

因此「流光徘徊」裡許多刊物報紙登載過的舊稿，都是珍珍熬夜替我打進電腦，才得以付印。之後審定校對等等，讓她不知費了多少心思和時間；裝紙箱、去郵局寄來美國、臺灣、新加坡…各地，更是吃力勞神的事。還出動了她全家，劉先生和兒女們都幫忙打包郵寄。怎能忘記？

上海參觀上博、探望親人故舊，蘇州尋夢之後，不管多忙決不放棄去杭州跟她見面。不就是道謝，就是要跟她一聚——不容錯失的機會。其實也明白，會給她憑添許多麻煩。

珍珍為我們準備了綠豆粥、甜鹹粽子，配清爽的小菜——多久沒有這樣賞心落胃過端午了！

一面吃喝談笑，時而站起來觀賞她四壁牆上掛著的新舊字畫。時間就這樣流過去，到了不能不動身的時候，

珍珍替我們叫了一輛去火車站的車。

暮色裡，珍珍在園區大門前揮手。

匆匆作別，想著以後自然會再來。跟珍珍更不可能只作泛泛之交。

回西雅圖之後，我們幾乎每週必有一兩封信。我用電腦寫中文快了不少。珍珍真是好老師，有疑問必答之外，對我的進步常常溢美，讓我頗為自得。面對電腦也不那麼排斥了。發現它不少好處—我的右手腕臂曾經受傷，寫字寫多了，或忘記放鬆，就會舊病復發。用電腦輸入輕鬆許多。至於拼音，不管哪種，對我都沒有太多困難。

信裡我們無所不談，家庭孩子，工作喜愛，彼此坦誠直白，大小事情都覺得興味盎然。特別高興珍珍參加了社區主辦的彈琴班，練琴十分認真，就像她做別的事情一樣。

從「流光徘徊」出版之後，珍珍就鼓勵我繼續寫作，提醒我：她等著替我編輯出版下一本呢。

怎奈我太懶散。斷斷續續寫了幾篇稿子，翻譯了幾本書。十數年間等閒過。

二〇一九年秋天我們去敦煌青島，從臺灣回西雅圖，前後一個月。給她信沒有回音。想著她近年心臟病弱，夏天杭州太熱，她的兒女們就安排父母親上山消暑；一定是還沒回家吧。而且山上收訊不佳，收不收得到都成問題。

疑疑惑惑不定心，自我寬解。

以後接到她女兒劉晨短簡：媽媽動了手術，體弱。看電腦寫信不方便了。再以後就是全球瘟疫，珍珍一直在醫院。通過劉晨，我寄信去，過些日子還能接到珍珍不知花了多少精力的覆訊。不敢常寫。

二〇二〇年十一月二十三日，讀到：「劉晨泣告」……

關上手機，放進珍珍當年替我用鈎針結的乳白色細線套子。珍珍走了。

（二〇二四年四月）

後輯

蓼蓼者莪九篇

那年，一九九九年，西雅圖的五月天晴朗而美得細緻。華盛頓大學植物園的遊客中心座落在小山坡上。幾間簡單樸素霖著白漆的木質平房。四周環繞著濃密的林木，和一叢叢深深淺淺高高低低尚未盛放的杜鵑—嫣紅淡紫鵝黃的苞蕾繽紛錯落，有一層蘊藉，讓人有所企盼。

我們租賃的廳房清爽高敞。右邊一排窗，窗外屋簷垂著串串紫藤和濃密的細葉，影影綽綽，對著入口。大廳的另一端，兩扇落地玻璃門，通向植滿藍鈴和紫鳶的平台。打開門窗，剎時間花香鳥語和暖暖的春陽就靜靜地瀉入房裡，灑落在靠窗而立的長桌上，灑落在母親笑容可掬的照片、父親與母親六十多年前美麗的合影上。

進門的地方，放著一張鋪著白桌布的桌子，母親的「隔壁乾囡」盈盈，和美渝、人美等幾位摯友，早已備了簽名簿和一大瓶五彩新鮮的康乃馨—母親節的花，分贈來賓。至交漢渝、蔚平幫著權當禮賓司。什麼都不用說，她們都已經安排妥貼。

孟肇靜和夫婦趕飛機返臺，先來行禮。看我垂淚，孟肇低聲跟我說：「汪珏，不要難過。汪伯母陪妳六十多年，我媽媽在我六歲時就走了。」

我不會忘記他的話。讓我知恩。

歐姊、善擇姊夫從洛杉磯，弟弟從紐約，都趕到醫院向母親叩辭。(傷心的是，鈺姐兩年前因腦溢血驟逝，一直沒敢讓母親知道；直到母親彌留之際，我才匆匆稟告。姆媽：

不要驚愕。）

訂妥植物園告別式的廳房，五月九日，母親節——居然有空，太幸運。這場地大家都喜歡，知道母親也會喜歡。

「今天是二十世紀最後一個母親節。我們聚在一起紀念一位可敬可愛的母親、祖母、外祖母、曾外祖母，一位慈祥的長者，一位和藹可親的朋友。回顧她將及一世紀豐饒多采的生命……」久芳用中文和英文向參加追念會的朋友介紹我的母親。

一九九九年五月四日（週二）母親過世，距父親一九九一年一月十一日在臺北棄養八年多了。

母親大去前兩日已極少說話，多半的時候就是合眼靜息。偶爾醒轉，看著我，緩緩伸手撫摸我的面頰，或含笑輕呼：「小毛頭，小毛頭！」，「漂亮！」。若是立凌在身側，她也會輕拍他的頰或握著他的手，無限歡喜地看著我們。美麗的雙眸黑亮幽深。

那天午後，我坐在她床側，忽而聽到她闔著眼喟然低歎，輕聲道：「久別重逢！」啊，姆媽，能重逢就好。

（二）西雅圖

父親一九九一年年初過世，公寓歸還屋主。大家想請母親移居美國，但是母親捨不下遮風避雨四十餘年的臺灣，捨不下剛剛離去的父親，還有那些對她和父親都敬愛至誠的親朋舊友。那時歐姊、姊夫已經退休退伍了。多半的時間住在洛杉磯，幫助工作繁忙的兒女照顧接送上學諸孫輩。姊夫還義不容辭擔任退伍空軍聯誼會事務、為空軍戰神高志航在臺灣立碑紀念的事件奔忙；歐姊總理內外家務。兩人還不時飛回臺北探母，其繁忙可知。紐約的弟弟教書，大姐夫婦建築事務所業務繁重；他們都難有餘暇照顧母親。而且紐約的氣候環境實在不宜高齡母親居住。

於是珊表姊星然姊夫就接母親去他們位於新店山坡上風景如畫的家，晨昏奉養。上下坡百十來級的石梯，媽媽平常爬得自在。山上空氣好，練習腰腳運動，倒也不錯。唯是後來老太太偶有小恙來回就醫，就必須請人用擔架、或背或抬；不方便還在其次，實在令人擔心。

其時外子立凌已經決定在華盛頓大學醫學院做研究工作，我們從慕尼黑搬來西雅圖。這瀕臨太平洋「海岸七疊」美麗的港城，春天竟頗有幾分江南杏花煙雨的韻味。決定接母親來「試住」半年，看看老太太能否適應。若媽媽能夠安心住下，我就放棄巴伐利亞公立圖書館三年留職停薪的承諾。

立凌十分支持。我暗自忐忑，恐怕母親與他會有點語言溝通問題：媽媽講蘇州普通話，立凌講他的「德國腔—無錫？寧波？不普通的」普通話。

媽媽來了之後，只要天晴，立凌下班就陪著媽媽在寓所後院的溪邊柳樹旁散步。隔窗看兩人順著小徑，蘆葦花草、野鴨灰雁，指指點點相互笑語稱是。老小兩條龍相處得自然融洽。語言不太通竟無妨！

西雅圖的朋友和在美的至親晚輩們也不時來探望、陪著說話，就怕老太太寂寞。善擇姊夫、弟弟常電話裡問：找到牌搭子沒有？

不久居然有緣巧遇了。從此以後固定每週安排兩次或至少一次，媽媽可以與高伯母、徐媽媽、李媽媽，或是葛太太、姜薇姐，或如過訪的王伯伯伯母—人美的父母親，成大老同學娜娜（故友張呂安娜）的母親呂伯母等諸位長者，逍遙在紅中白板、東西南北風裡；且休念太平洋彼岸起伏的浪淘沙。

（我特別感激姜薇姐，蔚平的母親，最早熱誠邀請媽媽去她家餐聚雀戰，讓媽媽結識了這幾位長期最佳牌搭子，並且也是關心她的好朋友們。）

次年徵得母親同意，讓我們承歡膝下。我們陪同母親回臺收拾必須的行李，辭別珊阿姊、姊夫及家人。且及時得到馬逢華先生夫婦告知，盈盈奔走襄助，覓得一處大小地點都合適的公寓。

園裡沒有小溪蘆葦，卻有睡蓮池塘。臥房推窗，櫻樹橡木成林，周圍是百年前昆明大理移植此鄉的紅白茶花、杜鵑、木蘭和月季芍藥。姆媽很喜歡這公寓，爸爸可以放心。

（二）蘇州「遺小」

母親常自我調侃：「我是前朝「遺小」！」一點不錯，她是光緒末年，一九〇四年，在蘇州出生的。而民國要等到她七足歲時才成立。

「好婆末，望煞再添個男小囝，偏偏又是一個女小囡！」母親晚年特別懷念童年往事。常常用她安祥低緩的吳語對我絮絮訴說：「格末阿是勿歡喜囉！」其實從她叨叨敘述，追憶的種種情形中，早已聽出阿爹好婆對這第十個小龍女，實在是嬌寵過甚。但是母親的敏感早慧，使她自以為窺破了父母的心理。她出生時九個兄姊只剩下一個姊姊和一個哥哥了。幾千年傳宗接代重男輕女的觀念，讓母親覺得如果她是個男孩，阿爹好婆會更喜歡。事實上母親以她生長的時代居然可以逃掉裹小腳的厄運，可以進洋學堂，可以就業自立，就不能不歸功於阿爹的寵愛和兩位老人家思想的開通。我問母親，她怎麼逃得過纏腳這一關的，她笑得很得意：「我也裹過幾個鐘頭的！」

原來她五歲那年，好婆替她花了許多時間和功夫裹好了腳。痛得她不吃不喝，一口氣哭了五六個鐘點。阿爹在書房裡被她哭得心煩氣躁，坐立不安。到了晚上，就對好婆說：「神嚎鬼叫，算了吧！」好婆不肯：「大腳姑娘，以後尋弗著婆家。」「尋弗著婆家末，就登勒屋裡好了。爹爹養伊！怕啥？」好婆也就依了。

阿爹倒不是誇口，袁氏在蘇州是世家，觀前街上不知多少棧行店家都租賃著袁家的房子，閶門外的稻田「看勿見底」。畢竟蘇州離上海近，接觸西方思想的機會比別處早得多。

母親諱曼羅（字小玉），就這樣成了穿高跟鞋，進新式女校，彈鋼琴，畫油畫的先進女子。她在蘇州女中和景海女師學的是兒童學前教育。曾先後在南京，蘇州，無錫、等地主持或創辦幼稚園，推行在中國還剛剛起步的幼兒教育。

母親認為孩子的教育應該從幼年開始，養成合群好學，注意品行的好習慣。因此幼兒教育除了學前教育，他們的家庭教育也非常重要。時代已經改變，現代母親們的職責不再侷限於女紅廚藝；她們更肩負起教導督促孩子的責任。同時，她們也應該有權選擇再受教育，發展個人興趣或在社會工作就業的機會。當時我國文盲或接近文盲的女子佔絕大多數，如何提高女子的教育程度，提高女子的地位，與下一代的教養、女子爭取人權的衍義，都有著緊密且刻不容緩的關係。所以母親當年致力推行創辦師資優良設備完善的幼稚園，固然是為了教育孩子；她更希望那些有志於學和企求事業發展的婦女們能夠安心地把孩子送進好的幼稚園，讓她們有自己的時間與機會，成為更稱職的母親更有成就的女子。

母親在嫁給父親之前，是位有理想有成就的職業婦女。

她和父親婚後不久就懷了我。一九三七年蘆溝橋事變日本侵華，冬天我在上海法國醫院出生。幾個月後父母親攜我道經香港飛往陪都重慶，與中樞共赴國難。一九三九年弟弟生於山城的炮火中。我的名字「珏」和弟弟的名字「班」，都是因為父親諱寶瑄的「瑄」字與母親又字小玉之「玉」字，共成雙玉合璧。

隨後父親調往第三戰區，主要負責籌辦興學的文教工作，讓流亡內地的青年可以繼續讀書，為國儲才。範圍包括江西、閩北諸地，經常在外奔波。母親帶著我們輾轉播遷，席不暇暖。抗戰勝利後，父親主政江蘇，責務繁重；而健康情形一直欠佳。孩子們都在就學之齡，母親不可能投入職場，更拒絕從政，不願使父親落人話柄。

一九四九年大陸易幟，國府遷台。當時父親以憂憤操勞過甚，舊疾支氣管血管破裂，嘔血不止，先由母親送往臺灣醫療。再返回滬上，帶著我們五個子女倉皇渡海，根本沒有處理家中財務的時間和機會。她有她的信心，正如大多數國人揣想的那樣，總以為國民黨不是還有軍備精良的雄師百萬嗎？很快，頂多一年半載吧，我們就可以回家了。而且舅舅舅母與母親情感至篤，舅舅向來理財有道，極善經營，袁氏蘇州祖產和在上海的實業工廠等等，當時並未立刻受到內戰影響。母親名下的財產一直都由舅舅照管。舅舅選擇留在大陸，母親知道舅舅一定會把她的那份利潤寄匯給她—就如同當年抗日八年，舅舅在上海，父母親帶著我和弟弟居無定所，輾轉內地的深山僻野。舅舅總會千方百計託付親信友人帶錢給這唯一的胞妹，生怕她經濟受窘。舅舅很清楚國府官員的待遇，瞭解我父親的個性人品—做不了貪官。然則後來大局演變如此，銀行寄匯根本不可能，政府財政動蕩，無薪可支。母親遂帶著弟弟和我奔赴香江，應聘擔任香港輔仁書院附屬幼稚園主任。直到一九五二年國府中樞約略底定，我們才搬回臺灣與父親、姊姊們團聚。從此母親沒有再擔任教職。

對我來說，母親的一生好像就是為了我們，為了她的「家」在操勞辛苦，在擔心籌算。從來沒有想過：母親有沒有懷念她的職場生活？有沒有遺憾她這麼早就放棄了她的理想？畢竟她曾經那麼敬業，那麼專注地追求女子有獨立自主的基礎。

（三）姻緣

母親那時任太湖邊無錫縣極具規模的縣立小學附設幼稚園主任。同時也在小學教書。學期終了開懇親會，校長請她擔任接待來賓的工作。忽然，人馬紛紛，原來是執掌無錫、太倉兩縣的縣長來了。汪縣長也是家長，他的兩個幼齡失恃的女兒正是袁先生的學生（女老師亦是稱「先生」的）。

我問媽媽，她對父親的第一個印象是什麼？「長得帥！」媽媽笑著說。可不是！看他們早年的照片，父親西服大衣，戴著帽子，一貫的頎然清雋。美麗端凝的母親穿著長覆腳背的旗袍高跟鞋，只及他肩膀。

我也問過父親同樣的問題。爸爸形容道：「你姆媽穿一件藍布旗袍，一塵不染，頭髮攏在後面。就看見雪白皮膚兩個大黑眼。」父親始終帶著點他的海州口音。而且他始終喜歡繪畫、藝術，兩三句話就把媽媽自然無華的風韻點染出來。

後來呢？後來媽媽住的宿舍臨窗樓下，就時常傳來馬蹄敲過青石板路的聲音，父親騎的是白馬。

父親母親的結合並沒有這麼容易。雖然外公外婆早已謝世，舅舅、姨媽健在，親戚仍多。地域觀念還深植在人們的腦子裡。江蘇省海州（現在的連雲港市）是屬長江之北，與山東接界。江南蘇州魚米之鄉，總覺得北方人強橫好勇。大概是千百年來燕趙齊魯多壯烈悲歌之士的史實，造成這種偏見。當然，一般來說江南人溫循，江北人躁悍，也是不爭的事實。與地理環境，歷史傳統都大有關係。

母親的親人在兩人交往之初，都有不同的異議。她的兄姊非常疼惜這個二十幾歲就不幸孀居的幼妹，多年來一直希望她再婚。母親不予理會，帶著稚齡的女兒，專心教職。偏偏現在對這位江北人的感情非常認真，大家難免為她擔心，怕她以後會吃苦受罪。

幸而留學美國的舅舅與從法國回國不久的父親相識過從之後，對父親的觀感丕變。成就了這段超過一甲子的姻緣。

(四) 早年的父親

父親諱寶瑄，字抱玄。庚子拳亂那年出生（一九〇〇年），是爺爺奶奶的第四子。汪氏原籍安徽，舊族譜的封面有宋蘇軾東坡居士的題字：「穎川世胄，越國名家」。父親祖上這一枝播遷海州（現在的連雲港市）是在洪楊之亂的時候，避禍東海雲台山麓，耕讀傳家。民國成立後，早年就參加同盟會的大伯父，在縣城興學，辦新式學校。把當時十二三歲的幼弟，我的父親，從鄉下私塾帶到該校去讀書。沒有幾天，父親獨自走了二三十里路逃學回家。爺爺奶奶驚問：怎麼回家了？大哥呢？父親說他不要去學校，吃不飽，每天挨餓！大哥不給吃。等大伯父發現弟弟不見了，氣急敗壞地趕回來，奶奶指著他鼻子大罵一頓：怎麼連飯都不讓小弟吃飽啊？大伯父委委屈屈地告訴爺爺奶奶：「小弟早飯人人吃一副燒餅油條，他要吃兩副；人人吃兩個饅頭，他要吃四個。中飯晚飯別人吃兩碗，他要吃四碗。弄得廚工抱怨米糧不夠。我做校長哥哥的也不能循私啊！只好叫他少吃。」

實在怪不得父親是「少年大胃王」，他個子本來就比別人高大，又喜歡運動武術。據他自己說：十八般武器都會使；最擅長的是長矛花槍。跟他在家經常舞動長竹竿，用嫂嫂們晾在院子裡洗乾淨的衣服作攻擊對象，訓練出來的身手有關—這些都是父親自己告訴我的趣事。

父親比三位兄長小得多。奶奶寵愛小兒子。眾人也就任著他頑皮。某年端午節，奶奶裹了粽子在鍋裡煮，叫父親去嚐嚐看好了沒有。這一嚐就嚐了十三個。

父親倒也沒有讓兩位老人家白疼。他讀書非常好。是「江蘇第八師範」有名的才子，書法作文繪畫經常得一百零五分，國學在私塾就打下了根底。可是考大學要考英文，知道自己的程度比不上上海廣州一帶早就是通商口岸的學生，就苦讀英文字典—所以父親講英文帶著鄉音，記得的字彙卻很多。數學實在不行，全靠記性好，公式都背下。立志要進完全由中國人自己辦的大學（北大，清華的經費部分是庚子賠款；燕京，輔仁等則是西洋教會辦的）。考入上海復旦大學讀社會學系，以改革中國舊社會，開展新風氣為己任。

同學中自然是江南本地人多。常常恥笑幾個從江北來的學生。稱他們：「江北猪玀！」

父親的家鄉離梁山泊不遠，後面又緊靠雲台山脈花果山，多少承載得幾分好漢們的使氣；也沾染上若干美猴王的任性。有一次，他忍無可忍，當場給那幾位出言不遜的白面書生一場教訓！

民國十三年（一九二四）冬，國父孫中山先生應北京政府臨時執政段祺瑞之請，從廣州經上海北上共商國是。其時國父已經重病，仍毅然成行。父親是江南八大學的學生聯合會主席，因得參加在上海北火車站迎迓之列，謁見並恭聆國父的溫言勉勵—父親終生難忘，多次向我們提及。次年春，國父病逝北京。

一幀鑲著黑木架暗銀鑄造的國父遺像，在我的記憶中永遠立在父親的書桌上—顛沛流離幾十年間，搬過上百次家，不管在什麼樣的屋簷下，只要父親有一張可以稱之為書桌的地方，我們就可以看到國父那幀像。望之儼然，但總讓我覺得悲涼。

父親一生擔任公職，他的座右銘就是國父那幀像上的題字：「天下為公」。

（五）話母女

母親一輩子講的是她的蘇州話，嫁了江北籍的父親。兩人平日各說各話，倒也沒有太多溝通不良的問題。我們這些孩子從小就是南腔北調，什麼話都說，但是在家的不成文公訂語言是普通話—也就是不標準的國語。母親跟我們自然說蘇州話，父親跟我們則說他的海州普通話。海州話，除非是特別重的鄉音，除了特殊腔調，一般來說與普通話相去不算太遠，畢竟仍屬中原語系。母親跟不諳吳語語系的親友來往，逼於無奈，只好也「歪著舌頭」講她的所謂「藍青官話」。譬如：陸先生，就變成了「六」先生—因為吳語「陸」「六」同音；既然普通話「六」讀做「liu」，那麼當然陸先生也應該是「liu」先生了。只是被稱做「liu」先生的來客瞠目結舌，期期不知所云；而在旁邊的我們則早已掩口走避不及。

其實，母親的蘇州話已經不是純粹的蘇白了。倒不是因為她離家得早，一生又去過這麼多地方。主要因為她不喜歡人們總以為吳儂軟語，嗲聲嗲氣。所以她刻意把尾音縮短，像「哪」、「啦」、「呀」這類拖長音調的字她從來不用，或改得簡捷明快。許多字，如：你，蘇白原作：「倷」(nai)，母親則用滬語「儂」；如：好，蘇白作(hau)，母親則說hao(入聲)。母親的語音在她兒女的記憶裡，既好聽又典雅。而母親日常所說的許多話，都是言簡意賅，切中要害。隨口運用的諺語，其意象之生動傳神，其種類之繁富多變，經常讓我反覆咀嚼，覺得實在是中國方言裡的瑰寶。值得紀錄下來。

母親在日，我就錄下若干，有時讀給她聽，她就笑著替我修改記錯的字句，偶爾還加添數則。母親過世後，追懷音容，如珠的妙語就一一在我耳邊縈迴。以前沒有錄下的趕快寫下來。床旁桌上不忘放著紙筆。

以後我去蘇州，與當地父老閒話家常或與年輕人交談，用母親的一些話語形容詞。發現他們時常目瞪口呆：「勿曾聽見過嗄！」好像我講的是外國話。發奮寫下「母語錄」，追懷母儀。

(六) 竹剪

母親是阿爹好婆第十個孩子，她上面最小的哥哥比她長四歲。到她記事的年齡，兄姊們早已去世的去世，或婚嫁，或上學。所以整日在二老膝下承歡的只有母親。阿爹愛靜，日常喜歡獨坐書房，看書吟哦，或為家人親友開開藥方—他亦常讀古今醫書，頗諳醫理。偶爾在庭院蒔花弄草。媽媽就趕快去幫著拿水壺等等。耳薰目染竟學得不少秘訣。

我在西雅圖住處的陽台上種了幾盆菊花，屋裡養著幾株洋蘭，卻都無精打采盡是病容。一次媽媽看我裡裡外外澆水，所有花木一視同仁，她連忙搖手叫我打住：「阿爹說過「乾蘭濕菊」，蘭花氣根，水要少，否則透不過氣；菊花末，歡喜濕，水要多。」我將信將疑，說，阿爹養的是中國蘭花，建蘭，素心蘭；又不是這種洋蘭。媽媽哈哈大笑：「蘭花末，皆是氣根，與中國蘭洋蘭有啥個關係呀？」從此我家真的就蘭秀菊芳了。客廳朝陽的地方我栽了一大盆小型芭蕉，綠葉蔥蘢，煞是好看。一天，我發現一片葉子邊上焦黃，捨不得整片剪掉，拿了剪刀，準備修去邊緣。恰被媽媽看到：「修剪花葉末，一定要用竹剪。阿爹說，否則剪過的地方一定發黃…」我說，姆媽，這裡是美國嘜，那來阿爹的竹剪啊?老太太浩嘆一聲，只得作罷。果然，那修剪過的邊緣盡皆發黃。

長日無事，媽媽跟我講古。阿爹不苟言笑，是個標準的嚴父。娘舅在家時，阿爹認真課子，背書背不出，是要「吃傢生」「吃生活」的。娘舅提高了嗓子高聲朗讀，媽媽在窗外聽聽也就會了。偶爾教她讀讀詩文，更是背得透熟。阿爹嘆道：「可惜是個女小囡！」——大概惋惜女孩子不能藉讀書文章仕進吧。其實那時科舉早已廢除，女子進學就業正方興未艾。阿爹對這聰明靈巧的幼女很嬌慣。媽媽告訴我，她做了「壞事體」好婆就要「拳頭上裝柄」（＝挨打），她就趕快逃進書房，躲在阿爹椅子旁邊叫：「爹爹救命！」當然好婆只好算了。

阿爹大概是一九一八年左右去世的。媽媽在日，只聽她常常叨念：阿爹五十六歲故去，好婆六十三歲病歿。卻沒有問他們生歿的年代。記憶裡，媽媽在阿爹好婆的生辰忌日都會茹素悼念。我卻從未記下日期——真是十分愧疚。我生也晚，兩位老人家早已謝世；爺爺奶奶同樣未及拜見。

阿爹那時已經做了好幾年中華民國的國民，但是袁世凱北洋軍閥鬧得不可開交，地方仍舊非常不寧。他是同情保皇黨康有為梁啟超他們的，認為孫中山先生和革命黨人與這些軍閥皆是「亂黨」。

另一方面阿爹的觀念卻非常開明，最讓人敬佩的是，斷然阻止好婆替媽媽纏足。而且病危時不忘叮囑好婆要送十來歲的媽媽進「洋學堂」，讓娘舅到美國去留學。好婆也都遵守了他的遺命。

阿爹挑嘴，一日三餐只吃好婆做的菜，加上其他繁瑣的家務，所以好婆常年很忙。媽媽又：「到東到西，總歸盯牢仔好婆。」成天跟著好婆，在好婆身邊「夾夾繞」（＝夾縫裡打轉，添麻煩），不免時時挨訓。卻自然而然把好婆的遣辭用句，口頭禪，諺語都深印在腦子裡，變成她自己的語言。變成她的訓女篇。

（七）訓女篇

跟媽媽一樣，我也是小女兒，在雙親身邊的時間最多最長，可惜沒有浸傳得母親的典雅敏慧，卻沾染了許多父親的任性使氣。到了青少年時期，仗著父親偏愛，行動不羈像個「野」孩子；讓母親管教起來十分勞神：「一個女小人，生仔儂爸爸格脾氣，那能得了？」

所以，日常起居，舉止行為，待人接物，處世之道……樣樣都煞費叮嚀。而且不光是「言教」，更注重「身教」。

媽媽得好婆真傳，縫紉編織鈎針刺繡無一不精。她自己也曾得意地說過：「前面走的人穿的絨線衫是什麼花樣，看看末，回家就結出來了。」抗戰時期物資缺乏，我跟弟弟的毛衣都是媽媽把自己的舊毛衣拆了，洗乾淨，再結的。對我來說，媽媽拆毛衣是件大事，是我派得上用場的時候。媽媽先把毛衣收尾的結打開，慢慢抽線，線頭給我捏住，叫我在她對面三五步的地方站好，身體不許扭來扭去，兩只手臂伸直，不許忽高忽低。她就把抽出來的線往我手臂上繞，到了一捆成握，或是下一個毛線結頭的地方，她就停下，把套在我臂上的毛線圈取下，綁緊；再繼續拆繼續繞。這樣重複幾次，眼看著一件毛衣變成幾紮毛線了。這時我的工作就做完了，只能在旁邊看著，而且要站遠一點，不許「夾夾繞」（＝瞎搞），或是「攪糊粥」（＝搗蛋）。接著媽媽叫幫手，多半是帶弟弟的趙媽——她做人做事乾淨俐落，把毛線放進洗衣服的木桶。那時候哪裡有洗衣粉，肥皂水這些東西？連肥皂都是寶貝，輕易捨不得用的。常用的洗滌品是一種樹結的實，叫皂莢。（如何處理使之成為清潔劑，我就不知道了。是搗碎了直接用，還是需要煮過？待考。）洗毛線是特例，媽媽把平時存起來的碎小肥皂頭在熱水裡細細調開，再讓趙媽注入足夠的熱水，務必要使水能浸透毛線。媽媽說，水要熱（可見當年羊毛品質之道地，居然可以用熱水燙！），這樣織過的舊毛線才會變直，不然捲捲的結出來的毛衣不平整，不好看。毛線沖洗乾淨後，用毛巾包起來擰乾，一串串掛在屋簷的竹竿上，吹晾。過兩天乾透了，媽媽就叫我先好好把手洗過，走去她對面，把一串乾淨的毛線圈套上我伸直的兩臂，找出線尾，拉出來繞在她自己合攏的手指上。慢慢地，我臂上的毛線圈愈來愈小，而媽媽的手指早已看不見，變成了一團毛線球。這工作不像拆毛衣那麼快，那麼好玩。過不了多久我就嫌煩，開始東倒西歪，手臂伸得很酸，漸漸往下沉……「做事體末，勿可以「頭鮮鮮，尾巴厭」（＝開始的時候做得高興，臨了就厭煩馬虎了事）。要從頭到底好好能（＝副詞）做！」

總算毛線從一串串變成了一團團。於是媽媽拿出粗細相當的竹針，開始動工。

媽媽織的毛衣，總是別出心裁。有照片為證：我的是綠色的毛線裙褲套裝，弟弟的那套是咖啡夾乳白色的毛線，褲管的下面還連著一塊當時流行的「鞋蓋」。

我們從小到老，到現在，都在穿戴媽媽結的毛衣，背心，圍巾，帽子。後來還加上嬌客們、下一代。

住在漢堡的時候，德國毛線質地好，價錢公道。冬天長，媽媽來小住，替兩個孩子不知結了多少「毛貨」。最別出心裁的是替小寧寧用海軍藍深色毛線結的那件長大衣。領子豎起來，一排古銀鈕釦從上扣到膝蓋，膝蓋下面略略散開，兩個大口袋。整件大衣用綢夾裡，「擋風，不走樣！」媽媽解釋道。寧寧從三歲穿到五歲。不知得到多少德國、中國婆婆媽媽們的讚美。不久前跟女兒提起阿婆織的這件小長大衣，她問道：「現在在哪裡啊？」我說，後來妳長高了，又去了熱帶地方新加坡。就送給朋友的孩子穿了。惹得她非常埋怨不滿。說道，應該留著，不能穿，也是紀念。

真的，寧寧說得不錯。讓我追悔不及。

現在閣樓上整箱都是媽媽的手澤，從我十幾歲到四五十歲，都完好如新，陪著我周遊列國。

媽媽的針線也是出名的。抗戰時期的幾張照片裡，她穿著一件厚呢旗袍就是她自己剪裁手縫的。呢料在那時簡直是不可能的奢侈品—任之叔叔從前線得到的戰利品轉贈媽媽：一條灰色日本呢毯。旗袍還滾著深色的邊和包釦。

同一時期媽媽幫爸爸做了件有皮領的大衣。爸爸穿著真是瀟灑帥氣極了。可惜從來沒有問她是什麼材料，不知道媽媽怎麼「變」出來的。只知道皮領是她的披肩改的。

「窮則變，變則通」是媽媽的口頭禪。「可以用的東西決不能丟」。而事實上，在媽媽眼裡，沒有什麼東西是不能派上用場的。何況，現在沒有用，以後可能就有用了！（這方面我倒是頗承母教，不喜歡丟東西，卻又不像媽媽那樣收拾得有條有理，家裡各處十分為患。女兒每年從新加坡來省親都看得心驚肉跳。）

媽媽的傑作之一是把爸爸的舊領帶噴水燙平，拼出圓形的椅套，創意十足，別緻好看。五十年代臺北上好的毛線難尋，媽媽把她當年在上海先施公司買的綴花薄羊毛衫改成小外套，穿在妹妹（歐姊的女兒，志怡）身上，人見人愛。

直到九十多歲，媽媽手邊仍舊針線不斷。幫我們改衣服，結絨線衫，縫桌布，鉤毛毯……現在抽屜裡還珍藏著媽媽為立凌補的襪子，為我在破了一個小洞的外套上繡了一朵活色生香的小花。（當然捨不得穿，是紀念品。）

七，八歲開始吧，媽媽就教我捎邊，繡十字花，挖扣子洞，打毛線。大概想把她的絕技傳授一二。但是我心野，老是坐不定，一心想到院子裡去玩。「阿是凳子上有釘啊？」媽媽很氣。而且發現我「蹺手蹺腳」，手笨。教我打中式葡萄結紐扣，怎麼都學不會（到今天都不會）。媽媽嘆道：「笨得啦！前教後忘記！」——某年艾蓓正好從柏克萊來西雅圖參加一個文學會議。帶著一隻碩大白裡透紅的白桃，她有心，記得媽媽喜歡這種加州白桃。她在我旁邊看媽媽教我打葡萄結，一霎眼就學會了，打得有模有樣。媽媽連連誇讚。以後艾蓓為寶雍和我各人做了一件外套，用的就是別緻的葡萄結。這件外衣盈盈穿著好看，就轉送給她了（大概）。葡萄結在心上，看見艾蓓就記得：她會打，媽媽教的。

每年初秋乾爽太陽好的日子，不管是在上海香港，還是在臺灣，母親就會開箱倒櫃在院子裡曝曬衣物，以免霉濕蟲蛀。曬過六七個鐘點就收進屋內，等涼了之後才可疊好放回箱籠。小時候，每逢媽媽曬衣服我就很興奮，好多平常看不到的漂亮東西，五顏六色的長袍短掛，鮮豔奪目的錦繡被褥，逐一攤開，覆蓋在臨時搬出來的桌椅上，晾掛在木架竹竿上。跑出跑進跟著忙，滿心想摸撫一下那長長的茸毛，那看上去就軟軟滑滑的絲緞。但是：「走開，走開！小囡手上有汗，齷裡齷齪！」等到日後少年期只喜歡做自己的事，關起房門看小說跟同學談天，對家人愛理不理；母親卻一定要叫我幫忙學著收拾。我總是不情不願，覺得無謂之極。「物事末，總要當心愛惜，才可以用得久」，「勿可以糟蹋，浪費！阿曉得，千萬勿能『有鈿靴裡靴』，到至窘格辰光末，就只好『無鈿赤腳爬』哉」。

【註釋見：「母語錄」】

媽媽去世後，她的衣物樣樣簇新。就是當年倉皇離開大陸只帶得少許的幾件，也收拾得乾乾淨淨，整整齊齊，一部二十世紀中華女裝史。最珍貴的一件是她女孩子時候，好婆特別請「老師傅」替她做的黑緞面薄羊皮長襖。那位擅做皮貨的「老師傅」店面住家就租賃袁氏鈕家巷樓宅靠街幾間房子。裁縫鋪兼作「門房」──是「清明上河圖」北宋汴京的格局。當然，這件紀念好婆的「物事」（＝東西），是絕對捨不得穿的。抗戰勝利回到上海，媽媽在霞飛路白俄開的 boutique 訂製的細羊毛機器織、綴花短旗袍和一色長外套，以及後來在臺北請那位講一口浦東滬語的朱師傅做的幾套旗袍長背心，如今都一一收藏在輔仁大學的中華服飾文化中心。

（二〇一三年輔大在臺北博物館展覽：「旗麗時代」。還出版了專輯、目錄、書刊。寶雍、念萱、嘉懋和我都先後去參觀過，很精彩。）

剛從香港到臺灣的頭兩年，我的衣著都是媽媽在一架朋友轉讓的舊「勝家」洋機上，自裁自縫。後來上了高中，白衫黑裙的制服仍舊是媽媽做，假日衣衫就嫌媽媽做的太古板、不夠時尚。五十年代的臺北沒有成衣出售，除非是專門賣走私進口的舶來品—所謂「委託行」。那裡的東西很貴，大家頂多經過時在櫥窗外觀賞瀏覽一番而已。畢竟時局漸漸穩定，父親在立法院也開始有固定薪俸。大姐，歐姐都工作。雖然是「克難時期」，家家拮据，偶爾求得媽媽同意，家裡正好尚有餘款，她就會帶我去博愛路的「立大祥綢布莊」精挑細選，剪一塊我們母女都覺得好看，媽媽確認是耐洗耐穿的料子。由我自己拿去巷口家庭洋裁店，與相熟的女老闆細細商量，怎樣做一件出色當令的新衣裳。

衣服拿回家，我當然立刻穿上。媽媽就又開始訓女了：「儂末終歸是格能（＝這樣）！新衣裳一到手末，馬上「拔落針，就上身」。阿曉得，常常要好，出外嘸新」。新衣服是要留到特別時機才穿的！

媽媽出門作客總是一襲半新旗袍，雍容得體。在家則舊衣衫永遠清爽俐落。媽媽的原則是：「第一要清爽！」，「破衣裳，縫縫好，洗（讀作：達）得乾乾淨淨，燙得挺挺刮刮，一樣蠻好。邋裡邋遢，再漂亮格（＝的）物事，也是勿像腔，勿登樣！」

跟媽媽六十二年母女情緣，媽媽的原則從未改變。清早走出房門之前一定衣履整潔，頭髮攏在後面，一絲不亂，挽成各式各樣的髻。（媽媽從未燙髮，我只看過她少女在學校時齊耳短髮的照片。）床上早已鋪得平平整整。（我常跟媽媽說：她鋪的床連我們成大女生宿舍的教官都無可挑剔。）任何人都不敢去坐，碰都不敢碰（這一點，歐姐深得真傳。）房間也必定自己收拾得一塵不染。

父親去世後，接媽媽到西雅圖來住。她的房間總是家裡最乾淨整齊的一間。有時早上看見我蓬著頭穿著睡袍，走來走去，她自然大不以為然。但是因為礙著立凌，給我面子，就只當沒看見。媽媽的座右銘是：「做人末，要識相！」跟女兒女婿住，更是絕對不隨便批評。「少講話，無人當儂是啞巴！」，「閒話多仔飯泡粥」。「勿討俏」（不識眉高眼低）的事，媽媽一生沒有做過．

其自尊自愛如此。難得的是也非常尊重別人。對成年的兒女後輩，甚至幫傭都沒有疾言厲色，讓人下不了台過。

媽媽懂得修飾，從不濃妝艷抹。就是六七十年代跟爸爸一同參加外交部國宴或立法院接待外賓的正式晚宴，也只是在臉上頸項用粉撲輕撲兩下，淡淡描眉，淺染口唇，稍稍點幾滴香水；穿件素雅得體的長旗袍，韻致天然。因為爸爸高，媽媽一定穿高跟鞋。（等到我也喜歡穿高跟鞋的時候，媽媽又多了一番叮嚀：背要挺，步履從容，身體決不可左右幌動等等…足足惡補了一堂課。）

不知道媽媽是不是因為學過畫畫，她對色彩和比例非常敏感。從來不穿大紅大綠圖案複雜的衣服，多半是黑，白，深灰，鴿灰色系，素色或簡單的花紋，緣著暗紅或同色的細邊。旗袍領子在寸半上下，她說，她頭頸不長，領子高了，「像煞『吃官司』！」，受罪；而且反而顯得頸子短。從不戴項鍊或耳墜，總是一付細巧貼耳的耳環。衣服的長度也永遠一樣，決不追隨時尚。有一陣流行寬肩膀，我買給她的外套，墊肩立刻被拆掉。「難末像仔格金少山！」—金少山是唱花臉黑頭的名伶，戲服裡一定要襯著極大極厚的墊肩，以顯示其魁梧。纖雅的媽媽總是說：「人末，要有自知之明！」

我從小喜歡鮮活的綠色（不是一女中制服的郵差綠），中學的時候大姊幫我用各種深淺綠色細毛線織了件背心。我很得意地套在淺黃色襯衫外面，走去給媽媽看。媽媽忍著笑跟我說：「活脫脫一只黃胖橄欖」（所謂「黃胖橄欖」，就是在黃色甘草汁裡浸得透透的，兩頭尖中間圓滾滾的中式橄欖）一頭冷水，我當然非常氣惱，要把背心脫掉。

媽媽好言道：問題不在背心，裡面換件白襯衫就好了。吾伲（＝我們）皮膚帶黃，穿黃綠色勿相宜，配在白衣服上就不礙眼了。白色素靜，女孩子穿了好看。她又說，她下次要告訴大姊，幫我結絨線衫要寬鬆一點。我長得高，骨架人，不是細瘦苗條的一型，「衣裳一緊，勿像「裹粽子」末，也像煞「塞肉甲魚」」。我力辯現在流行合身，不作興鬆大。她立刻機會教育：「人末，一定要有自知之明。勿能專門趕時髦，趕來趕去，總歸跟在別人後頭。自家曉得應當那能（＝如何），就用勿著聽人家說好道糗。」

一次我在窄衣裙腰際繫了一條寬皮帶，她搖頭說道：「勿大方！「掐緊葫蘆」！」想像那上肥下胖中間凹進去的葫蘆，媽媽的形容實在傳神。趕快不情不願地把皮帶解掉。

父親在日，我從慕尼黑回臺灣，晚飯後常常坐在他們中間，陪他們一起看電視閑談——反正看不看都無所謂。一次，爸爸拉著我的手，翻來覆去打量，又看看我的臉，嘆惜道：「還不如妳姆媽的皮膚呢！」媽媽那時已經八十左右了。

媽媽膚色好，恐怕真的與蘇州水鄉的水土有關。但是也必然得益於她早晚洗臉的工程：先把肥皂（任何一種皆可，在臺灣早期她就用最價廉物美，洗衣服也用它的「水晶皂」）適量抹在毛巾上，在臉上各處用力細擦，繼之以清水澈底沖洗，再把毛巾洗淨絞乾、擦乾每一處，行之再三；這樣才算大功告成。我在一旁總是看得目瞪口呆：「姆媽，妳的臉上也沒有這麼髒吧？」「格能（＝這樣）適意啊！像儂囉，「貓咪揩面」，用腳爪撈兩把就算好哉。」（又順便訓女！）

我一直對時下去美容院「護膚」、「做臉」等等，存著將信將疑的態度。深信媽媽每天徹底清潔皮膚，又用力摩擦，自然收到按摩美容的功效；而且沖洗得乾淨，肥皂的刺激性也就沒有了。

化妝品貴而難買的日子，媽媽洗過臉就用任何藥房都可以買得到的甘油，滴一兩滴，揉開勻塗在臉上。（從來不記得問她，那裡得來的偏方。可能是來自學化學的娘舅。經過八年抗戰，緊接著就是內戰，好像大家都有些偏方秘訣。）後來就用「旁氏」之類市面上最普通的面霜。媽媽的皮膚始終潔白。

臨睡前她一定「通髮」。先從抽屜拿出疊得好好的一塊小披肩，她自己用綢料縫製的，搭在肩上—免得弄髒衣服，兩邊兩根帶子打個蝴蝶結綁緊。髮髻鬆開後，用牛角梳子梳通，然後拿出蓖子—都是幾十年前大陸帶出來的古董，細細蓖髮。媽媽的頭髮長可兩三尺，直到晚年還滿滿一握，一定也與這「晚課」有關。蓖過髮編一條長辮子，繞在頭頂，用另一件古董：一根象牙「骨簪」插緊。這樣才能安睡：「勿然，頭癢，睏勿著！」（後來骨簪斷了，我把竹筷打磨削短，替她做了根竹簪。媽媽也將就用了，還讚我的主意不錯。以後追想，母親惜物，但是真的沒有了、壞了、斷了，她也若無其事，決不失驚打怪。）

移居西雅圖之後，喜慶聚宴，朋友們必請老太太參加。媽媽其實生性不愛應酬，但是我一定要她同去，熱鬧熱鬧。她明白朋友的好意，也就開開心心地答應了，早早開始穿著準備—老太太自愛，絕不讓我們等她。（我是從小就被媽媽稱為「磨姑娘」，動作「牽絲攀藤」；而且每次出門必定「三轉四回頭」。弄得人人討厭⋯）她一切舒齊，就坐在自己房裡拿本書，一面看一面等我們隨時請她動身。（有段時間，她看的是楊牧的「疑神」。一面看一面讚道：說得蠻有道理。楚戈的「審美生活」也看得「有滋有味」）

對著鏡子梳妝的時候，她會喃喃自語道：「唉！妝煞鵝頭，鴨頸子。」第一次我聽了不懂。「喏！妝來妝去，頭末像煞是鵝頭；看看頸子末，仍舊是只鴨！──徒勞無功。」

出門前她會問我：「吾看上去阿齷齪相？」我總是說：「姆媽，你非常乾淨相，很漂亮！」「小鬼（音：居）！」媽媽佯怒對我橫了一個白眼。──奇怪，為什麼媽媽老是問我「阿齷齪相」呢？她這麼整潔，怎可能齷齪相？那時我覺得老太太就是囉唆。現在才明白，因為自己到年紀了。不知那年那月那日，無意間攬鏡：忽然發現臉上膚色變得深黯，什麼時候竟出現了這些黃黃黑黑的斑點？真是齷齪相！其實媽媽從來沒有過，她是看同齡人如此，才擔心的吧。

以前我就常跟她抱怨：怎麼都遺傳不到她的好皮膚，漂亮眼睛，和聰明機靈呢？倒是偏頭痛，失眠、記性壞等等，一樣不缺。

媽媽一雙美目，到晚年還明亮有神。我細細端詳，發現她的眼珠特別黑而大，雙眼皮深。以前看過記載：維多利亞時代愛美的女士常點放大瞳孔的藥水，讓眼珠看上去更黑更大。

媽媽果然得天獨厚。

可是我和弟弟小時候一見媽媽那雙美目剎時變成了怒目，立刻心裡有數，少不得要挨訓或「吃生活」了。

我挨訓吃生活的機會比弟弟多。倒不是媽媽偏心（雖然我從來不覺得偏心有什麼不對：心臟長在正中間，才是不正常呢！）實在是我從小比弟弟頑皮，任性，而且不喜歡讀書。媽媽對我們的生活習慣，讀書問題，十分認真。打仗逃難期間根本沒有上學的可能，先後跟著媽媽的好友李先生福封女士或（張）振達孃孃在家裡讀書。李先生原來就是小學老師，脾氣好，對我比較縱容。但是燕京大學化學系畢業的高材生振達孃孃卻非常嚴格，不苟言笑。幾乎每天都會向媽媽告狀：「啊唷，毛頭七欠是七欠得啦！」（所謂「七欠」，就是八種好德性欠其七。亟言其品行頑劣之甚。但是在蘇白裡罵孩子，並不真正十分嚴重。一般就是「不乖」，「不聽話」的意思。詳見：「母語錄」）接著就讚弟弟書背得熟，英文造句做得好。而我除了書背得常常「夾生」，寫毛筆字還時而「打瞌瞇」—居然睡著了！弄得墨水「一天世界」（＝到處一塌糊塗）。於是媽媽怒目炯炯相向，審問或訓斥一番，情況比較嚴重，就請出家法來。

媽媽請我們「吃生活」也有原則：只打手心，用戒尺或板刷的木背，從來不打其他地方。我的應對是，不抵賴，不討饒，不哭！從小愛哭，但是挨打挨罵決不哭，多半都自知罪有應得。偏偏死不悔改，繼續「七欠」。至於哭，我認為：挨罵或皮肉之痛不值得哭！

上中學以後，不再吃生活，挨訓卻是日常生活中的家常便飯。很少再為了讀書的事，幾乎全是行動舉止的放肆不馴。

媽媽在我的記憶裡幾乎沒有彎腰駝背過，直到晚年九十幾歲也一逕畢挺。從不窩在沙發裡，也不靠在椅背上，最好是木凳或竹凳。不管看書寫信記事總是坐得直直的。所謂：坐有坐相，立有立樣。看見我往沙發上一倒或是不該睡覺的時候躺在床上，必遭斥責：

「懶聊得啦！（又懶又無聊的樣子）像個「趺釋鋪蓋」（趺在地上就散開的行李捲——沒有好好綁緊）！」

倚牆或靠著門框而立，就聽到：「勿要「賊腰懶摜」（懶散，不振作狀！）」——媽媽眼裡，「懶」是不可饒恕的、浪費生命的罪過。閑坐談天喝茶嗑瓜子，在她決非享受，是萬不得已陪親友來客的苦事。不管家裡有沒有幫傭，她永遠有做不完的事情，永遠不會覺得無聊。

發現我坐著兩腿不擺好，走路八字腳，講話太響或不清楚，或故作小兒女狀，或笑得大聲失態：「武頭劈啪（＝武氣，不端莊）」；或興奮過甚：「形容勿出（＝大驚小怪，誇張）」；或偶爾苦著臉：「皺眉頭，哭瘌瘌！」；吃飯太快：「眼睛像忽現（＝閃電），筷子像雨點」；太慢：「數珍珠」……一一都在禁忌之列。媽媽明察秋毫，再也瞞她不過。可惜對她這萬事漫不經心，憊懶的幼女，任她訓斥得「舌疲唇焦」，「五斤扛六斤」，所謂：「用足仔格全倪勁」（只能扛五斤重的東西，卻扛了六斤；竭其所能的意思。「仔」「倪」「格」皆助詞，加重語氣），也無法「按仔牛頭吃草」，調教不出一個嫻靜文雅、舉止有度的淑女來。

我從二女中（即現在的中山女中）畢業後，自己明白應該替家裡節省開支，聯考志願表上填的都是公立大學。沒有考上第一志願台大歷史系，進了當時剛剛改制的省立成功大學中國文學系。父母親從來沒有干涉過我和弟弟讀書的興趣，考大學也總是鼓勵我們選自己喜歡的科系──這是我最感激也最敬佩他們思想開明的地方。他們也從來沒有問過我，為什麼把離家最遠的台南成功大學填在前面。很多同學都是以臺北的學校為主，填滿二三十個志願，不計科系。後來，很久以後，我才想通了，他們不問，因為他們懂得：小鳥畢竟要離巢，要飛。要讓她選擇自己的天空。

從收音機裡聽到自己的名字，爸媽都為我放下心頭大石。而我卻躲在洗澡房裡哭了一場──覺得自己背叛了他們，想離家，想逃離他們的管束。台南，好遠啊！八個鐘點火車的路程，再不能守在他們左右。

「難末（＝那末）儂要自家當心自家了」，臨行前媽媽跟我說：「姆媽相信儂是個有清頭格（頭腦清楚的）小囡，做事體會好好能想清爽。儂是吾倪（我們）格小囡！姆媽曉得，儂勿會讓爸爸姆媽著急放勿落心。」我永遠沒有忘記媽媽那天跟我說的話：她相信我，因為我是他們的女兒。我怎能辜負他們的信任？──三十幾年後，我在給女兒的信上，寫了同樣的叮嚀。

（八）是母親，也是「閨蜜」

一直到我離家上大學以前，我總覺得我的經驗與書上讀到的、和一般別人家的情形，所謂「嚴父慈母」，大不相同。好像成天釘著我、對我管教得嚴厲的是媽媽；稍有空間就帶我逛書店，看電影，還討論爭辯情節好壞的，是爸爸。不管他情緒多不好──常常是立法院開會回家，板著「撲克牌老K」面孔（爸爸臉長，家人背後給他取的外號）。這種時候，給他添飯倒水（爸爸不喝茶，總是一杯溫開水），想辦法讓他開心起來，就是我的責任。對我，父親不會橫眉豎眼。

這情形一直到上大學開始改變。倒不是跟父親的親密減低了，而是跟母親南北相隔反而孺慕益深。好像終於有機會慢慢消化體會母親成年累月的惇惇教誨。以後離得愈遠，母親的千言萬語更清楚地在心裡縈迴，思念愈切。

成大讀書的年代，一九五六—一九六〇，通信幾乎是傳達人與人之間種種關係情感的唯一管道。信，一般就是平信，「限時專送」「快遞」等等，都是十年八年以後才有的盛舉。而且除非十萬火急的事，沒有人會特別跋涉去城中區電信總局打長途電話。實在是又貴又麻煩，絕對不屬日常可行的舉動。

也就是那幾年開始，懂得「家書抵萬金」的意義。再沒料到此生與父母兒女親人，絕大部分的歲月就是靠著書信密密聯繫了。這也是我對所有住過的地方，那裡的郵差郵局，甚至郵筒，都有特別好感的原因吧。

大概每週我從學校寄一封報平安的流水賬回家。偶爾父親作覆，簡雅的文言，不圈不點，一筆行草，從容瀟灑。內容則不外鼓勵督促—頗有讀曾國藩家書的況味。多半的信是母親寫的，滿滿兩頁，除了細細囑咐，切切叮嚀之外，也敘述家中日常瑣事及親友間的情形。母親文筆輕鬆，手書娟好。收到家書，知道他們健康平安，等於吃了定心丸，學校的日子過得分外順暢。那時我對讀書的感受跟中學時代大不相同，那些可厭的數理總算都可以丟諸腦後不用管了。能夠躑躅在文史哲浩瀚的邊緣，聽要聽該聽的課，讀想讀願意讀的書，聆受師長們的啟發教導，就已經讓我體驗到以前從未有過的興會和快樂。

（想起中學時代教數學理化的幾位老師，對成績不好或反應比較遲鈍的學生—譬如我，那副鄙視的嘴臉，尖刻的話語，完全是對付仇人死敵的態度；竟能為人師表，實在是匪夷所思。我一直懷疑他們受過教育心理學之類的訓練嗎？應該做老師嗎？特別是中學老師，學生們都是還未成年的青少年，他們有極強的自尊心和叛逆性，同時也具有高度的可塑性。折毀在這種老師手上的年輕人，以後變得自卑畏縮，缺乏信心的，真是不在少數。相信或但願，現在，不管在哪裡，再沒有這種情形了!?）

二年級學期終了大考前後一直沒有家信。想必是家中事忙，媽媽沒空寫信吧。反正很快就放暑假要回家了。考完試，興沖沖地乘學生會自己包的北上火車回臺北。價格比一般車票便宜得多！清早出發，滿車的同學，好不熱鬧開心。卻不料這包車不但跟慢車一樣逢站必停，連碰到運豬運菜的貨車也非停下讓它們先行不可。到了臺北已是午夜—在車上足足晃了十五六個小時。人人滿臉滿身黑灰，那是火車仍用煤炭生火發動的年代！

從臺北車站忍痛乘三輪車回永和家裡，公共汽車早就沒有了。好長的一路，想著：這麼晚，幸好沒有告訴爸爸媽媽到底什麼時候到。他們不會太著急吧？媽媽開門不知怎樣嚇一跳呢，看見我這副髒相。

叩門來應的竟是歐姊！咦，歐姊怎麼從嘉義歸寧了？我立刻問：「姆媽呢？」我知道，爸爸早睡，媽媽是一定會等門的，等我回家她才會去睡的。歐姊沒有回我話，只是幫我拿行李，催我進門。

爸爸起來了，坐在客廳裡。我問：「爸爸，姆媽呢？」

媽媽住進醫院已經快一個月了。媽媽得了急性肺結核症，發燒吐血，住在松山療養院。我怎麼不知道呢？為什麼沒有人告訴我呢？媽媽不許他們告訴我，她知道我會難過，會著急，會影響到我讀書考試的心情。媽媽要我專心讀書，好好考試。

直到第二天到松山療養院，我什麼都不能做，就是木然流淚。歐姊是學護理的，媽媽發病經醫生證實，她跟姊夫商議，立刻請假離職停薪北上回家照料了。她告訴我，媽媽的肺結核必然是因為多年來勞心勞力，憂鬱少歡，加上營養不良，使得早已痊癒的病症重發。媽媽年輕的時候得過肺病，但是沒有任何跡象，連她自己都不知道；是以後照X光片子，醫生才說，曾經有過，但是早已結痂好了。

母親不喜歡把心事不快樂掛在嘴邊臉上。離開大陸以後，她為了家計日夜操心。

其實父親以往的薪俸也時常不夠開支，但是當年母親自有娘舅，把外公外婆留給他們的田租房產利潤分寄給她—就怕「保妹子」（媽媽的小名）手頭太緊。連抗戰期間也千方百計托人從上海帶錢到內地，給保妹子貼補家用。娘舅和母親兄妹手足情深，舅媽是媽媽的嫂嫂，也是媽媽的表姊，她們的感情非常真摯濃厚。我記得一九四六年抗戰勝利我們輾轉山水回到上海，母親把家裡、小孩大致安頓好，父親去鎮江，江蘇省的省會，就任省黨部主任委員之職；她就在娘舅舅媽家連住了三天三夜—訴不盡八年睽違的千言萬語。母親和舅媽並肩執手坐在床沿，兩人切切細話，時而歡笑，時而拭淚。溫婉清柔的吳語迴旋在愚園路弄堂公寓的秋日黃昏裡，停格在那個八歲女孩的記憶間；七八十年之後仍歷歷盡在眼前。萬般無奈，再度遠離兄嫂，割捨親人，母親經常在外婆遺像和娘舅舅媽的照片前暗泣；也是我記憶裡難忘的一端。一九五〇年以後，兩岸隔絕，音訊難通。父親忙於他的公事，早出晚歸，孩子們上學的上學，出嫁的出嫁，離家的離家；連珊表姊—娘舅舅媽的長女，媽媽唯一在臺灣的娘家親姪女，也隨著表姊夫電信局的工作全家遠居臺灣東部。母親的寂寞傷懷和憂慮都獨自吞下。日常起居依然恂恂不動聲色，給我的信裡更是只字不提。

偏偏雪上加霜：父親為一位開工廠的朋友作保，工廠倒閉，廠長潛逃。我們家忽然接到法院通知，付不出鉅額罰款，到期就要把我們在永和鄉下費盡父母千辛萬苦建造起來的房子貼上封條，全家掃地出門。

母親那時已經沒有錢可以貼補了。她的儲蓄在當年金元券風暴時期，聽從父親的逼勸—要從自己家裡發起以身作則。幾個月間，全數變成廢紙。從香港到臺灣，我記得，不知道看到多少次陌生人來我們暫住的地方，收買母親的首飾細軟。母親從沒有難捨難過的樣子。除了幾件翡翠飾物：「好婆留下來格物事！吾要留撥幾個小囡，勿能賣！」否則，她以後「愧對好婆！」—如今我們姊妹都珍藏著一兩件母親留下的紀念品。就算在她自己最需要看醫生，打針吃藥，吃營養品的時候，她也總是自己剋扣自己，連一個雞蛋，一罐奶粉都捨不得吃捨不得買。竭盡心力讓父親出入無憂，體體面面；讓我和弟弟安心讀書。

那時鈕阿姊去了美國，上學打工，自顧不暇。

平姊早已從臺灣經香港回到大陸，景況難以設想。

歐姊婚後隨姊夫住在嘉義的空軍基地，一兒一女，自己還在上班。只有逢年過節一家四口才能北上訪親。但是母親種種捉襟見肘強撐著的情形，歐姊心細，看在眼裡，暗暗著急。

我一直是個粗心大意的小孩，小時候的事情，除了好玩好吃的片段，似乎都記不清。然則我記得那個一九四八年冬天的黃昏：從上海復興中路丁家弄的住房二樓左側，可以居高看到牆外稍遠的空地上搭著一個歪歪倒倒的帳棚，進進出出的是五六個有大人有孩子的白種人。衣衫襤褸，在帳棚外用破爐破鍋燒東西，在寒風裡各自畏畏縮縮拿著空罐子當碗碟吃食。「希望我們不會有一天像這些白俄……」媽媽好像在對自己喃喃低語。

現在真的面臨罰款無著，舉家存身的房子將遭封鎖。這樣的焦慮日夜煎熬著體弱卻意志堅強，不肯抱怨吐苦水的母親，怎能不讓她吐血？我好像從雲間跌到冰雪泥濘裡。椎心自責，從小愚昧，種種驕寵任性，辜負親恩之痛，一夜間醍醐灌頂。在去療養院的路上，爸爸和歐姐弟弟都一再警告我，不許哭，免得讓媽媽傷心。

才不到半年不見，媽媽骨瘦伶仃，斜倚在木床上，看見我們，勉強掙扎著坐起來。媽媽和我們都戴著口罩，更不能拉手接觸，以防傳染。媽媽深陷的顴骨泛著病態的酡紅，疲倦憂鬱的淚眼看著我，輕聲說：「…難末，吾死也甘心了…就怕看勿見儂！」我一句話也說不出，所有的警告怎麼會有用呢。

松山療養院就是俗稱的：省立肺病療養院，是公立的。父親是公務員，公家貼補，費用不算高；醫院的設備和醫生護理人員的素質卻極好。當時，一九五八年，松山還是郊區，與我們居住的永和，遙遙相隔，來往很不方便（計程車滿街，是十幾年以後的事了）。大概來回一趟要四五個鐘點。先乘公共汽車到臺北火車站，再走去旁邊的公路局總站，轉搭往基隆方向的長途公車到松山站。療養院坐落在右前方的山坡上，下車後彎入小徑，經過兩旁疏落的田畦溝渠向坡上行走約二十分鐘，就到了療養院的大門。除了左右兩側醫療部門和病房之外，還有寬廣的花園。園子收拾得清清爽爽，林蔭夾道，花木間讓病人和家屬可以散步閑話。母親的病房窗外植著椰子樹，竹籬上爬滿了牽牛花的綠葉，可以遠眺平緩起伏的山巒林木。房間寬敞，用具簡樸卻打掃得很乾淨。環境清靜，空氣非常好，確是養病的好地方。

我回家後的第二個星期，醫生宣佈細菌培養的結果媽媽的肺結核屬於「非開放性」。這真是一個好消息，表示媽媽不會把病菌傳染給別人！給媽媽心理上莫大的安慰，對我們更是重要—大家不須戴口罩，可以跟媽媽正常接觸，可以跟媽媽摟抱親熱，可以看見媽媽重展笑容。

緊接著，又是一個天大的好消息：發明使用不久的肺結核特效藥正好對媽媽的病情有效（不是所有的肺病患者都能用）。

醫生開始替媽媽按時注射，並一再囑她多吃營養豐富的食物，增加體重，容易恢復。我們輪流帶些排骨湯，燉蛋，牛肉汁，或是一塊蛋糕，一兩件小點心。總要逼勸再三她才肯吃掉。

探病的時間，記得是下午兩點到五點。我每天去看媽媽，歐姊弟弟和爸爸有空一定同去。連在羅東的珊阿姐也經常設法來臺北探望「好叔」（蘇州無錫一帶的習俗，在親長稱呼之前喜加「好」字，「親」字，如：「好姆媽」，「好婆」，「親娘」（＝奶奶）等等。更喜歡用男性的稱謂稱呼女性，如：「好伯」，「好叔」。其實就是大姑媽，小姑媽。大概與舊時重男輕女的觀念有關。）母親病倒的消息一傳開，親朋故舊無不殷殷關切，星期天假日訪客不斷。（母親故去後，整理她遺留下的文札書簡。在一本小筆記簿上，她記著的年月日，正是她在療養院時期。裡面記載著去探望她的親友們，和他們帶給她的禮品，例如：「奶粉一聽」，「雞蛋六個」，「香蕉一串」，「草山橘子四隻」……世風之簡樸淳美如此！）

慢慢地，媽媽下午的燒減退了，臉色漸漸恢復白皙，體力也日見增強，可以散散步，看看書，或是跟隔壁的病友們談談天。下午我們去的時候，常常可以看到她在病房外的長廊緩步張望，等著我們。因此就算是收拾搬家的幾天，我們姐弟三個也總有一人抽出時間跟爸爸去醫院陪她，告訴她種種進行的情形，讓她安心。

搬家之後去往療養院的路程更遠了。我們的房子遭法院貼封條之後，匆匆經人介紹在當年窮鄉僻壤人煙稀少的南勢角，找到一所剛剛完工的小屋。每天只有很少幾班公路局公車通行，所以租金便宜。略略整頓以後，就是中秋節。

徵得醫生同意，可以讓媽媽回家過夜，第二天一早返院，不耽誤打針吃藥的時間。我們準備了幾樣媽媽愛吃的小菜，爸爸向立法院借了一輛車，接媽媽回家過節。

摻扶著媽媽走進這個我們暫時的家，看著媽媽又坐在爸爸旁邊，雖然還是瘦弱，神色卻很安祥，笑聲淚影，真不知今夕何夕。吉人天相，媽媽竟可以回家了！

媽媽看看新屋很乾淨，而且爸爸已經告訴我們，那個潛去香港避債的「朋友」已經「押」回臺灣，大概半年之內，一定可以解決法律問題，讓我們回到自己的住房。這應該是媽媽能靜心養病的原因之一。

匆匆我的暑假過去，必須回臺南上學—那時才悔恨沒有投考一個在臺北的學校。母親送我到療養院大門，叮嚀我不要擔心，自己要懂事，好好讀書，她會當心自己，醫藥見效，等我寒假回家，她一定已經可以出院了⋯我只是點頭，從小徑回望，淚眼中媽媽纖細的身影在護士小姐扶持下轉進大門。

那個學期我每天黃昏，晚飯後，都會在新建的圖書館裡讀書，準備功課。但是第一件事一定是寫信給媽媽，第二天一早上課前先去學校大門口的郵局寄出。讓媽媽每天都可以看到我的信，就好像我每天去陪她一樣。也讓媽媽在空白的時段有事情做—給我回信。她會告訴我她病情的逐漸好轉，家人之外有些什麼親友去探望她，醫院裡病友的種種瑣事—左鄰那個總是在無線電聽「像刮颱風一樣，呼嘯急雨，屋頂砰唠作響」的交響樂的台大學生，不久就可以出院了；右鄰那位孩子才上小學，丈夫是大學副教授的某太太，可惜對新藥物不能接受，搬去了另一棟病房。她為他們高興或唏噓難過。他們互相關切，有一份相知，因為他們面對的是同樣可怕猙獰的病敵。當然，她也會在信裡切切囑咐我除了為學也要知道為人。有誰比母親更知道她的小孩的性格和缺點呢。她提醒我，給我警惕，也給我鼓勵。

在一百二三十封給媽媽的信裡，媽媽是母親也是我知心的密友。那些信，其實根本就是日記。我在學校的生活，讀書情形，課外活動，甚至交往的朋友—包括男生在內，都會一一告訴她，好像沒有什麼事需要瞞著她的。

第二年春回的時候，媽媽痊癒返家，調理靜養。現在追憶，媽媽此後的心情好像比病前豁達開朗，很少看到她緊鎖雙眉或真正生氣，常時帶著笑吟吟的容顏。是一場大病讓她參透了人世生命的玄機嗎？媽媽是有慧根的。

(九) 月餅的滋味

好友送來兩盒月餅。一盒是棗泥核桃，一盒是蓮蓉和豆沙。知道我不愛吃蛋黃，所以都沒有蛋黃。臺北「生計」在加州分店自作的小月餅。等不及計較哪天是中秋，立刻切開來嚐新。真是又新鮮又不甜膩。

原來中秋節又快到了。幾十年多半的日子在海外，好像也只有看到月餅才驚悟：快中秋了！不是看不見月亮，不是感覺不到秋天的腳步早已移近，只是不想去翻查農曆日曆罷。月圓月缺，時間在飛跑，就像那部電影：「Run! Lola run!」只有在那樣的時間空間裡，才清清楚楚知道：時間一分一秒在過去。從每一個生命裡過去。

吃蛋糕，是生日，你的，或是我的，吃粽子，端午了；月餅上市，中秋在門口等著；然後，吃過年糕，一年也就過完了。在不一定吃得到粽子月餅年糕的地方，計時就剩下年年的蛋糕。譬如在德國的二十多個歲月，六七十年代的德國連醬油都是罕見物，枉論其他。

那年，漢堡市石街兩旁古栗子樹的綠蔭還沒有完全變色的一天，忽然我收到一個郵包。白布密密縫裹，上面毛筆字一筆不苟地寫著我的外文名字地址。拿剪刀拆開白布包，裡面是一個茶葉鐵罐，打開蓋子，掏出一個裹著層層疊疊玻璃紙的長圓包──裡面竟是五個月餅，「普一」的月餅！

會是誰呢。萬里迢迢航空寄來──郵費驚人，現在記不起多少錢了，但是仍記得清清楚楚當時的吃驚和心痛。當然是母親。

不愛出門，不肯為自己花費一個小錢的母親，要從永和乘公車到新生南路的「普一」

去買月餅，回家後包好，找罐子，縫布袋，戴上老花眼鏡，拿出地址毛筆，磨好墨，細細寫上那些奇里古怪的「蟹文」——那可是沒有現成紙盒，沒有不褪色簽字筆的時代啊。然後步行到離家不遠的郵局，去寄給那個饞嘴愛吃甜食的女兒。

五個月餅，沉甸甸地拿在手裡，來回把玩，就是捨不得吃。

父親不愛吃月餅。把一個棗泥核桃的供在母親的相片前。姆媽，中秋節快到了。

（一九九九年九月初稿，二〇二四年四月再校，母親離世二十五年了。）

父親（附：王公璵伯五言長詩）

汪氏祖上原籍安徽黟縣，八十二世祖為避禍太平天國之亂遷至蘇北。現存的家譜有宋代蘇軾（東坡先生）題：「潁川世冑 栽國名家」句。

父親名諱上寶下瑄，字抱玄。一九〇〇年十一月七日（庚子年農曆九月十六）出生於江蘇雲台山麓濱海之上雲鄉祖宅（原屬海州，後稱灌雲，現為連雲港市），傳統的耕讀之家；是祖父龍元三太爺和祖母吳太夫人的第四子，父親還有一幼妹。

一九〇〇年在中國歷史上是不尋常的年代。義和團在慈禧與保守派的支持下，拳變殺戮事件愈演愈烈，清廷對十一國宣戰；導致八國聯軍入侵天津、北京。光緒、慈禧逃亡西安，東南各省自保。朝廷不得已詔命李鴻章代表與各國和談，十二月清廷全盤接受「辛丑條約」。當時的「興中會」領袖孫中山先生策劃武裝行動十月間發起「惠州起義」，未果，但已喚起民心。對滿清政府與中國人來說，一九〇〇年都是致命的打擊，卻也是覺醒自強的關鍵。

父親一生沒有忘記自己出生在這個關鍵的年代。他入家塾啟蒙，經史文章功課深得塾師稱讚鼓勵，特別是書法。（父親告訴過我，他的大楷常得紅色「雙圈」、「三圈」——很好，極好！）直到晚年父親仍不倦不懈臨池習字，偶作狂草，或展讀古今大家法帖。最喜歡南宋詩人陸游的詩詞、書法。

稍長，在他長兄寶咸伯父興辦的學堂讀書，以後就讀設在海州的第八師範學校。

「學，然後知不足」，一九二二年父親考進久已心儀的、國人自己創辦的上海復旦大學。

先入商科以後轉讀社會學系。同時大量閱讀有關中外時事政見的文章書籍，且撰稿投寄報刊，抒發己見。備受復旦前輩書法家于右任先生，開國元老吳敬恆先生等的賞識。葉楚滄先生與邵力子先生共同在一九二三年推薦父親加入國民黨。激勵他以所學報效黨國，為中國人的將來、為步向「禮運大同篇」的大同世界、為履行「天下為公」的信念，精誠努力。

父親在校期間，一九二四年冬，國父孫中山先生因滿清雖已推翻，而軍閥長期割據為禍至鉅。十一月負病離開廣州北上，以期與多方面共議國是，先抵上海。

父親代表江南八大學學生會主席，得以參與迎迓國父之列。「唯一的一次晉見國父」，父親每每提及，不勝滄然。其後國父到達北京，即因病劇住進協和醫院。次年，一九二五年三月十二日病逝北京。

一九二七年父親復旦大學卒業，任公職；一九三〇年旋赴法國深造，在巴黎大學法律系攻讀「國際公法」。這是父親從社會學擴展視野與思想領域，從而研究先進諸國的法律體系，國與國之間和平共處的精神與實現之道。

父親選擇的另一項課目十分新進，目光銳利獨到：「當代都市計畫藍圖」。追循緣由則始自母校復旦社會學的薰陶，對社會都市與民生問題異常關心。

其時德國建築師藝術家華特葛蘿皮斯（Walter Gropius, 一八八三—一九六九）在威瑪（Weimar）創辦現代建築綜合藝術學院「包浩斯學院」（Staatliches Bauhaus，簡稱：Bauhaus）。德文，bau 是「建築」、haus 是「房子」，包浩斯的意思就是：造房子。學院提倡研究的正是如何造房子，如何在新時代建造經濟實用而新穎好看的房子。推翻以往層疊疊疊、華而不實的建築設計觀念。

父親在法國求學時期（一九三〇—一九三四），正是這一新潮流風行西歐之際。

第一次世界大戰一九一八年結束，歐洲各國無論勝敗，人民都歷經四年慘痛的家破人亡。所以造房子實在是每個個人與國家的當急之務，而造房子不是簡單容易的事。在這種情況下，建築師葛蘿皮斯提出了他和一群現代藝術家朋友們的卓見：用新材料、新藍圖、新手法、新思想，造大眾化的新房子。它們多半是三四層樓的樓群，節省空間，有公共庭園，卻不需要電梯。規劃得線條簡單大方、材料實用堅固兼及美觀，而且通風日照，注意環境衛生、水電供應齊全。最重要的就是，價錢可以讓一般平民工人經過向銀行或資方合理貸款，都能負擔。以此觀念建造的住宅樓群德文用「Sozialwohnung」—社會大眾化住宅—來概括。意義明朗深遠。

父親天性喜歡書畫藝術，喜歡美好的東西；對新且少見的物事特別具有探究的好奇心。何況「耕者有其田」、「人人有屋住」這種民生主義思想，社會學的普遍觀念，自然蘊藏在他的腦子裡。因此他毫不猶疑地在巴黎大學市政學院選擇了這門課。而且利用假期去柏林，希望實地考察正在動工的樓群—Siemensstadt「西門子城」。可惜這建築物當時正值施工期間，出於安全考量，不容近看，只能遠觀大概。

「西門子城」在父親離開歐洲之後才造成。它和另外五棟同期同類、而各自仍具特色的樓群於二〇〇八年為聯合國列入「世界文化遺產」保護項目。

父親的遺憾在一九七八年來德國慕尼黑看我的時候，得以圓滿償還。經過與當時國府設於柏林的文經會主管安排，父親和我去「西門子城」以及另外兩個近段的樓群，參觀庭園、公共設施，以及特闢的「展覽屋」（因為寓所都有住戶，不得打擾。）記得父親全神貫注從庭園仰望樓層結構時，那位先生跟我說：這是第一次來訪柏林的委員，除了一看隔離東西柏林的圍牆，竟要求看這批樓群的。

父親曾撰寫「明日都市」一書，是父親除了早歲在報紙雜誌刊登的文章、譯作，出國考察報告、立院質詢概要、口述自傳之外，最重要的著作。

一九三四年父親返歸國門。執長江蘇太倉、無錫兩縣。

一九三七年中日戰爭爆發。父親先在重慶任職，其後轉往江西福建的第三戰區，負責文教黨政工作。重要的任務之一，就是在武夷山山麓峻嶺間尋覓安全地帶，建造迭經遷移的戰時中學。父親面臨人力資源各方面極端短絀的困難，竭盡心力，以「包浩斯精神」的理念，因地制宜；規劃建造了簡樸實用的校舍和教職員學生宿舍。讓大批沿浙贛鐵路輾轉逃難跋涉的失學青年和教師們，有安息居住的地方。讓他們可以繼續讀書教學，弦歌不輟。（抗戰時期所有其他的十幾處戰時國立學校，都是運用原有的公地與建築物，改建或添加而成。）

在我幼年的記憶裡，不知多少次，父親因為勞累咳血被人抬回住處—多半是借住鄉間山腳下的道觀、佛舍，「絕對不能擾民」是父親最重要的考量。休養略好，立刻再出發。

戰後父親任江蘇省國民黨主任委員，一九四八年一月當選第一屆立法委員。國府遷台後，外交日艱。父親歷任外交委員會召集人；多次率團訪問日本、韓國、美國。

且被推選為「中非友好協會」理事長，應邀訪問南非諸國。最切實的成果就是：中國人不再受長期以來種族歧視的對待。父親體念時艱，他考察歐美亞非諸國都是自費。除了參觀訪問，父親非常注意各地駐外代表處的辦公環境，因為涉及政府形象。同時也特別關心工作人員的待遇。回國後屢屢為他們爭取公平合理的薪俸，以免在他鄉捉襟見肘、行事困難。

因外子工作，一九八八年我們從歐洲遷來美國西雅圖。

一九九一年春末在一次朋友小宴中有人提及父親的名諱。忽然走過來一位素不相識的男士，對我說：「感激令尊多年來為我們在外工作人員爭取改善生活待遇，不至於如以往的狼狽…」其時父親長行大去未久，猝不及防，登時淚下。那時還是高唱「除三害」的日子。

父親也是國府「都市計劃委員會」成員。不忘初衷，對臺灣興建國民住宅付出許多精力。

一九九一年一月十一日父親病逝島上。

父親曾告訴我：復旦大學有一首美麗莊嚴的校歌，是詩人劉大白先生填詞，學者藝術家豐子愷先生譜曲。

我斷續記得父親不時誦念的幾句：「復旦復旦旦復旦：先憂後樂交相勉：師生一德精神貫：日月光華同燦爛」。

父親是復旦人。

（此文曾在青島復旦人年刊刊出。鈺平姊校勘。蒙上海復旦大學檔案館館長及編輯執事諸君襄助，尋查資料，感激何似。並得至親糾正謬誤，同此致意。二〇二一年十一月十五日。）

（二〇二四年三月校讀增補。）

【附錄：】

王公璵（一九〇二—一九八三）世伯為父親八十壽慶吟作五言長詩八十八句，並序。

（隸書，朱紅灑金紙。）

敬錄如下，以誌永念：

抱玄我兄八秩榮慶因呈俚辭藉祝嘏並博一粲

雲臺峙海東　巍峨呈高態　兄家山之陽　林幽溪如帶
隔山即予居　面海浪濤湃　總角互知名　時蔪晤面快
稍長各求知　試窺新世界　先後入雀庠　初出山林外
兄入灌雲省立第八師範
弟入東海省立第十一中學
兩校距匪遙　欣得時傾蓋　頓成莫逆交　規過無寬貸
分道各揚鑣　奮勉期毋懈　會當鼎革初　傾慕維新派
即知便即行　方感大自在　不賀舊曆年　更拒行跪拜
鄰里怪視之　因自稱二怪
入省校後各嘗自
署雲臺二怪之一
二怪怪何曾　自省尚無害
迄兄讀滬濱　余亦遊燕代　南北雖迢遙　歡樂實無礙
年年石頭城　有約堅相待　雨花台下茵　玄武湖邊瀨
掃葉樓前坡　秦淮河中埭　遊踪幾徧留　伴遊多少艾
時蘇北假期中留寧女生
多與予等同遊並任嚮導

裙屣雜歡呼　盛況應難再
北伐王師興　隨軍宣敵愾　重會在金陵　同舟益親愛
予旋受府命　匆赴縣公廨　任徐西縣令
兄亦去泰西　深造得津逮　在巴黎入學府研究
一別竟睽違　相思無可奈　盼兄歸國門　予幸有依賴
尚未玷官箴　應叨時告誡
抗戰八經秋　倭寇終覆敗　叛亂起蕭牆　國勢復危殆
東渡開新基　良謨紛擁戴　群倫誓效忠　湔仇討血債
予愧無所能　忍辱惟種菜　兄乃登議壇　嘐嘐氣豪邁
讜論濟阽危　雄文溶大塊　知深益忘形　兩心無機械
時或遘中傷　一笑泯蒂芥
今兄合杖期　政躬益康泰　大德享大年　何庸卜蓍蔡
戒定善修持　金剛身不壞　況得夫人賢　調護盡勞徠
兒輩俱有成　戲綵覺堂隘
他日同回鄉　助兄樹李柰　更應告山靈　二怪終歸砦
己未秋弟王公璵載拜　【印：·】王公璵　白羽

母語錄——母親的蘇州諺語

母親在世時，我就喜歡隨手紀錄母親平日言談中屢屢用到的諺語俗話。偶爾母親看見了，還會替我把會錯意的字改正。

母親話不多，但是常常一語中的，時而風趣時而雋永，時而雙關、時而調侃。連斥責我們的訓辭回想起來往往比譬傳神，音節鏗鏘，挨罵的話都成了絕妙好辭。

不知從什麼時候開始，我發現母親（兒女輩稱呼：姆媽）日常口語中用諺語警句的辭彙特別多，音韻對仗有聲有色。為什麼除了母親之外其餘出入家中或我個人認識的蘇州人都沒有這麼多妙辭呢？我問母親，母親遲疑半響，說道，可能是她小時候一直在外婆身邊，跟外婆學到的吧。外婆娘家是蘇州城外吳江人。母親家裡七八個兄姊都已離開雙親膝下，或在外地工作讀書，或出嫁了，或早已殤歿。母親是第十個孩子，外公外婆過了中年才得幼女，所以特別嬌慣，外婆帶在自己身邊，不讓奶娘領。外婆除了必須親手照料外公的飲食之外——「旁人燒格小菜阿爹（＝外公）是勿吃格！」弄得好婆（＝外婆）要出門歸寧一趟，麻煩得極，煞費周章！母親說，外婆還要監督帳房先生管理袁家蘇州城裡閶門外的房產田地，以及族中繁瑣的家務事。外公平日獨坐書房吟詩看書寫字，或在院子裡蒔花調鳥。喜歡讀醫書，頗通醫理，常為身體不適的族人開藥方指導煎藥。此外頂多教教進了洋學堂放學回家的舅舅和旁聽的母親，讀讀四書五經，講講平上去入，其他一概不管。外婆管的事多，接觸的人也多，俗話俚語自然也出入外婆的耳朵。偶爾外公出門應酬，外婆有空了；或是逢年過節家裡親友女眷來訪，外婆就會請女先生到家說書彈唱，那是外婆最喜歡的娛樂。日常的消遣就是閱讀小說或評彈話本，這些悠揚有致的辭彙，生動傳神，想必也都摻入外婆的口語。無意間豐富了那個在她身旁「夾夾繞」（＝繞來繞去）的小女兒的語言。

若干年來幾次重訪母親的故里舊居，當年環繞著棋盤似的深巷和黑瓦粉牆老屋的河涇，幾乎盡皆填成高窪崎嶇的水泥道。除了虎丘劍池古蹟，幾座曠世園林，一條沿河平江街，和貝聿銘建築師設計的蘇州博物館，妝點著千古名城的風貌；蘇州城裡閶門內外、七里山塘玄妙觀前後，紛攘俗艷，早已不是幽雅恬定的塵世天堂—何等幸運，當年雖是年幼，卻曾隨母親在抗日戰爭勝利後回鄉，領略過「她」不同尋常的好，難以忘記。溪流盡失，更從何稱作「東方的威尼斯」？我與識或不識的當地人士交談，母親的吳語辭彙跟他們說的，是不同的語言！音腔風格的雅致神韻盡失。

母親於前清宣統年間（一九〇四年）在鈕家巷故居出生，一九九九年棄養。滄海桑田，語言會改變，許多原有的辭彙消失，新辭彙不斷羼入。城市地方歷經變故，像得了失智症的病人，記憶逐漸淡忘磨滅，精緻深邃的率先消褪，譬如：蘇白。

我記下「母語錄」，紀念我的母親，她的城市、她的歲月、她的時代。

這些吳地諺語，多半是母親常日教育訓誡她孩子們的話。母女情緣六十二年，自小「牛脾氣」，又不是淑女型乖小孩，所以針對我的獨多。每句話就是一則小故事，讓我回到依攀在母親膝下的日子。

【前言：】

吳語是所謂「極近中古華夏雅言的古老方言」，自商周春秋吳越以還、三千餘年。八聲調，平上去入齊全；尖團音分明，保留濁音；皆與古韻書古漢語用字用語切合。被稱作中國五種艱難的方言之一。

作者目的不在研究討論方言問題。因此每一則諺語警句之後，僅有釋義；或簡單說明，如：勒「＝在」。讀音特殊的酌附同音字，沒有同音字，如第一句的「靴」（音：shio），採用編輯完備方便的《吳音／語小字典》注音；務求唸起來有音有韻更覺傳神。已經注音釋義過了的，若非音義不同，後面不再重覆。

原擬將各則略為歸類，如：衣食住行，行動舉止，為人處世等等。經高人指點：妳寫下的就是母親對孩子日常生活起居的叮嚀、諍言，妳隨心念及，隨手寫到，親切自然；讀者隨興，一笑翻閱。實在不必排比得好像辭典彙編，徒然令人敗趣。深以為是，謹領厚教。

＊有鈿靴裡靴，嘸鈿赤腳爬。——有錢的時候靴子裡還套著一雙靴子，沒錢的時候，只能赤著腳在地上爬。

誡奢華浪費。

靴（音：shio）、爬（音：bo）押韻。赤腳（讀如：擦甲）。

＊赤腳地皮光。—浪費的後果，一無所有。
連雙襪子都沒有，好像寸草不生光禿禿的地。
＊冷勒［＝在］風裡，窮勒債上。—冷是冷在瑟瑟寒風裡，窮是窮在積債難還上。
警誡：千萬不能欠債！
這一則比興的諺語，以寒風比債務，蕭殺如此。每到秋後風起時，耳邊仍舊聽到母親的叮嚀。
三十多年前從歐洲遷居美國，發現銀行、商店，整個經濟市場原則就在鼓勵大家「欠債」。二〇〇八年的經濟風暴，不管大企業還是個人，被拖垮變窮，「卡奴」無數，其實就是窮在「債」上，積債難還的債務上。
「債上」與下面一則「上身」前後兩個「上」字讀音迥異。如是介系詞在一般情形下讀作（朗），如：天上，頭上；名詞動詞則讀官話音（zoen），如地名上海，如穿上身，上轎，上門等。
＊拔落針，就上身。—剛做好、剛拔下針的新衣服，立刻迫不及待地穿上身。
誡猴急，不可作「急吼吼」相。
＊窮兇極惡。—急吼吼，兇巴巴的樣子。難看！
＊急出烏里拉。—著急之至。「烏里拉」，無解，應是加重語氣吧。
＊常常要好，出外嘸新。—新衣服好東西，要愛惜，若平時經常穿著使用，則出門或有

重要場合就只有舊衣物了。

＊閒話多仔，飯泡粥。—話講得多了，就好像剩飯泡成的粥—不好吃了。

慎言！誡話多！

＊鐵嘴胡蜂。—有二解：一。講話刻薄，好像鐵嘴叮人的胡蜂。二。滾燙的東西等不及涼就吃，像胡蜂有不怕燙的鐵嘴。

鐵嘴（音：thih tsyu）。

＊飯吃三碗，閒事少管。—誡多管閒事。

閒（音：ghe）

＊好食，弗撥［＝給］飽人吃。—好吃的東西不要給已經吃得很飽的人吃。

言外之意：他們不會覺得好吃了。白辛苦。

人（音：nyin）；「人民」則讀官話（音：zen min）。

＊叫花子弗留隔夜食。—要為以後打算。只有叫花子，才把討來的東西吃得精光，不管第二天如何。

花（音：ho）。

＊湯罐裡燉鴨—獨出一張嘴。—湯罐小，燉湯時鴨嘴伸在外面。

歇後語：就會出張嘴，專說風涼話。

燉（讀如：篤）。

*吃仔嘸價鈿格飯—弗知時艱。—吃著不花錢的飯。白吃白喝的意思。

歇後語：不知過日子艱難。

*日圖三餐，夜圖一惚。——一日所圖就是三餐，晚上所圖就是睡個好覺。

這前後幾則皆是母親掛在嘴邊的自嘲語。母親一生勤快，年將九十，父親棄世；遂迎來美西奉養。她總嫌自己不能幫忙做事，就是「吃飯睏覺，糟蹋糧食」！

其實母親起居有則，房間裡不染點塵；晨起梳洗，銀髮挽成鬟髻，衣著整潔才出房門。看我在廚房準備做飯，老太太必定來看看，有什麼事可以幫忙。實則母親一生不敢靠近油鍋，倒不僅是嬌慣，也是好婆嫌孩子在廚房礙手礙腳。所以母親在日，我常買綠豆芽，老太太喜歡吃豆芽，卻習慣要摘去豆芽的根。正好請她端坐在廚房離爐灶遠的木椅上，桌面舖張舊報紙放鬚根，一隻小籮筐放摘好的豆芽。母女倆有一答沒一答地話家常，或是翻搗陳年舊事。等晚飯時，爆炒的銀芽（一點點青蔥細絲和義大利火腿絲）放上飯桌，立凌不住嘴讚好看好吃；媽媽就十分開心，覺得自己也有點貢獻。母親過世，豆芽又連著根鬚上桌了（美其名曰：營養！）。

*早上吃得飽，中上吃得好，夜裡吃得少。

夜（讀如：雅）。

母親的口頭禪，也是她一生的飲食習慣。非常合乎現代健康之道。

*阿婆儉，討人厭。—老太太們都很節儉，惹人厭。

忘記問母親可不可能是：「阿婆健，討人厭」。也說得通：老太太們身體健朗，勇於任事，惹人厭。母親喜歡做事，我若不許她做，她就出此語自嘲：「老太婆末要識相，勿要瞎管帳［＝管事］，討人厭」。

＊量仔肚皮下麵——扣剋扣。——估計著各人飯量的大小，吃得了多少，才扣得緊緊地下麵。喻精打細算。

下（音：gho）。

＊搭勒籃裡末就是菜。——丟進籃子裡的就是菜。不管好壞一概全收，包括：東西，交友⋯

警告：要知道選擇！

＊揀千揀萬，揀著仔個豬頭瞎眼。——千挑萬揀，選了個豬頭瞎眼。與上面那條正好相反，精挑細選，結果卻選了個不像樣的人——多半指對象。

警告：不宜挑剔過甚！

揀（讀如：該），萬（音：ve）。

＊若要盤駁，性命交托。——如果要細細盤問，只好把性命交給你了。

事情細節記不清了，再問，只有命一條。母親晚年記性不好，我們有時「逼問」她，她就如此作答。

交（讀如：高）。

＊搭搭漿，插插香。—隨便煮點漿水上供，拜祖先或神佛的香也任意插進香爐。做事馬虎，沒有誠意。

＊小洞弗補，大洞吃苦。—不可躲懶。衣襪等等一有小洞，媽媽就趕快拿去縫補，一面唸著警誡我。當然也包括其他的事，不論大小都應及時處理。大（音：dou）。

＊懶人穿長線。—母親最不喜歡偷懶取巧的人。偶爾我要縫縫補補，總是把線穿得很長，免得用完了很快又得再穿。可是長線容易打結，反而麻煩。媽媽這句警語就用上了。

＊懶長子。—我長得比較高，有時要拿放在櫥頂或高處的東西，就儘量踮起腳伸長手臂去搆，懶得拿小板凳之類的來墊著站上好找。「懶長子」，媽媽看見，免不了嘀咕。長得高的人「懶」！

＊越睏越懶，越吃越饞。—這是母親堅信不移的讜論。睡懶覺，好吃懶做，是媽媽最看不慣的「惡習」。

＊睏思懵懂。—懶相！

＊矮子矮，一肚皮怪。—矮（讀如：阿），怪（讀如：掛），押韻。

矮子肚裡疙瘩多。

與上條都是開長得矮小的人的玩笑。

*吃虧人好做，當時難過。—不要爭勝好強，一時吃點虧不要緊；不過當時難過罷了。

母親的警語，常有老莊哲學況味。回念母親一生行事，確也以「退一步看得遠」的態度處世；從未見她與人口角爭執或計較得失厲害。

虧（讀如：去）。

*盆子裡吃飯—眼孔淺。—吃飯不用飯碗，却用盤子。眼淺，老是羨慕別人。

盤子淺，一眼看到底，自己總覺得不足，忌諱！

有時不免納悶：西方人（不管那種種族）的所謂「贏者」(winner)，「英雄」(hero) 心態；強調鼓勵「積極」、「好勝」、「具攻擊性」，凡事必與他人比，絕對要比別人強……莫不是用盤子進餐的後果？

當然，現在也不光是西方人喜歡用盤子吃飯了。

*若要孝養，買間坐北朝南房。—要孝養父母，就請他們住坐北朝南的房子。

主要是陽光空氣好。

間（讀如：蓋）。

*螺絲殼裡撐道場。—在小如螺絲殼的屋子裡做道場，如：大排場的宴客等等。

略有自不量力的意思。或，自謙地方窄小。

撐（讀如：倉）。

＊三間房子，看仔兩間半。——低估了實情。

＊天上除脫捉弗著，地上除脫矮凳腳。——天上飛的除非抓不著，地下站著的除了矮凳腳。

歇後語：其他什麼都吃！

＊餿粽子上搨點糖。——餿了的粽子上面放點糖，只要是甜的，還是吃得高興。

取笑愛吃甜食的人。

＊食上冤家，海樣深。——戲言。多半說孩子們，為了大人分吃的東西不公平，你多我少，就此結成冤家，恨得比海還深。

＊甜歡喜，鹹中意。——什麼都愛吃。

鹹（音：ghe）。

＊眼睛像忽現，筷子像雨點。——「忽現」二字傳神，是閃電的意思。

形容吃相難看。

＊吃得乾淨，做個觀音；吃得邋遢，做個菩薩。——戲言。教孩子吃東西要吃得乾乾淨淨，這樣就可以做個觀音。下聯卻是反嘲：吃得一塌糊塗，髒兮兮，就做個菩薩。

妙趣在：「淨」．「音」押韻；「遢」．「薩」押韻。

＊豆腐弗過飯，要吃得熱勒（＝又）鹹。——豆腐不下飯，要吃得又熱又鹹。

實用經驗談。

熱（音：nyih）。

*熱豆腐，燙煞養媳婦。—豆腐的熱看不出來，燙壞了偷吃的童養媳。

警告嘴饞要小心！亦可見童養媳之可憐。

*公要餛飩，婆要麵；姑娘小叔要吃冷結麵。—公公要吃餛飩，婆婆要吃湯麵；小姑小叔（丈夫的妹妹弟弟）卻要吃涼拌麵。

各有所愛，難為燒飯的媳婦！

*貪吃弗顧窮性命。—貪吃連性命都不要了。

窮性命，是說沒有生來就有天天大吃大喝的富貴命，一旦有機會吃好東西，就貪吃得命都不顧了。

*叫花子吃死蟹，隻隻好。—形容不識好歹的貪吃相。

蟹（讀如：哈）。

*滿飯好吃，滿話少說。—警誡語。別自吹自擂說大話。滿則盈。

*嘴硬骨頭酥。—嘴上說得兇，骨頭裡已經酥軟了。

色厲內荏。

*面皮一老，百事纔曉。—面皮老，不怕人笑話，就可以充作百事都知道了。

誠吹牛、皮厚。

「纔」字，與「全」、「皆」，意通。

*自污弗覺臭。──自己的污物不覺其臭。

人無自知之明。

覺（音：koh）。

*瞎子稱道笑。──事情沒有弄清楚就跟著起哄，人云亦云。

並不是說盲者。

*摸仔摸索。或：孵仔摸索。──形容動作慢。

要出門或家裡有事要趕快行動，而我東摸摸，西弄弄；就是快不起來。

媽媽急得直催：「弗要摸仔摸索哉！真是個「摸姑娘」！」

如畫：老母雞孵在蛋上，慢吞吞等著小雞破殼而出。

孵（音：bu）。

*孵豆芽。孵馬桶。──也都是動作慢的形容詞。

*霹劈火箭。──行動極快，好像打霹靂，也像火箭橫空飛來。

最初聽母親用這句形容詞的年代，現代火箭尚未問世。但是「火箭」一辭在三國蜀魏戰事（二二八年）就已經記載史冊了：弓箭射出之前縛上燃燒物，可以燒燬敵方糧草房舍等等。或許也有炮竹劈裂之聲。

*塗仔抹改。──寫好了的字塗塗改改，弄得不清不楚，更糟。

*船到橋，直苗苗。—與「船到橋頭自然直」同義。「橋」、「苗」同韻，用「苗」以形容其直。

*吃素碰著月大。—吃素的日子，偏碰到大月。歇後語：不巧。

農曆大月三十天，初一吃素就要多等一天。月（音：nyuih）。大（讀如：度）

*濕手捏仔乾麵粉—甩弗脫。—濕手捏了乾麵粉—摔不掉。自找的麻煩，脫不了身。

*臨時搬場，忘記爺娘。—急急忙忙臨時搬家，把爹娘（或：爹娘的神主，神木）都忘記了。歇後語：糊塗！

忙亂中竟忘記了最重要的東西。

*臨時上轎穿耳朵。—新娘立刻要上花轎了，才記得替她穿耳洞。糊塗疏忽之甚。

*夾忙頭裡，膀牽筋。—正忙得不可開交的當口，忽然大腿抽起筋來了。意想不到的突發事故。

夾（音：kaeh）。

*獨頭，獨頭獨腦，梗頭倔頸。—呆頭呆腦，傻呼呼，或倔強的樣子。

小時候母親常用以小斥，語帶愛憐。

*瘌痢怕剃頭，剃頭怕瘌痢。—頭上長著瘌痢瘡的人怕剃頭，怕出醜、怕痛；但不得不剃。剃頭師傅也怕給有瘌痢瘡的人剃頭，怕髒、怕傳染；卻又不肯丟了生意。

兩種人互相討厭，卻免不了要碰在一起。無可奈何！

*白腳花狸貓，吃仔往外跑。—孩子們吃飽了就往外跑，急著找同伴玩，把家裡當吃飯睡覺的地方；如同白腳的花狸貓那樣。

*蜻蜓吃尾巴—自吃自。

—帶了食物禮品送人，卻自己一起享用，好像蜻蜓吃自己的尾巴。

自嘲語。

*抗水木梢。—槓負起不該是你的責任。

代人受過的意思。

*過仔蔣家橋，弗認得鄉下人。—剛過了蔣家橋（蘇州城郊外），就不認得鄉下人了。

忘記自己的出身。

*看人挑擔弗吃力，自家挑仔末，嘴亦歪。—看人挑擔不累，自己挑了，嘴巴都歪了。

人家做事看著輕鬆容易，自己做了才知道難處。

歪（讀如：花）。

*捉個蝨來，頭裡搔。—捉個蝨子來放在自己頭髮裡，其癢可知。自找麻煩。妙喻！

*橫吃湯麵餃。—餃子橫著整個吃。形容嘴大。

橫（音：wan）。

*橫豎橫，拆牛棚。—橫了心，什麼都顧不得了；連家裡的牛棚都拆了。形容氣急敗壞之甚。

*弗做中人，弗做保，一世嘸煩惱。—不做中介人，不做保人；一輩子沒煩惱。誡多管閒事。

*新箍馬桶三日香，過仔三日末，臭唠唠。—新做好的馬桶，頭三日木料是香的，過了三天就臭了。喜新厭舊的意思。

唠唠，形容臭得厲害，同時也為了押韻。

*吃飯唱山歌，走路打昏嘟〔＝打盹〕，撒污轣跟斗。—嘴裡吃飯卻唱著山歌，一面走路一面打盹打呼嚕，出恭的時候竟然翻跟斗。意謂：所有的事都在不得當的時候做。

撒污，排泄穢物，出恭的意思。下面一則當可會意。

跟斗（讀如：跟度）。量米之「斗」，仍讀：斗。

*撒污弗出，怨坑缸。──坑缸，穢物的容器。錯怪了對象。

*塞肉甲魚。──甲魚（鱉）裡還硬塞進肉。形容衣服穿得太緊。魚（音：ng）。

*鍥緊葫蘆。──葫蘆的長相就是上下圓圓的，中間極細。衣服已經太緊，腰裡還勒著腰帶，更顯得上下滾圓。

*黃胖橄欖。──青橄欖在黃色的甘草水裡浸得久了，就成了胖胖的青色裡還透著薑黃。上面兩則和這一則，都是母親針對我青少年時代的衣著打扮而下的評語。我喜歡綠色，自小從沒有瘦過，一穿上青黃顏色的衣服，母親必說：「像煞『黃胖橄欖』！」若是衣服貼身還繫著腰帶，就會聽到上面那兩句甲魚、葫蘆的調侃語了。

*嘴花野面。──嘴巴畫得像花，面孔像野人。形容孩子們瘋玩，弄得頭臉髒兮兮的樣子。

*武頭劈啪。──「斯文安靜」的反義辭。形聲義兼具的訓女專用語。

*翹膀擱腳。──蹺著腿，腳擱起來，或架著二郎腿。

都是女孩子儀態難容、務必糾正的姿勢。

*伸頭縮頸。—難看相！

*氣出肚皮外。—氣從肚子裡冒到外面來了。

亟言生氣之至。

*撥煞弗清。纏夾弗清。—作：怎麼解釋都弄不清楚。

其笨可知！像撥弄算盤，撥來撥去，都不對。

纏夾，則更如一團亂麻，理不出頭緒。

*硬裝斧頭柄。—斧頭上的洞和木手把的粗細完全不合，却非要裝上。

不管兩造相不相合，硬著湊合！自然是扞格不入、徒勞無功。

硬（音：ngan）。

*聰明面孔笨肚腸。—等於是繡花枕頭，外面好看。

這句話母親倒不是說我，因為面孔並沒有聰明相。

*蘆蓆上，爬到地上—好煞也有限。

—從鋪在地下的草蓆爬到地上—好得有限，差不了多少。

跟弟弟爭是非、互訴長短，媽媽的判語常是如此。

*拳頭上裝柄。—拳頭上裝了一個手把，不就成了槌子？

多半是警告：再不聽話，就要用拳頭當槌子—挨打了。

＊吃生活，吃傢生。──「請儂吃生活！」或：「阿是要吃傢生啊？」

都是警告語，意思是再不聽話或再犯舊過，就要動用工具來修理了。

母親平時說「做生活」，是工作，做針線，打掃清理等等的意思。

「吃生活」則另有別解。討生計過活用的工具，或家用小工具，如：木尺，戒尺，板刷之類都是「傢生」。却亦可充作「小刑具」。

母親賞罰公平，而且十分文明。請吃生活或吃傢生，就是用「小刑具」打手心。絕沒有打耳光，扭，掐之類的處罰。

大概屬牛，從小牛脾氣，沒有闖什麼大禍，卻小過不斷。偶遭修理，不哭，不輕易認錯求饒，也不怨憤母親，心裡明白是咎由自取。但是若被冤枉了，那就哭得山搖地動，如果父親在家，那非等父親來救，替我辯白，否則決不罷休。

可是我吃生活、吃傢生的幼年時，父親長年累月在閩北鄉區、江西武夷山下一帶，奔走勘察，為抗日戰爭失學離家的青年開辦「戰時中學」，很少有時間回家。其實所謂家，就是日軍砲火還未逼近的鄉村寺廟道觀裡，母親帶著我們四處逃難歇腳的地方。那樣的哭，想必幼小心靈充滿了不安失落和恐懼，不就是為著皮肉之痛。

下面是一串用數字的諺語、俗語：

＊一隻碗弗響；兩隻碗末，叮噹！

──跟弟弟吵架，忙著告狀，互訴不是；母親如此作答。

*烏弗三，白弗四。—形容顏色不正：非黑非白，不二不四。

*瞎三話四。—跟「胡說八道」同義。

*五斤杠六斤。

—只有杠得動五斤重量的氣力、卻偏要去杠六斤重的東西。以此形容自不量力。也可形容：氣吼吼、兇巴巴的樣子。自不量力，不免惱羞成怒，橫眉豎目。

五（音：ng），六（音：loh）。

*五嗨六腫。—胖大狀。譬如：厚棉襖上又穿了件厚大衣，整個人好像腫起來似的。也有行為態度過份的意思。如說某人：「嗨威得啦！」，神氣活現狀。

*投五投六。—像沒頭的蒼蠅到處亂飛，無處投奔。

形容做事沒頭緒，慌張。

*門裡大，七石扛。—在家門裡神氣、擺大，好像七擔米那末貴重。

言外之意：出了家門就一文不值，膽小怕事。

七（音：tshih）。

*七欠。—原意是：所謂人品之「八德」：「孝，悌，忠，信，禮，義，廉，恥」，此人倒欠了七項，其壞可知。與下面的「十惡不赦」一樣，都是字面非常嚴重，但用在斥責孩子時，就是誇張其詞而已，並不如字面之可怕。

童年正逢抗日繼之內戰，讀書是母親自己或她的摯友振達孃孃教弟弟和我。振達孃孃姓張，也是蘇州人，燕京大學化學系高材生。因戰火寄住在我們家與我們一同逃難，遂負起教我們姐弟讀書的職責。好像十次倒有八次上完課之後，她就會跟母親諸如此類地說道：「弟弟蠻乖，背書背得來蠻熟。毛頭（我的乳名）末，七欠是七欠得啦！寫字寫得來兩隻手墨黑，背書末背勿出⋯⋯」多半母親就會訓斥幾句「七欠」啊，「十惡不赦」啊！倒從來不曾因此而「吃生活」或「吃傢生」。

她們兩人促膝笑語的音容仍在耳邊眼前，回憶裡更不覺得這兩句訓詞原意之峻厲。其實，它們的字面和意思是日後自己和弟弟仔細推敲才恍悟明白的。當時母親和振達孃孃知道嗎？從未想著要問。她們隨口訓之，我就姑妄聽之；只覺得音節高低鏗鏘，好聽得緊。

*七粒米，八擔水。──亟言廚藝之差。一大鍋水裡放了極少的米。
*七頂八倒。──形容東西雜亂無章的樣子。
*七葷八素。──生氣之極，說：「氣得來，七葷八素」。
*瞎七搭八。──胡亂湊合的形容詞。亂了分寸。
*搞七廿三。──瞎搞。
*十惡不赦。（見：「七欠」條）
*年齡活勒狗身上。──忘記自己的年齡，白活了。
*門縫裡看人。──把人看扁了。

小看人，或被小看。

*強盜打官司。—裝著斯文講理。

*老虎吃蝴蝶。—白花功夫，不濟事。

吃不飽，又作踐了好東西。

*吃力爬吼。—累得只能趴著喘氣。

自不量力。

*脫頭落襻。—形容做事慌張，粗心大意。

以縫紉來比喻，線頭掉了，搭襻也鬆開了。

*釘頭碰鐵頭—硬碰硬。—是個兩敗俱傷的局面。

*牽絲攀藤。—形容做事慢吞吞，東拉西扯，沒有條理。

*縐眉頭、哭瘌痢。—縐著眉，像是愛哭的小瘌痢頭。

小孩子不可無端作愁眉苦臉相。

眉（讀如：迷）。

*眼睛一霎，老孵雞變鴨。—一霎眼間，變化莫測。

鴨（讀如：阿）。

*救得田雞，餓煞蛇。—蛇要吃青蛙，救了青蛙卻把蛇餓死。

如何是好？田雞就是青蛙。

蛇（音：zo）。

*拼死吃河豚。—只顧眼前的口腹之快，不管後果嚴重。

*拾著象牙筷，配窮人家。—揀到一隻象牙筷，要配成對，却配窮了家。

貪小便宜的結局。

拾著（音：zih zah）。

*好末好得來「割頭換頸」，弗好仔末就是「七世冤家」。—兩人好的時候好得可以互相割頭換頸，不好了就成了七世的冤家。

警誡與人相處要有分寸，不可一時好得過份，一時翻臉就如同七世冤家那末絕情絕義。

*皇帝亦有草鞋親。—皇帝也有穿著草鞋的鄉下窮親戚。

不可小看人，更不可以衣著外貌輕視人。

鞋（讀如：哈）。

*瞎纏（闌）「三觀經」。—「三觀經」，佛教《大藏經》的一卷：「七處三觀經」。

自古以來誤釋誤解的甚多。

所以每當我（或他人）自以為是，對某事某物妄作評語，媽媽就會說：「勿要瞎纏三觀經」。別把「三觀經」的文意瞎說胡纏了。

又：闌與纏同音，闌是解釋的意思。也有可能是「瞎闌三觀經」。作：「胡亂解釋三觀經」解。

*捏捏怕捏煞，放放怕放脫。──捏緊了怕捏死，放鬆了又怕跑掉了。

譬如手裡抓著一隻會飛的小鳥，或一條活魚。左右為難，不能做決定。

優柔寡斷者的通病。

*尖頭把戲。──頭尖會鑽，行為像在做把戲。

捏（音：nyiaeh），怕（音：pho）。

多半形容慣會鑽營之輩。

*眼大弗帶光。──眼睛長得大，却看不清事情真相──沒有帶著光。

沒有眼光，大亦徒然。

*凹面衝額骨。──長相奇特。臉凹進去，前額突出來。

*貼對陸家濱。──對得正著。

媽媽說的「陸家濱」在蘇州陸家鎮。母親在世時從沒有想起問她，到底是什麼意思呢？為什麼提到「陸家濱」呢？是那裡風水特別好，河濱特別美，所以對著「陸家濱」居住遊戲，就是正對了？

像許多許多大大小小的事，母親在日沒有問，然後就太晚了。

濱（讀如：幫）。

*窰裡推出木柴。──燒陶瓷的窯裡，怎可能把塞進去的木柴推出來呢！

譬如有糖果點心，居然自動放棄了。媽媽就會笑說：「哦喲，窯裡推出木柴來哉！」

難以置信的事。

*若要家不和，討個小老母。——警誡語。小老母就是小老婆。和（讀如：乎）。

*與人不睦，勸人造屋。——跟某人過不去，不和睦，就勸他造房子。可見造房子之麻煩。

*弗開口，嘸人當儂是啞巴。——不開口沒人以為你是啞子。母親慎言。常以：「禍從口出，病從口入」為誡。誠然。啞巴（音：o po）。

*乾癟棗子。鴉片鬼。乾皮窸嗦。——都是形容瘦子。像乾癟的棗子，抽鴉片的煙鬼，或是皮包在身上臉上，好像會窸嗦作響，如同枯葉。

*肥啵死屍。——形容極肥胖的胖子。像在水裡泡得浮腫的屍體。鬼（讀如：巨）。

母親從不說刻薄話，這兩句比較厲害，卻不是罵人，只是用作生動的形容詞。

母親來西雅圖定居，公寓大門口就有公車站。某日閒來無事，我們提議帶她乘公車去附近「遊車河」（廣東話，與「兜風」同義）。八十九歲的母親欣然同意。不是上下班時間，車子裡人不多，司機開得慢條斯理，四平八穩。母親在我們兩人中間坐下，前後左右不住悄悄地打量顧盼其他的乘客。回程也是一樣，看著上車下車坐著站著的人。忽然，她輕聲在我耳邊說：「稀奇得啦！該搭（＝這裡）格人，瘦末瘦得來像煞鴉片鬼，胖末胖得來就似肥㗅死屍⋯」

＊眯䁾眼，打擦板，擦板頭上掛油盞。

—這是逗孩子的趣語。眼睛瞇得小小的人（譬如近視眼，看東西常把眼睛瞇起來），打拍板，沒有看到拍板的一端掛著盞油燈。

取笑不戴眼鏡的近視眼。

＊妖言惑眾女革命，頭髮梳勒頭頂心。

—這一條戲語深具時代意義。媽媽說，外公時常把這句話掛在嘴邊嘀咕。外公是前清遺老，眼看我大表姨與她的革命女友們（包括：宋慶齡，何香凝諸女士）都留學東西洋，頭髮高盤在頭頂（不梳垂在後頸的髻），討論時事，侃侃而談。外公當然人不以為然。他老人家仍舊一貫認為女子應該嫻靜端莊，以持家相夫教子為重。

但是母親告訴我，外公臨終前囑咐外婆，讓他的獨子，我的舅舅袁丕烈，交通大學畢業後留學美國深造；他的幼女，我的媽媽，進新式女子學校讀書。

＊亢鈴！亢鈴！馬來哉，

亢鈴！亢鈴！牛來哉，

隔壁大小姐來哉。

啥個小菜？

茭白炒蝦（音：ho）。

田雞踏煞老鴉（讀如：哦），

老鴉告狀，

告到鳳凰，

鳳凰掃地，

掃著蒼蠅，

蒼蠅撒屁，

騰煞皇帝。

——這是一則哄孩子的「道情打趣歌謠」。抱了孩子坐在膝上，一面雙腿上下顛動，一面唱：「亢鈴！亢鈴！馬來哉……」牛馬脖子都掛著鈴鐺：亢鈴！亢鈴！的響。

前面五句寫實，一陣鈴響，隔壁的大小姐乘著馬車或牛車回來了——是歸寧吧！要燒好菜給她吃——她在婆家做媳婦辛苦啊，做什麼菜呢？就是蘇州市井大眾都愛吃的茭白炒蝦吧。後面的七句，完全是打趣。田雞（水生青蛙）怎麼可能踩死烏鴉呢？死烏鴉竟上天告狀，告到鳥王鳳凰那裡，剛好鳥王自己在掃地，掃地時正掃著一只蒼蠅，蒼蠅居然放了一個屁，就把皇帝給薰得臭死了。

用蘇白半唱半說，自然有韻有趣。孩子覺得自己也坐在牛車馬車上顛著跳著，夾著鈴聲，就開心得笑聲咯咯、手舞足蹈了。

我自己不記得媽媽為我唱說過，但是歐姐的兩個孩子，我的兩個孩子，都在阿婆膝上伴著「亢鈴！亢鈴！」的鈴聲，笑過，手舞足蹈過。而我自己也為我的兒孫輩做過牛做過馬。

＊香炒熱白果，香是香來，糯是糯；要買就來數，弗買末就挑過。

——母親記憶裡她蘇州故居、門外深巷傳來叫賣炒白果的市聲。

白果，就是白杏仁，是江南盛產的珍品。夏日成蔭，葉子片片翠綠如細緻摺扇的銀杏樹，其果仁長圓形、色白，故稱：白果。（也有別種、果仁作淺黃色）。

「炒得噴香又熱騰騰的白果啊，香是香得不得了，又糯糯ＱＱ的，要吃就快來數（應是一五一十，數著顆粒算銅板。意思是：快來數著買吧），不買的話我就挑著擔子走過去了。」

我從來沒有吃過乾炒連殼的熱白果。母親離開故里也沒有再吃過了。但是我記得母親輕輕哼唱拉著調子模仿她記憶裡的叫賣聲，和她永遠美麗的笑容。

＊十三歲做娘，天下通行。——母親說起當年早婚、早生孩子的舊俗。

因此她二十三歲生鈕姊時，已經算晚的了。

行，讀如「銀行」之行。

＊斷六親。——脾氣古怪，六親斷絕。六親泛指所有親屬、鄉鄰。

＊住獨家村。——斷六親的人，當然只好住獨家村了。

前後兩句都是警誡脾氣古怪冷僻者。

住（音：zyu）。

＊養大變小。—年齡大了反而更不懂事，變小了。

＊看戲，看仔賣芝麻糖。—看戲不看戲台上，反而看著戲院裡賣芝麻糖的地方。警誡語：該看的不看—心不在焉，且貪吃！

＊神嚎鬼叫。—母親愛靜，孩子們大聲吵鬧，她就會以此呵斥。

＊形容弗出。—把事情形容得過於誇張，或反應過份時的小斥語。

不管發生什麼事，總要鎮靜從容應對。不可大驚小怪。舉止失措。

＊蓬頭赤腳。—這可是犯了母親的大忌。下床之後一定要梳洗乾淨，衣襪整齊。

＊遠腳嫂嫂。—指不宜來往或不想與之走動太近的女眷。保持距離，以策安全。

＊花花轎子，人抬人。—與人相處，要彼此尊重抬舉；不可驕橫「獨福」。

＊一對「打拉蘇」＝兩個「活寶」。

—為什麼小時候媽媽時而會笑稱弟弟與我是一對「打拉蘇」呢？兩個一起做壞事或傻事的活寶。聽到了也像耳邊風，從來沒有細問過。母親去世，更不知從何問起。

二〇〇一年立凌的父親來西雅圖，無意間提起，他告訴我：所謂「打拉蘇」就是早期美國發行過的一元銀幣，上面還鑄塑人像，華盛頓總統或自由女神。製造精巧，數量不多，在二三十年代的中國只有上海等大地方的銀行、銀號才買得到，極為國人喜愛。逢年過節作為紅包賀禮送人，很受歡迎。而且習俗不作興用單數，遂以雙對出現。兩個美元銀幣「dollars」音譯滬語遂為：「打拉蘇」。久之就有這「一對打拉蘇」，笑指「兩個活寶」的戲語。

滬上吳地風行的諺語趣話常是相通的。

*看見阿鬍子，纔是爺。—看見有絡腮鬍的人，全以為是爸爸。嘲笑莽闖冒失的人，只記得自己的爸爸有絡腮鬍；所以看見大鬍子都當是爸爸了。纔是（音：ze zy）爺（音：ya）

*黃皮爛冬瓜。—不識好壞，全部收下。瓜（音：ko）。

*賊頭狗腦。賊腔。賊忒稀稀。—都是不正經、猥瑣的樣子。腔，腔調，作「樣子」解。應該原是從聲音而發展到形象。蘇白用疊字作為形容詞的極多，賊忒稀稀，正是一例。「稀稀」也是樣子的意思。

*鴉鴉烏，疲老虎。—疲倦的老虎發不出威，就像黑烏鴉罷了。空有老虎之名。

*鴨腳手，牌來湊。—像鴨腳似的不靈光的手，牌自會來湊和。

笑指不會打牌（一般指麻將）的人，反倒贏了。

＊鴨屎臭。—丟人現眼。

＊懶料。賊腰懶攢。—斥責懶人懶像，腰都直不起來東倒西歪的模樣。

＊直勢直落。—大大方方的樣子。或形容行動衣著得體。

＊弗著落。—指行為莫名其妙，做事不著邊際。

＊攪糊粥。—瞎攪和。

已經是黏糊糊的粥，還去攪和。意謂：瞎搞、搗亂。

攪（音：ciau）；粥（讀如：作）。

＊一粒芝麻也崁弗進勒。—連一粒芝麻都放不進了。

妙在以芝麻形容小，用鑲嵌之「崁」字為動詞。其飽可以想像。

母親吃東西有節制，決不「食過飽」。有時請她再吃一點，她就會用這句話或下面那句來形容其飽的程度。

嘴巴張開，要看得見哉！

＊螞蟻心肝。—形容某件東西之小。

絕對比芝麻更小。

螞蟻（讀如：摩尼）。

＊赤膊等衣乾。—臨出門才想到衣服該洗，光著身子等衣乾。荒唐！

凡事要早早籌劃，免得到時慌張狼狽。

不幸這種「赤膊等衣乾」的事，仍舊經常發生。耳旁似乎聽到母親的浩嘆。

＊一隻螃蜞搭隻蟹。——螃蜞，似蟹而小，與螃蟹搭配，不宜。

兩個不相配的人勉強湊在一起，亦如此例。

＊老蟲（＝老鼠）披荷葉。——小個子穿著件又長又大的衣服，豈非正如老鼠披著一片荷葉？

＊憂人發跡，自怕窮。——自己怕窮，却更憂慮別人發跡。

不求上進者的心理。

＊人比人，氣煞人。——母親常叮囑我們自己要知道應當做什麼，不必與他人「比來比去」。

＊橫財弗發命窮人。——本分知足、上進為要。不必想著發橫財。

＊頭頸絕細，獨想觸祭。——頭頸細，專門想要吃。

這句話，不是媽媽說的。我在別人家聽見了，回來問她：「觸祭」是什麼？立刻遭媽媽喝止，不許用這二字；是罵人咒人的話。原來「觸」是形容豬吃食，「祭」則是為亡者上供。但是究竟與頭頸粗細何干？難道頭頸細的人，特別貪吃嗎？

＊一番手腳，兩番做。——一次可以做好的事，要拖了兩次才做成。

意思是行事效率欠佳。

＊吃官司。——却與犯法無關。媽媽常用以形容令其感到拘謹、受罪、不舒服、不自然的

事件，譬如：旗袍領子太高、與不相熟的人周旋應酬等等。她都稱之為：吃官司。

*少吃多滋味，多吃末壞肚皮。—誡暴飲暴食。少吃淺嚐才可以品嚐到食物之真味。否則腸胃遭殃。味（讀如：迷）。

*有鈿難買六月瀉。—六月盛夏，容易中暑、火氣大，最好一瀉發散之。外公嗜讀醫書，母親幼承庭訓，傳有不少「袁氏密方」；此其一。

*舌疲唇焦。—話說得很多很多的形容語。常用在解釋事情、與人辯論、勸誡等情況下，却不見成效。

*癡人擔重髮。—母親頭髮豐盛，讓我十分羨慕。母親就說了這句話來寬慰我。用一「擔」字，是動詞，也更現髮多而重；畫龍點睛。

*木知木覺。或：木而覺之。—比「反應遲鈍」更進一層。覺（讀如：郭，而略短促）

*見仔大佛「得得」拜，見仔小佛踼一腳。—人之勢利可惡如此：見到大佛就連連叩頭（其聲「得得」），見到小佛踼一腳，反正他的功力不大。

*請吃喜酒、挨拜壽。妙在叩頭之聲「得！得！」。如見其人。

—傳統禮儀：吃喜酒要等人來請了才能去吃，拜壽，則自己要挨上去給壽星拜壽。挨（讀如：阿）。

*紅眼睛野貓，白鬍鬍（或：蘇蘇）佬佬。—這是逗孩子的趣語。

*三孀孀上轎，去呢？勿去？—猶疑不決之甚。就像那三孀孀，臨到上花轎還打不定主意：去呢？還是不去？

譏嘲不能做決定的人。

*懸空八隻腳。—敘述或聽說某件事情，其實與真相離得很遠。好像八隻腳懸在空中。互不相干。

懸（讀如：遠）。

*若要黑心人，吃素淘裡尋。—這是挖苦假藉「吃素信佛」，而其實心術不正的人。

「淘」字，是一群的意思。譬如：淘伴（音：dau boe），同伴；姊妹淘，交情好的女朋友、姊妹們。

*千滾豆腐，萬滾魚。—豆腐要燉得久，燉魚更是要燉得火候到了才入味。

母親說得「一口好菜」！

我們都知道是她小辰光坐在鈕家巷家裡廚房小板凳上，東張西望「看野眼」看得來、聽得來的。好婆燒一手好菜，慣得阿爹從不吃別人做的羹餚。好婆一面手裡忙著阿爹的「小鍋私房菜」，一面從容指使廚下準備家人餐食：如何處理食材、如何掌控煎燉煨煮的訣竅等等。母親耳聞目睹，說起來頭頭是道。「頂好吃粒丸藥，勿必燒飯！」媽媽看我進出廚房，時常嘀咕：「科學進步得可以上月球，却沒有發明這種「丸藥」。吞一粒填飽肚皮腸胃，豈非乾淨省事？」

*挑精揀肥。—吃東西挑挑剔剔，還貪吃。揀了精的瘦肉，又想要吃肥的。母親自己吃得素淨簡單，也不許孩子們挑食。

肥（音：vi）。

*禿禿濺。—形容開水或湯，滾得好像要濺出來了。禿！禿！，是水在鍋裡大滾時發出的聲音。（音：thoh thoh tsie）。

*千穿萬穿，馬屁弗穿。—穿，作：空的、假的解。譬如：看穿了，也就是「看透了」，「看破了」。千言萬語都是空話，沒有用；只有拍馬不是空話，人人愛聽。

穿（音：tshoe）。

*越說越利市。—越勸說不要做某件事，反倒做得越起勁。不聽勸！

*越扶越醉。—跟上面一句意思相近。

醉（音：tse）。

*人心隔肚皮。—人心叵測！

*裝煞鵝頭，鴨頸子。—上面裝成鵝頭的樣子，改不了下面仍舊連著鴨頸子的真相。

鵝頸子修長好看，鴨頸子短。裝得辛苦，却徒勞無功。

拼命梳妝打扮，塗脂抹粉；白費勁！

＊落貨。—等於：下流的東西。

＊嘸清頭。—不懂事，莽撞，做事沒經過大腦，沒想清楚。

小時，除夕年夜飯一定要有一盤清炒的青菜。母親一面夾給孩子，一面說：

「多吃青菜，有清頭！」是叮嚀，也是祝福。

＊野耳朵。—就是重聽的意思。

也有不專心聽話的意思。

＊好曲子，也一二弗過三。—再好聽的曲子也不能一而冉，再而三的唱。

曲（音：chioh）。

＊筋脖脖，鴨𩩲𩩲。—做事用力太過：青筋浮脹，頭頸好像鴨子似的挺直僵硬。

＊弗討巧，或：弗討俏。—都是吃力不討好的意思。

＊瞎挖空。—沒話找話說。瞎扯！

挖（讀如：哦）。

＊小老茄。老百曉。

—年紀小，却像個老茄子，自以為什麼都懂；也就是「老百曉」—百事皆曉。

為什麼是「老茄」呢？我猜是乾了的茄子特別容易收入各種調味—廚下的想像。

茄（音：ga）。

*彈眼落睛。—驚奇之至的形容詞：眼睛彈出來，眼珠都要掉下來了。

常常用於忽然看見極美的人，或極好的風景；讚歎無辭的實況。

*跌釋鋪蓋。—鋪蓋卷要打得十分緊實。童年奔波逃難的景況，記憶最深的就是忽然眾人紛紛忙著打鋪蓋。用粗韌的麻繩綁得見稜見角的長方形，四周纏緊，反面要綁出菱形樣，正面才可以打出一個牢靠的手把。（芳鄰梁文薔女士仍擅此技，我看了敬佩萬分。她就打了一個約三寸長兩寸寬的實心小鋪蓋卷送我。可愛極了。掛在花瓶的乾梅橫枝上！是上上工藝品。）

若聽得媽媽訓斥：「像煞跌釋鋪蓋！」，卻是看我穿著鬆垮垮、寬大又縐稀稀未燙平的衣衫，發出的警告。好像沒有綁緊的鋪蓋卷跌在地上，當然就釋開了！狼狽，落拓，不俐落！

*剖開塘裡魚。—水塘裡的魚對半剖開了。意謂：內容一目瞭然。

少年耍帥，襯衫或外套的紐釦不釦上，敞著，瀟灑迎風。母親就用這句形容詞。

剖（讀如：普）。

*頭鮮鮮，尾巴厭。—開頭做某件事，新鮮，有興緻；到了末尾就厭倦了。

誡語。做事要有始有終，不可「虎頭蛇尾」！

尾巴（音：nyi po）。

＊「察刮拉」新。──形容很新很挺刮的東西，卻用聲音來表達。譬如：新漿洗好的衣物，新的鈔票、紙張摩擦時會發出的聲音。推而及之，用「察刮拉」形容新的東西。

＊一天世界。──早年在家，媽媽走進我的房間，四周一打量，多半就說：「攤得來啊，一天世界！」意思是，沒有好好收拾整理，房裡攤得到處都是衣物書本。一天世界，就是到處，上天下地。以後接母親來與我們同住，她老太太的房間，不管打掃的人來不來，總是自己收拾得一乾二淨，清清爽爽。其他的地方，我們偶爾攤得一天世界，她也只當沒看見。老太太「識相」，絕不讓成年（將及老年）的女兒女婿尷尬。

界（音：ka）。

母親的話語在我呼吸俯仰之間，如滿天星斗閃爍，再也寫不完。都在那裡：一天世界。

（二〇一六夏初稿，其中若干曾刊印報端。二〇二三端午後二日校讀增補。）

母親。旗袍。品味

母親時常自嘲：是前朝遺小。一點不錯，她出生的年代是清光緒三十年（一九〇四）。可是她很幸運，蘇州離上海近，西風吹進得早；外公外婆思想開明又寵愛這第十個幼女，所以母親是天足。進教會學校讀洋書，彈鋼琴，畫油畫之外，還喜歡穿長旗袍高跟鞋；是個二十世紀初的時尚女子。

但是她有她的堅持，從不穿洋裝，也從不燙髮，永遠挽著變化多端的髮髻，光潔清雅。

照片上母親少女時代穿月白色或深色寬袖斜襟短衫或短襖，百褶裙，長馬甲。以後教書家居外出幾乎都穿旗袍。

小時記憶裡的母親熱天穿著燙得平整的素色或花紋簡單的夏布，麻紗或香雲紗無袖旗袍。那香雲紗比現在市面上的柔軟，母親總讓裁縫師傅滾一道略帶色彩的邊—不作興穿全墨色。冬日綢質絲棉袍外一定穿上經常可以漿洗的布罩袍，有客或長者過訪就把罩袍除下；衣著有度以為敬。家常旗袍約過膝六七寸，著繡花鞋，取其行動方便。

出門作客或家中喜慶則另有平時收藏得十分仔細，猶如古董，卻決不過時的長旗袍—就像所有傳世的工藝品，青釉素白的宋磁，典雅珍貴。

記憶鮮活的畫面還有抗戰後的上海。舅媽薦來的裁縫師傅穿件淺灰長衫，拎著個鬆鬆大大的綢布包來到我家。我看見了立刻跟在媽媽身後，上樓，他在小客廳裡把綢包打開，裡面若有縫好的旗袍，母親逕自去臥房試穿；包裡常常還有幾塊疊得方方整整的新衣料。等母親換上新衣出來，或滿意或修改都不干我事，反正母親總是好看；更希望的卻是母親趕快讓裁縫師傅把那些衣料抖開來，我就可以看到是什麼樣滿目繽紛的新鮮花色了。母親不愛逛街，好像衣料常是親友贈送的，否則就是裁縫師傅把新款衣料送來讓母親挑選。

當然，上面所談都是承平時代的情景。八年抗日，因為逃避轟炸和父親的工作，我們住在閩北贛西一帶山區，物資極端貧乏，全家衣著都靠母親率同家人拆改翻補，連布面手納鞋底，父親的皮領棉大衣都是母親無中生有，拼湊縫製的。遷台後五十年代六十年代初的「克難時期」我們和當時許多人家一樣，上有片瓦三餐無虞，孩子有書讀，已是幸事，枉論其他。

不過，母親惜物，幾套精緻考究在上海縫製的旗袍，歷經烽火，偶爾逢年過節穿出來仍舊簇新漂亮。母親有潔癖，在當時乾洗還不普遍的年代，她處理材料不宜清洗的旗袍別有講究。通常穿過之後即刻把旗袍領子袖口先用一小團棉花蘸上火酒或酒精（如打火機所用）細細擦過，等乾了以後，再用淡味花露水擦一遍，除去酒精的異味；掛在透風的地方吹一夜，第二天才收進衣櫃或疊好放入箱子。如果不慎沾上油點，母親就會用痱子粉或小兒用粉灑在油點上，覆以乾淨軟紙，把衣服捲起來，次日展開一抖，油跡就不見了。很簡單，粉末是吸油的，母親解釋。這套清潔方法母親一直行之有素，以後我們不時自作主張替她送去乾洗。「店裡乾洗傷衣服，氣味又濃！」她抱怨。每年至少兩次，黃梅天過了，太陽好的大晴天，或秋高氣爽的日子，母親必然翻箱倒櫃在庭院天井裡舉行「曝曬衣物大典」。把衣服翻過來，穿掛在竹竿上，被褥厚物搭在椅子上；不時翻動以求均得陽光的親炙。母親認為陽光是最好最自然的清潔殺菌品。「香得啦！」常聽母親讚美曬過的衣物。曬過以後不可直接收進箱籠，要等涼透以後才能次第各就各位。所以儘管臺灣亞熱帶氣溫溼度高，當時居家根本沒有冷氣除濕機之類的設備，我們的衣物卻鮮有發霉或泛霉味的，更不用說母親的旗袍了。

母親穿旗袍有她的堅持，不受時尚的影響和限制。她並不反對時尚，但是她認為最重要的是：知道什麼樣的穿著適合自己，斷不能因為趕時髦而時髦，更不能盲目跟從時尚，失去了個人風格。四十年代戰後，滬上風行旗袍及膝，墊肩，低領，略有腰身。母親覺得很適宜速度加快的時代，但是她自己訂製的旗袍則決不過短，不用高墊肩（「又勿是金少山！」──當時出名的平劇黑頭大花臉演員，虎背熊腰，十分魁梧）。

六十年代中期七十年代以還臺灣經濟起飛，博愛路上綢布莊林立，鴻翔、立大祥等等；還有專賣舶來品的委託行也有不少新穎好看的旗袍料，可是價格不菲。其時父親在立法院外交委員會常需母親一同出席接待外賓的宴會。母親生性愛靜，不耐交際酬酢；但是，逼不得已，只得勉強同行。她那幾件如汝窯官瓷的「古董」，豈容用之於日下飲饌？遂不得不添置若干以應時需。選擇材料卻煞費周章，因為母親有原則：既要中意，價格也要相當；否則寧缺毋濫。不喜摻夾人造纖維的料子，不穿鮮艷閃亮的顏色，大概以灰色系列，乳白，藏青，黑色為主，綴細花紋或簡單圖案—若是素色則鑲滾細邊崁線。幸運的是那時母親得朋友介紹，請一位店面簡陋開在同安街窄巷裡的朱師傅做旗袍。朱師傅一口上海話，功夫了得，剪裁縫製，當行出色。對母親自己的設計調配更是一點即通，心靈手巧，很少需要更改的。

母親的衣著一貫以大方得體為要。譬如：有袖子的旗袍一定配件同色或黑色坎肩長背心；無袖短袖旗袍則配以中長袖無領對襟或琵琶襟外衣，可長可短，端看時序涼暖及材料之厚薄而定。不管旗袍的質料是絲綢還是毛絨，都用紡綢襯裡，而且一定是全襯；就算是喬綺紗或鏤花料也不例外。所以其實都是夾袍，比襯裙伏貼好看。其餘細節禁忌不少：母親深知自己個子小，因此旗袍不可太鬆，「像煞道袍！」；卻也不能太緊，成了「掐緊葫蘆」—節節分明。不用「拖前掃後」的披肩，外衣亦不宜太寬太大，「活脫脫是老蟲（蘇州方言稱『老鼠』之謂）披荷葉」。頭頸不長，領子不得過高，「吃官司」—受罪；也從不戴項鍊，顯得頭頸更短。旗袍兩傍的袍叉決不能開得高過膝蓋，因此下襬不可窄；這樣既無行走不便之虞，更毋需擔心起坐之間有不雅之態。旗袍上不用奪目的大鑲寬滾如意頭之類，「又勿是要上戲台！」。母親直到年逾九十，比較正式的場合仍舊穿著有跟的鞋，行走從容，從不彎腰駝背。母親曾叮嚀：「穿長旗袍最好穿高跟鞋，豈不見八旗秀女都是穿著花瓶底的高底鞋？人挺背直，自然如玉樹臨風……」

林林總總，我家姊妹女兒輩穿著旗袍，無一不樂於謹守母親的「家規」，因為合情合理。

此外，她配戴飾物亦以簡單為尚。通常是一副小小的耳環，頂多項下綴一別針。如果旗袍是雙襟的，就用外婆留給母親的一套三粒金扣，或一套五粒鑲翠扣。別緻典雅。母親帶著我們五個孩子倉皇離開大陸，僅有的「財產」就是外婆給母親的首飾。抵台後生計未定，家中食指浩繁，母親大部份的細軟早變成青菜豆腐進了我們的五臟廟。母親對此從未有怨言，她說：「反正好婆曉得是用在正處，勿會怪！」

母親與眾不同永不過時的品味，我相信種因在她的藝術修養，對色彩線條的敏感，對天地間一切美的珍重寶愛──一種清靈透澈對美的認知。

（二〇一三，西雅圖）

【註：】原載：「旗麗時代：她們的故事」，22─28頁，附圖8幀。新北市輔大中華服飾文化中心，二〇一三《旗麗時代。伊人、衣事、新風尚》，臺北市國立臺灣博物館展覽。）

手足篇。情同手足篇

我家四姊妹一個弟弟。

長姊長我十歲，生在蘇州觀前街鈕家巷，所以小名就叫「鈕官」。蘇州人孩子的小名都喜歡加一「官」字。我們則叫她鈕阿姊。

二姊出生在北平，就是平姊；三姊生在法國巴黎，我和弟弟叫她歐姊。帶領過母親的常州媽媽則稱她們、為「大鈺官」，「小鈺官」。

原來我是家裡最小的「小毛頭」—南方人對小娃娃的通稱。人人叫我「毛頭」。乖的時候，爸爸媽媽就叫我「阿囡」，「寶寶」（「囡」字蘇州發音「noe」，到了爸爸口中就變成「no」了。）

以後，我們有了弟弟。

我的弟弟

弟弟的出生是命定的「意外」。母親說，當年兵荒馬亂，逃難都來不及，她和父親不想再有孩子。偏偏在重慶懷了孕。她悄悄請人配了一帖中藥，煎了之後，盛在碗裡，放在窗前等它涼。正在這時，父母親的好友錢劍秋女士—我們敬稱為錢孃孃，來看媽媽，問道：這是什麼藥啊？

媽媽回答她的話還沒有說完，錢孃孃就把碗往窗外一倒。救了弟弟一條小命。

媽媽告訴我，她餵弟弟吃奶，不足兩歲的我就坐在床頭哭，一面不停喃喃訴說：「弟弟吃寶寶奶奶！」哭得那麼傷心，哭得媽媽陪我掉淚。爸爸在家就過來抱我，安撫我──但是那是戰時，爸爸公務繁忙，能夠在家的時間有多少呢。

以後我們姊弟倒從來沒有爭寵嫉妬的事情。也許是媽媽懷弟弟期間，中日戰事正劇，物質匱乏，她的營養不良，造成了弟弟先天不足，童年多病（幸而，以後就健康了）。加以大人常告訴我，我是姊姊，凡事要讓他。我自小長得高大壯碩（媽媽說，她懷我的時候，人人都以為她懷的是雙胞胎呢），不油然覺得自己應該愛護這個病歪歪的弟弟。只有一次，我氣極了，要打他。

我記得很清楚：戰事甚劇，父親職務調到閩北負責督建一所戰時中學的建造工程，我們借住山腳鄉下。鄰居農家在屋前空地上曝曬剛挖出來的新鮮長生果（帶殼花生），大家圍著看，也有大人在吃，隨手給我兩三個。五、六歲的我對吃東西很感興趣（迄今依然），拿了剝著吃得高興。正好弟弟看見，他是不准隨便吃東西的，就向爸爸媽媽告狀：「貓頭鷹偷生花生吃！」而且邊叫邊用手指在臉上劃，眾人哄笑。我在人前被羞辱，叫我「貓頭鷹」不說，還說我偷東西吃，惱羞成怒，追著要打他。媽媽和帶他的趙媽等等一群人都護著，不許我打，我就大哭。爸爸看我氣急敗壞的樣子，抱著我，笑說：「讓她打兩下吧！是弟弟不好，不可以這樣笑姐姐。」

我好像永遠不會忘記這件事，不是對弟弟懷恨，而是覺得爸爸是天下最公平最懂得我的人。這個想法從此再也沒有改變過。

我的弟弟，幾十年後在紐約是中英語文教學界極負盛名的「汪班老師」。出版的中英文著作、翻譯、演講，和他在大學、學術文化機構教授中國文學的方法，被譽為：「自成一家的大師」（「Ben is an institution」——耶魯大學中國藝術史班德華教授 Professor Richard Barnhart 語）。

他的學生們自動集成出版的漢詩英譯本《Visions: East and West Translations of Selected Tang Poems》，題曰：「致呈汪班老師」。罕見可貴的回饋，譯作之典雅可頌猶其餘事。

二〇二二—二〇二三年他在紐約「華美協進社」China Institute 網路教學的 Zoom 上以英文開講《石頭記》，破紀錄成功。

Zoom 的好處是無遠弗屆，立淩也立刻報名逐週聽課，一面讀 David Hawks 的英譯本，十分投入。讓聽過瀏覽過曹雪芹《紅樓夢》、卻無緣細究的好（入聲）學者，在汪老師循循善誘的指導下有一探名著入門的機會，實在功德無量。尤其是他以書中字字雙關的詩詞歌賦為講解入門，特別注重音韻字源。讓我也得益匪淺。

繼之，二〇二四年開春，他講授白居易《長恨歌》、《琵琶行》等古樂府架構的唐詩。每週課前傳給大家仔細詳盡的輔讀講義，有時也附以涵義格局相近的英語詩文，作為比較討論。班上不少英美詩文學者、或漢學詩書古藝術修養精到的大家，相互討論責難，眾人深得其益其趣。

汪老師寫一筆好書法，偶爾錄一聯行草；或找到一幅與所授詩文切題的古畫，也會附給大家參考欣賞。

他不斷鼓勵學生在他講解原詩詞字義之後，將之翻譯成英文詩。寄給他，還不厭其煩的字字推敲細細改正。總之，汪老師實在是位克盡其業的好老師（不能因為他是舍弟而作三緘其口的金人）。

特別令我暗驚的目擊：立凌上《琵琶行》課，攜帶著電腦在客廳面壁而坐─壁上掛著溥心畬先生的行草橫幅，瀟灑清雅的字裡行間勾畫著他臆想中猶抱琵琶半遮面的女子。立凌一面聽課，一面「認字、看畫」，十分自得其樂。

似乎班上像立凌這樣的學生不少。

對我來說，最喜歡的是上完課有幾分鐘「姊弟會」。聽汪老師叫：「姐姐」！我回一聲「弟弟」！─就好像抗戰時期住在武夷山下「止止觀」，父母大人們紛紛告誡：「山上有老虎，入夜會跳下岩壁覓食，太陽下山了，小孩就不准出門啊！」弟弟看著姐姐、姐姐看著弟弟：有老虎啊！！─彼此知心。

心滿意足。不能不感謝新科技。

父親過世後，立凌和我接母親來西雅圖住在「松苑」。從一九九二年到一九九九年晚春母親遠行，弟弟寒暑假一定飛來探母。不就是媽媽開心，我們姊弟促膝快談（雖然時而小小反目）亦是一樂。而且他知道立凌和我喜歡旅行訪友，他來陪伴媽媽，讓我們安心出門。

弟弟是非常貼心的弟弟。

【附：二〇一〇年六月二十五日清晨從蘇州「平江客棧」，蘇州市平江區鈕家巷33號，寫給弟弟的信。

Dear 弟弟，

你看看這客棧的地址。怎麼可能不就此住下呢？是古式古香的老建築改造的—但是不是姆媽的故居。雖然我不記得故居確切的地址，但是來回逡巡一點印象都沒有。大概門前加蓋了新屋，小流早已填成柏油石子路；記憶竟自在時間裡湮沒了。

昨天從上海乘電動火車來。一直想著：弟弟同來會作何想？

火車站及觀前街的市容，毋需置啄。貝聿銘設計建築的蘇州博物館臨近拙政園，簡樸、自然，風格雅緻。平江路上的古屋雖則殘舊，人來人往，倒不像其他見到的觀光小鎮那末「假」。河流雖不清澈，卻也不聞異味；拱橋橫跨，也還有若干古趣。你來了大概會失驚，因為我們有記憶。這姑蘇又與我們這麼親，會傷感。姆媽沒有回來，是福。

晚上去采芝齋買甜食。走出門，忽然聽到一兩聲琴弦配和著彈詞。一問，原來采芝齋樓上有茶室。上去探知，可以喝茶點唱。人很少（後來知道因為上海世博，都去了上海），點唱和茶都價格不菲（照此間一般標準來說）；但是既然來蘇州，怎能不聽評彈呢？

一句杜十娘，兩眼淚千行。

姆媽側首聽收音機、跟著細聲哼唱的影像立刻在我眼前，在我左右。

真的，老了或未老，還鄉總會斷腸。

聽了杜十娘，忍不住請那位音色很好，清癯文雅的歌者（也是彈奏琵琶者）又唱了一曲「月落烏啼霜滿天，江楓漁火對愁眠⋯」

回到鈕家巷的客棧，終夜難眠。

現在是清晨，給你寫信。傍晚返滬。二十七日去北京，三十號回美。會立刻給你電話。遙寄

懷念。Love，姐姐

PS：Leo還在睡。他喜歡這裡。二〇一〇年六月二十五日】

始所未料的尾聲，不及寫在信裡，以後才告訴弟弟：立凌與我回上海之後，大妹（小表姐袁以葦、表姐夫陳珩的長女陳沁）從舊金山灣區返國渡假省親，在飯館請大家吃飯。席間談起我們的姑蘇行，住在平江客棧。小阿姐驚呼道：老房子就是隔壁呀！現在是大雜院了。

三個姊姊都對我好

長姊鈕阿姊

鈕阿姊很早就到美國讀書結婚工作，是個極優秀、備受讚美的專業室內設計師。可惜過世極早。一篇「鈕阿姊」，寫不盡我對她的追念。

鈕阿姊出生在蘇州鈕家巷母親的娘家，所以小名「鈕官」。她常告訴我，我睡在搖籃裡，十歲的她最喜歡繞著搖籃唱歌跳舞，逗我手舞足蹈開心嘻笑。

她始終喜歡音樂，尤其是聲樂。八年抗戰結束，一九四六年我們闔家在上海團圓。夏天她高中畢業，在美琪戲院舉行的晚會上她演唱一曲「天倫歌」。至今我還記得她瀏亮動人的歌聲。更記得返滬之前暫住杭州西湖學士路寓邸，昏黃的暮色裡她輕輕吟唱，教我和弟弟：「花非花，霧非霧……」

以後她雖從事室內設計專業，對聲樂的愛好終生未改。紐約人都會歌劇院是她最喜歡去的地方。

上世紀八十年代初的一個冬天我從慕尼黑飛去紐約看她。她興奮地告訴我，早已訂好了週末的票子。姊夫保羅對歌劇沒有興趣，只為了陪她，偶爾勉強同行。「常常打瞌充！」鈕姊說。難得我們這次可以重溫三十年前在臺北擠坐一部三輪車去西門町看電影的樂趣了。

那知前一天開始，紐約大雪，第二天仍是紛飛不止，而且愈下愈大。打電話去問，歌劇院告知：取消當晚的演出。其實根本連車子都開不出去。我們兩人垂頭喪氣，卻也無可奈何。吃過晚飯，鈕姊找出一捲錄影帶，叫我跟她一同靠坐在她的睡床上。她的睡床軟硬適中，可以隨意調整自己喜歡的角度。她替我蓋上毛毯，放一個移動的小茶几，冲了杯茶，還不忘放上兩碟只有在唐人街才買得到的棗泥糕、黑酥芝麻糖；她自己是不吃零食的。錄影帶放映出來的正是本來我們要看的《費加洛的婚禮》——雖然是不同的演唱者，不同的製作，却是一場我看得最舒服，最美好難忘的歌劇。

以後我們遷居來美，住在西雅圖；跟鈕阿姊分居美國的極東極西。母親搬來後，鈕阿姊儘量抽出時間來探省。見面匆忙急促，再也沒有重溫那個雪夜擁被聽歌的機會。

有的記憶不會褪色。

鈕阿姊不管在學校在工作的地方，都是遠近知名的美人。她在南京金陵大學讀書時，學校話劇社公演曹禺的《日出》。校花汪璐飾陳白露，轟動了石頭城。幾十年後我與老同學舊友重聚，以前來過我家見過她的，幾乎都會加一句：「妳大姊好嗎？她真是漂亮！」她的美，讓人不能忘記。當年我讀曹植的洛神賦，那形容宓妃之美的辭句，我覺得簡直就是為我家鈕阿姊寫的。所有美女的必備條件：皮膚白，鬢髮濃，瓜子臉，美人尖，雙眼皮，大眼睛，長睫毛，高鼻樑；延頸秀項，修短合度，無一不具，而且都是自然天成。尤其是她那一排整齊細小雪白的牙齒，所謂：齒若編貝，我是因為家有鈕姊，才懂得這是怎樣傳神的修辭。

鈕阿姊不單美，書也讀得好。卻因時局的關係大學沒有畢業就輟學南奔，直到五十年代中期自己工作積了錢才來美國繼續攻讀，成為室內設計家。

她一手女紅精巧細緻，盡得母親真傳。走避香港，家裡沒有縫衣機，她為我手縫了一件泡泡紗無領無袖連衣裙，淺藍底疏疏落落有些紅色白色花朵，搭配著可愛的小披肩。小披肩的四周緣著一吋多寬的白紗邊。讓十三歲的我，第一次穿著它迎風走在皇后道上，飄飄然，自己覺得好像也就是剛剛看過的電影裡那個摩登女郎了。她還用各種深深淺淺綠色細毛線為我織成一件背心—就是那件媽媽說我穿了像「黃胖橄欖」的，但是總是我的最愛—那樣細的線，用了那末久的時間和功夫，不會忘記。她為自己設計縫製的服飾衣衫更不用說，總是別出心裁，好看而不俗艷。

出國婚後，又練就精采的廚藝。她家請客的菜單，出名的講究：好看好吃，而且決不重複。她與建築師夫婿程保羅共創事業，幾十年風風雨雨，在紐約經營出一片天地，不是容易的事。

鈕阿姊忽然故去，是個晴天霹靂。一九九七年早春二月，姊夫打電話到西雅圖，說道：當天早上，他在自己的盥洗室梳洗準備上班，只聽得鈕姊在另一端的浴室裡驚叫「頭痛！頭痛！」；他跑過去，鈕姊倒在白磁磚的地上，昏迷不醒。送進醫院用人工呼吸，只是盡人事罷了。

以後，醫生告訴我們，據判斷，其實救護車去醫院的途中，鈕姊已經走了。她是因腦血管破裂 (aneurysm) 故世的。

我們都繼承了好婆的偏頭痛毛病，媽媽有，鈕阿姊和我也有。大家經常頭痛，吃各種止痛藥。媽媽告訴我，好婆晚年右眼失明，就是長年累月偏頭痛過劇造成的。媽媽與鈕姊的痛是左邊太陽穴，吃藥多睡就好。我跟好婆一樣是右邊。中學開始，一發作就是連續幾天，以後變成幾個星期，每日準時來襲。止痛藥根本無效，或導致暈吐，弄得我寢食難安。在臺灣、德國、美國看過許多腦神經科醫生，徹底檢查過無數次。醫生診斷我這種家族遺傳性偏頭痛，並非腦裡有血塊或動脈瘤所引起，醫學上稱之為：叢集性頭痛（cluster headache），屬於偏頭痛病症裡痛得最厲害最嚴重的一種，卻無生命危險。

所以鈕阿姊電話裡時而告訴我她在頭痛，我總以為一定是她太忙，「家族病」又犯了。反正她情形比我好得多，吃吃藥就沒事了。那知道大家這種掉以輕心的態度——包括她的家庭醫生在內，沒有想到應該促她再忙也該去作腦部斷層檢查，就是奪走鈕阿姊生命的關鍵。誘發頭痛的原因太多太複雜，一般患者，甚至醫生，都不把它當成病看——誰不鬧頭痛呢？可是後來追想，鈕姊的偏頭痛從不知什麼時候開始，已經從血管壓迫到神經的痛，變成腦動脈血管病變的痛了。

掛了姐夫的電話，按下萬般傷心，我與立凌商議，決不能讓母親知道。母親那時已經九十四歲，怎能讓她知道她的長女已經驟然先她而去？那樣的椎心之痛，我不要媽媽承受。第二天我告訴媽媽要出差去紐約幾天。有立凌在家，老太太很安心，我也很安心。立凌的父親剛好從歐洲來訪，住在家裡，人來客往，老太太不會寂寞。

在紐瓦克（Newark）機場與洛杉磯飛來的歐姊會合，一同趕去醫院，大家還抱著一絲緲茫的希望。弟弟早已在那裡了。看到他和保羅以及幾位鈕姊好友的臉色，我們知道，真的，鈕阿姊已經離開我們長行。

參加送別的親友多得出乎意外，在極短的兩天裡大家輾轉相告，以葦表姊（正好從上海來美小住）與女兒陳沁從灣區、珊表姊的長媳以慈從芝加哥飛來。還有數不清鈕姊生前好友和共事過的工作夥伴，四方雲集，來送她，為她匆匆遠去致意致哀。

環繞在鮮花裡安祥地躺著我的鈕阿姊。去得突然，沒有經過長期病患的折磨，完美端莊，清麗一如往昔。現在她可以休息了，再無牽掛。追求完美的人總是特別累，而完美永遠在可望而不可及的地方。然後我就想起她跟我說過，她不要活到雞皮鶴髮，老態龍鍾，人人見了討厭，自己照鏡子都嚇一跳的年齡……

那麼妳應該是如願了，鈕阿姊，妳留下的是永不衰去的美麗，也永遠活在認識妳的人們的讚嘆惋惜聲中。

那年秋天，姊夫保羅來電要我參加美國海軍飛航博物館 (National Museum of Naval Aviation and IMAX Theater) 為啟用身歷聲視聽劇院的慶典，也為了紀念該劇院的設計者，我的鈕阿姊。

博物館是保羅與鈕姊的建築公司設計建造的。劇院則完全由鈕姊負責。她生前不及看它完工，那天來參加告別會致辭的館長，覺得異常遺憾。

我當然要參加。

從美國西北角上方的西雅圖到東南角下方佛羅里達州的潘薩柯拉港 (Pensacola)，要斜貫整個美國國境，可說是境內最遠的路程，飛機轉兩次才能抵達。

潘港這美國海軍基地，瀕臨太平洋，藍天白雲艷陽高照，到處是椰子樹鳳凰木——對我來說，簡直好像回到了南臺灣或新加坡。

博物館佔地極廣，其建築採用現代極簡的線條，材料以透明而高硬度的壓克力和銀灰色金屬為主，顯得高敞明亮。館內的陳列品多半是各種航空母艦所用的飛機，包括一架二戰後從中國戰場退役的飛虎。

視聽劇院在博物館大廳的左前方。

館長帶領我們：保羅，鈕姊的至交藹梅姊夫婦，陳沁和我，走進劇院。柔和的燈光裡我們置身在一個與外面略帶火藥味陽剛氣息的世界截然不同的天地。暗暗的藍灰色是其基調，四壁空穹、座位、地毯、舞台、帷幕都用或淺或深的藍灰色；幽雅靜穆—是鈕阿姊的顏色。劇院裡已經坐得滿滿的了，我們在一排空著的貴賓席坐下。

館長上台致詞，首先介紹這劇院的特色，圓弧形的舞台和超大的銀幕使它成為當時，一九九七年，世界上最大最先進的身歷聲劇院。接著他介紹設計博物館和劇院外型的姊夫保羅，之後他告訴大家：「現在我們坐在這座優雅的建築物裡，這座為整個社區策劃的多功能劇院裡，享受它美好的空間和舒適的裝置。稍後各位還能從藍天使 (Blue Angels) 飛航特技表演的影片，體驗它精采逼人的高科技功能。然而，最大的遺憾是，為它付出多年時間構圖設計，不厭其煩地修改再修改，使它成為一座漂亮實用、完美多功能身歷聲劇院；其規劃設計家汪璐女士 (Mrs. Rosa L. Chen)，卻不能坐在我們中間，她永遠看不到完成了的它。她已經離開我們、離開塵世。」在四下驚嘆唏噓聲中，他請保羅上台。一位肩上襟間許多星光花草綴在雪白海軍制服上的將領（是海軍飛航隊的司令官）在台上與他握手，送上一塊橢圓形的銅質浮雕，高約65公分，寬約50公分。紀念劇院的創始者。

聽了幾個演講，看了那逼真得好像一群飛機呼嘯飛越頭頂的影片，我們步出劇院，參加酒會。

銅質浮雕已經懸掛在劇院門口的白牆上了。鈕阿姊嫣然含笑，下面刻著頌辭謝辭和悼詞。妳倏爾遠行。我們竭盡所能不讓媽媽知道，直到妳離開我們兩年多以後的五月天，媽媽彌留之際，我才告訴她。請她不要驚惶不要怕，爸爸在彼岸等她，舅舅也去了。妳已經在那裡。那裡不是陌生地，我們都要去的。

（二〇〇九年稿，二〇二四年訂）

平姊和青島

記得很清楚，畢竟那時我也十二歲了：內戰危急之際，母親捨下在臺灣養病略有起色的父親，趕回上海。輾轉艱難，把我們五個孩子帶到臺灣，全家臨時借居在臺南一所舊日的招待所裡。島上忽然擁入這麼多人，就業入學都不是容易的事。父母長日籌劃商量，愁眉不展；姊姊們也都各有所思。我和弟弟則在媽媽督促下，每日寫字、讀書，算是功課。

就在這樣國是家計的低氣壓下，我的平姊從臺灣乘船轉香港返上海。有什麼能讓一個

十七、八歲的女孩，不顧時局艱危、不顧父母的焦慮強力反對，不顧一切，以生命為脅，獨自遠行呢？當然只有愛情！

我記得那時郵件仍通。平姊在臺南的日子接到的和寄出的信、日必一封或數封，來自或寄往上海。我和弟弟不敢偷看，但是有一次平姊全神貫注在讀信，我們溜到她身後，讀到兩句，幾十年後，還記得：「…淡淡的燈光下，我思念的就是你…」。

那位讓平姊捨下一切的年輕人，就是以後我們的金又新姊夫。

媽媽告訴我，她在上海見過這位年輕人。平姊請媽媽去看他在戲劇學院演出京劇、唱老生。媽媽說過：演得很好，長得也好，舉止彬彬有禮。她能了解兩個年輕人的感情，但是時局艱鉅如此，父母親怎能放心，讓一個不滿二十歲的少女隻身遠行呢？

隨後幾十年風風雨雨，父母親憂心忡忡。前一段時候還能偶通信息，或從上海舅舅信中知道一二，平姊與又新姊夫在青島定居。定不定？誰能清楚真相？以後舅舅遭隔離審查，就更難得到信息了。

一九六三年冬天我去歐洲，在德國讀書工作。原則上可以和大陸通信。可是種種事故運動不斷，繼之文化大革命，沒有人敢給親友添麻煩。舅舅給我來信，時常寫道：「祖國形勢一片大好，吾姪宜返國貢獻所學，以資報效…」隔離審查期間亦然。

一直到八十年代鄧小平改革開放，兩岸關係漸趨和緩，我們才能讀到平姊略訴衷情的信。略知他們如何經歷三十年來的連番風霜。又新姊夫好學能幹，工作教學認真，終於得到肯定—可惜早年身心受到臧丕，患了中風。兒子幼年頻遭歧視，精神損傷難以恢復。無論如何，看到他們一家的照片，還是甚慰親心。記得爸爸看著那個笑得自然、十來歲的蓉蓉，說道：這女孩子我喜歡。

一九九〇年四月，平姊在各方努力和萬般不易的情況下，居然得以經香港到臺灣，探望雙親。我和立凌已經搬到美國西雅圖，從大學圖書館請假回臺，與一別四十餘年的平姊相見。

孩提的記憶忽然跳到中年，真是如同隔世！非常不真實。

我的假期很短，歐姊不久前開刀病體還未大癒。平姊的歸寧，真可說是難能可貴。我們都希望她住久一點，主要當然是聊慰親心—父親那年將九十、母親也將八十六歲。同時也讓胃部開刀不久的歐姊多一點安心休養的時間—幾十年來，除了我每年放假回家陪父母幾個星期，平時都是歐姊、善擇姊夫（或珊表姊、星然表姊夫），在繁忙的工作家務之外，為父母親奔走操勞。

而且親友們都想與幾十年未見的平姊歡晤話舊。

可是又新姊夫的健康情形和他心理的徬徨，重現在不斷的信件和長途電話裡。平姊左右為難的糾結可以想像。母親眼見如此，體諒平姊的為難，替她向父親解說。我離台之後兩週平姊返回青島。

這一次離別，就是平姊與父母親的永別。父親在次年年初，一九九一年一月十一日長行。

次年春天我與立凌接母親來西雅圖侍奉起居。其間兩次爲平姊申請探親，卻因又新姊夫身體的問題，未果。一九九七年姊夫去世，平姊寡居。美國使館認定她有「移民傾向」，一再拒簽。還直接告訴她，以後也不會通過。

母親一九九九年五月四日棄養。

再看到平姊和初識蓉蓉憲書夫婦，是二〇一〇年初夏。

好友Angela和我相約參觀在上海舉辦的「二〇一〇年世界博覽會」。我們的行程相當複雜：她從義大利翡冷翠、我從美國西雅圖，各自飛北京，在預定好的「南鑼鼓巷七號衚衕旅舍」見面。同遊幾日後我飛青島探姊，她則在京多留三五天。

鄧小平時代她與多年前故去的夫婿—記者作家Tiziano Terzani（一九三八—二〇〇四，中文名字鄧天諾）為德國【鏡報】及義大利報紙派駐北京多年，寫下許多驚世警世、有價值的報導和文章（後遭驅逐出境）。他們當年的朋友亟待與她見面話舊。其後她再飛來青島與我一同南下。

平姊的家在四方區，簡樸的公寓住宅頂樓，二房一廳，很寬敞，收拾得清清爽爽。我獨據又新姊夫的書房，書櫃裡的藏書經史子集各方面都有，看得出主人之用功好學。平姊是退休的英文教師，喜歡讀書寫作。蓉蓉還在中學教書、憲書在銀行服務。夫婦兩孝友真誠，蓉蓉對我這小姨媽尤其自然親熱。燒得一手好菜，包餃子更是拿手。茴香餃子吃過難忘。

他們另有自己的住處，蓉蓉時常回家幫媽媽處理雜事，無微不至。憲書則每屆春回或秋爽時節，就駕車帶著蓉蓉和岳母四處遊覽。我們兩次到青島，憲書也都不辭辛勞充當最佳導遊。

他們的兒子何寧是鋼琴家，我這小姨婆到現在還只聞其音、未見其人。二〇一〇年，他還在德國修鋼琴博士學位。

——二〇二三年七月補記：二〇一九年與立凌去敦煌初訪莫高、榆林石窟的壁畫塑像文物，穿過黃沙瀰漫的陽關，探看玉門拂曉的左公柳。之後飛青島與姊氏一家共渡中秋。

其時何寧已經返國若干年，在濟南山東音樂學院任教。授課、寫作樂評之外，每年還推出循環演奏。他非常用功，也非常忙，一直沒有機會見面。以後蓉蓉寄來何寧演奏會的錄音。「他實在彈得很好！」聽過之後立凌非常認真地對我說。立凌自小彈琴，雖然從事腦神經生理學研究，音樂是他畢生最愛，特別是鋼琴曲。可惜我們至今沒有聆聽過何寧現場表演的機會。近兩年屢讀專家樂評，盛讚何寧與另一位從德國進修回國的鋼琴家張天然，兩人在「四手聯奏」這一曲種的多次演奏會上，表現出不平常的熠熠才華。蓉蓉告訴我，二〇二二年，兩人公演之前分別「確證」染上 Covid，燒還沒有全退，卻不敢停止練習。她寄來錄音片段，也附有照片：兩人坐在琴前，戴著嚴密的口罩，疲累的樣子，琴音裡卻聽不出一絲鬆懈。他們彈的是布朗姆斯 J. Brahms 為自己和 Clara Schumann 所作的四手聯彈樂曲——絕非一般鋼琴家輕易敢動的曲章。今年，二〇二三年，他們在各大城市演奏捷克音樂家斯曼塔納 Smetana 把自己的交響樂「我的祖國」，改寫成鋼琴四手聯彈曲。同樣深獲好評。難得的是，何寧敬業。他指導的學生，在各地鋼琴演奏比賽會上表現傑出。他文章裡對曾經指導過自己的師長們之敬重、出自至誠。懂得感激，這是更難得的天性。

二〇一〇年我的青島行，總算與平姊有了點單獨相處的時間。知道了一些半世紀以來她和她家人可歌可泣的事蹟。人生的選擇和決定，難以逆料。

令人感動的是：平姊在又新姊夫一九九七年年初離世之後，只要自己健康許可，仍堅持在家裡每月舉辦一次或兩次「學術座談會」（或曰：學術沙龍。）。

這是當年姊夫創辦的人文活動。他生前，甚至在不良於行、需要用助行器代步的日子裡，仍然繼續不懈。姊夫在文史哲教學及指導後進各方面，具有極大的熱誠和成就。毅然發起請文藝界學術界的學者專家朋友，來家裡以客廳為教室，作多方面的專題演講。歡迎有興趣之士、有志於學的青年學生們參加；並鼓勵聽講後提出問題，交換心得，藉以拓廣彼此的知識和見聞。又新姊夫這一無私無我的創舉，僅此一端，足以不愧天地此生。平姊決心繼承，更是大愛的完成。

—二〇二三年，十月間，蓉蓉忽來簡告知：「學術沙龍將要結束」。像多少美好有意義的事件，倏忽間到了「劇終」的時候。平姊累了。後繼無人。（二〇二四年出版「守望—又新文化沙龍三十年紀念文集一九九四—二〇二三）

那年初夏我到青島不久，平姊邀我為座談會講話。平姊知道我歷年從事德譯楊牧、張愛玲、白先勇、莫言等作家的文學作品；工作專業則是古本善本書編目。她建議我以翻譯經驗為軸，簡述中國文學在域外，特別是德國、歐洲，傳承之大略。匆匆承命，十分惶然。不願辜負平姊的信任，同時也想把自己一二心得與在座各位切磋討論。立刻打點精神寫下大綱，從網路上找到些資料；此外平姊還藏著我那本「流光徘徊」。花了幾個晚上，戰戰兢兢做了一次「小汪老師」。滿室年輕人，講後討論熱烈。提出許多極具水準有內容、值得反思的問題。是一次愉快有意義的回憶。

一週之後 Angela 從北京抵達青島。平姊替我在她臥室裡加一睡榻，慨然招待 Angela 住書房。大家朝夕相處，每天跟著蓉蓉憲青遊覽名勝古蹟，回家吃蓉蓉包的餃子、燒的好菜…開心難忘—二〇二三年九月立淩和我在慕尼黑探望乃娣之後，去翡冷翠看心臟動過手術的 Angela。話及十三年前快遊青島的往事。Angela 殷殷叮囑，要我問候平姊和蓉蓉夫婦。

當年的快遊之一，就是參觀德意志帝國總督府故址。青島於一八九九—一九一六年間曾是德國租借地，其總督府、宅邸林園建築群，至今風貌依舊卓然；交通水利公共設施之功能，百多年來亦行之如故。

總督府現在是一座德國十九—二十世紀小型人文歷史展示館。大廳裡的照片文物，精彩有序，並附註詳細說明。

在這裡我看到近代西方最有成就的德籍漢學家 Richard Wilhelm，中文名衛禮賢教授（一八七三—一九三〇）的原始資料：他和他同時代的中外學者師友、家人的照片，他的手書信箋、稿件，早期出版物—譬如他翻譯的「易經」、「道德經」等的初印本。

衛教授一八九九年奉基督教同善會派遣到華傳教，在青島建立「禮賢書院」。以後竟掀起「東學西漸」（學者季羨林語）之風潮，其學術意義和對東西文化之交匯研究，至為重要。在華二十五年期間，衛教授師從國學大師音韻學家勞乃宣（一八四三—一九二一，前清京師大學堂監督，職位與民國之後北京大學校長同）；讀四書五經、學易、論史；探究並翻譯中國哲學經典史籍，以後在中外大學授課教學。現代當代歐美諸大學、研究機構的漢學執掌者、創辦者、卓有成者，鮮有不是出諸衛教授門下或再傳弟子一脈相承的。他翻譯的「易經」更是其後歐美漢學各家翻譯之本。

哲子 Hellmut Wilhelm（一九〇五—一九九〇）衛德明，青島出生，柏林大學法學博士。父親驟逝後，決定繼承父親的漢學研究；再以明末清初學者顧炎武之思想著作為題，獲漢學博士學位。三十年代離開納粹控制的德國，回到中國任教北京大學。以後移居美國，在西雅圖華盛頓州立大學與亞洲語言文學系系主任 George Taylor、蕭公權、李方桂諸學者奠定該校該系卓越之盛名。

衛德明教授的高足 David Knechtges（一九四二—）康達維教授，以其優美精確的英譯「昭明文選」聞名於當代漢學界。康教授弟子文章裡提到，康教授屢屢提及自己的老師，並且多次訪問青島。

Angela 與我辭別平姊、蓉蓉憲書夫婦，乘坐高鐵；大概十四五小時到達上海（據二〇二三年報載，現在連三分之一的時間都不要了。）

在車上，想著數日之後將與從新加坡來的女兒女婿長外孫（寧寧志強、元寶）在上海會合，很開心。以後女兒告訴我：四歲的二寶自承腿短腳小，不宜大暑烈日下奔走；情願放棄旅遊跟著阿嬤在家——真是早慧！他的阿婆七八十歲都做不到的當機立斷、識時務。七歲的元寶則事先問清楚，爸爸媽媽看展覽很忙、事情很多，但是還有飯吃，才決定跟著來了。兩兄弟都不肯隨便盲從，難得。

立凌去芝加哥開會之後亦飛來滬上同遊。是他第一次踏上中國大陸的土地。

火車的座位很舒服，可以半躺。車行不久，旁邊的 Angela 多日奔波，已沉沉入睡。車過濟南，徐州、蚌埠、南京⋯城市地名山野，在耳裡眼下一一飛過。百感交集，不知今日何日。

記憶裡響起這些地名，一而再、再而三從電臺裡急切地呼叫出來，是在上海住處。徐蚌會戰失利，中華民國首都南京岌岌可危。父母親及幾位他們的摯友在客廳收音機邊肅穆神傷——坐在外面樓梯上十一二歲的我不能忘記。不能忘記的是另一個愁煞人的深秋：父親敬重的陳布雷先生仰藥自盡。我記得父親沉痛的神色。

火車奔馳的節奏裡，這些片段一一起落。

俱逝矣！父母親也早就離開塵世，再也不用為平生家國事傷懷。

（二〇一三年初稿，二〇二三年增補校勘）

再訪平姊

二〇一九年中秋前幾日我們離開敦煌，飛往青島跟平姊、蓉蓉憲書歡聚。雲厚天陰，沒有圓月；卻也沒有遺憾。

平姊依然清健，步履從容。蓉蓉堅持請我們住在她家附近簡潔的客舍，吃飯就去家裡，由她盡顯身手。

相聚的時間有限。平姊先已搬去蓉蓉憲書家，就近省了車馬勞頓耗時之苦。此後幾日，她不時過來客舍與我閒話不是閒話的姊妹間的「私話」──兩人都知道，此生這樣的機會不會太多了。

立凌則乘便自己在附近遊走觀看「市容」──這是他獨享的旅遊節目。蓉蓉憲書他們的公寓樓房規劃得不錯。地面庭園，樹木蔥蘢。附近的綠被、公車、銀行、購物、飯店設計得大方實用。青島的改變，不能以道里計。

青島是平姊與又新姊夫全家人，數十年來歌哭顛沛奮發於斯的地方；與他們相熟的學術界、新聞界人士很多。平姊知道我們的行程之後，逕自與友人商議，安排我九月十四日在城中特具民國藝文書香品味的良友書房──塔樓之西，與書房主人臧杰先生對談。題目：「海外芳蹤」，據我以前撰文曾提及的蘇雪林師、張充和四姊、張愛玲女士，及西雅圖梁文薔、羅久芳諸友的學問風範，略作介紹。（這次平姊倒是及早告訴我了。）青島日報連日登載了文采斐然卻過譽太甚的「通訊」——相信是臧杰先生的大作。來賓很多，氣氛極好。不少平姊「學術沙龍」的學人們也來參加了。

之後，承蒙當年在西雅圖快聚過的作家張祚臣先生設宴款待。散席後與主人們殷殷話別。跟平姊蓉蓉、憲書立凌把臂流連在青島港灣的夜色裡。

霓虹燈閃爍奪目，震耳的歌聲擾人清談。當年雅淨的風貌竟再不可得。兩全原不是簡單的事。

以後幾天憲書開車帶我們去週邊海灣山間小鎮遊覽。從岩崖高處俯視瞭望海天深淺不同的藍，延著蒼苔石壁一窪窪珊瑚紅的養蝦田；是明豔亮麗的後現代油畫。那嶗山王哥莊碩大無朋的大饅頭，讓人驚喜難忘。但願他們經得起外來的風潮，忒自以地方特色繼續遙領風騷。

（忽然間記憶裡響起在衣食簡樸五六十年代夜半的臺北近郊，永和、中和、南勢角——那時還沒有「新北市」這一名稱，小巷曲折，蒼老、帶著點山東口音的叫賣聲：「燒餅、饅頭！」從遠而近，又漸行漸遠……以後呢？是有一天回到對岸的家鄉了嗎？）

離開青島，匆匆過訪天津好友高豔華。

之後飛抵臺北，參加文學詩學界為楊牧舉辦的學術研討會。

立凌和我與盈盈楊牧相聚了十分珍貴難得的幾日。

回西雅圖前在志恆麗娟家將息三五天，到桃園療養院看望我歐姊。我叫她「歐姊，歐姊！我是毛頭！」她忽然轉頭看我，眼睛閃過突現的光采，一如往日。不是我的想像。

歲末，孩子孫輩們來團聚探望。（二〇二三年校補）

敦煌行

二〇一九年初秋，立淩與我決定去青島看望平姊一家之前，先經西安訪敦煌。時不我予，誰知道自己上下健步還能多久。

好友宓宓與她長期致力推廣贊助的在美【敦煌基金會】為我們安排去敦煌文物研究院參觀的行程，一探莫高石窟、瓜洲榆林窟的壁畫塑像文物之美。

黃沙漠漠的山脈峻嶺邊緣，上上下下連綿著石窟群。幾千年來的風沙從沒有停止過試圖掩埋這一切，前人的創造和後人的守護，是人與天無止境的角力。也是人與人性的計量。譬如那位無意間在小窟室（後來被命名為「藏經窟」）裡發現驚世文物的王圓籙道士，至少他知道：這些是珍貴的古物！多少文物精品已經被西洋東洋、國人，用各種手段欺購盜取，或販賣了。這碌碌無名的王道士屢次徒步跋涉，向城裡京裡各級官府報告，奈何清廷上下竟無一人理會。連一個終日詩云子日的所謂「讀書人」都沒有奮起而行，有所干預作為。誰有資格批評這王道士？

於是這些在沙漠石窟裡深藏千百年的古文物—罕見手卷和孤本書稿繪畫，遂成千上萬的流落他鄉。以後甚至連窟裡的塑像都被梟首盜取，壁上的畫則用強力膠著物使之剝落、粘貼在紙張布帛上，一一飄洋過海，陳列懸掛或收藏在歐美日本俄國所有知名的博物館美術館或大學藝術館裡。

我與它們屢屢在異國他鄉撲面相向，愕然欷歔，難以忘情。

去敦煌（包括瓜洲）實地觀看石窟文物，是此生可感可貴，當然更是可慰的經驗。對於從一九四四年到目前的研究所，研究院之所長、院長：常書鴻、段文傑、樊錦詩、王旭東、趙聲良、蘇伯民，及所有努力不懈守護這些石窟文物的工作者，懷有無盡的敬意和感激。

令人十分動容的當然是第一任所長常書鴻先生（一九〇四―一九九四）將及一甲子為敦煌文物的奉獻。他早年留學法國習畫有成，無意間在巴黎書攤購得法籍漢學家語言史學家伯希和（Paul E. Pelliot，一八七八―一九四五）的著作。敘述寫錄他當年在敦煌廉價收購到大量深藏石窟的古書珍本及圖片的事實，內容豐富，遍涉華夏及周邊民族文史宗教、繪畫音樂等等。令常先生肅然震撼，決意返國；先後在北平藝專、國立藝專執教。一九四三年民國元老書法家于右任（一八七九―一九六四）先生負責召聘敦煌文物研究所所長，常書鴻先生應聘為首任所長（以後更名為：敦煌文物研究院）。

敦煌深處沙漠荒野，生活條件簡陋、物資貧乏，石窟文物歷經千百年疏於整修管理；常先生個人婚姻破裂子女離散；抗戰之後隨即內戰兵燹，文革期間遭打傷腿骨；這一切折難都不能讓常先生改變守護並開發敦煌文物的初衷。

常先生的墓碑聳立在莫高後山，庇護著石窟文物。

被世人敬稱為「敦煌女兒」的樊錦詩院長（一九三八—），一九六三年從北京大學歷史考古系畢業後，分配到敦煌研究院工作。從此為敦煌文物貢獻一生所學所思所能。她驚人的事業是：讓所有愛好古物、尊敬人類宗教文化、藝術歷史者得以從容走進敦煌，走進石窟，面對古物，觀賞研究。同時她清楚認識經營保護的重要。一九八七年她為敦煌石窟成功申請進入 UNESCO「世界文物遺產」體系，更加強敦煌文物的守護和管理。

這種深具宏觀的精神和理念，難能可貴。一向被認為是矛與盾的情形：石窟古物千百年無人過問，空負了前人創造古文物無價的存在；觀眾踴躍出入，則呼吸帶進石窟的濕氣、人群可能對古文物造成的破壞，都難以避免。

如何推廣、如何防護，都是樊院長必須未雨綢繆的思考和面對的工作。至於培養鼓勵專門研究「敦煌學」的學者、訓練管理經營人才，乃至多種外語能力足可承當文物講解的專業導遊等等；都是敦煌文物邁進世界精萃文化的必備條件。

除了成功「申遺」之外，樊院長長期奔波海內外，志在結交更多思想觀念相同的專業學者，共同為莫高窟和榆林窟的絲路文物藝術開拓出更廣袤、更有遠景的路。且足以為所有的石窟文物在管理、展覽和保護各方面，引為殷鑑。

美籍中國藝術史學者倪宓蓋茨博士 (Dr. Mimi G. Gates)，曾任西雅圖藝術博物館、西雅圖亞洲藝術博物館以及奧林匹克雕塑公園聯合館長前後十五年。退休後，二〇一一年她熱誠響應支持樊院長，在美國成立了敦煌基金會 (Dunhuang Foundation)。配合敦煌研究院多方面軟硬體的發展，並定期組織敦煌旅遊團，讓參觀者直接面對一兩千年石窟文物之美。同時長期在網上或博物館、大學講廳舉辦敦煌學學者演講會；讓更多喜愛藝術者接近認知敦煌石窟文物之美。

二〇一六年五月到九月敦煌基金會與洛杉磯蓋提藝術中心（Getty Center, LA）聯合展出「敦煌石窟的佛教藝術」。在蓋提中心的山頂庭園搭建了與原石窟面積相等的四間臨時帳屋。室內周圍製作成「窟」狀，模擬手繪與原石窟圖案一致的壁畫和手作之塑像（特請藝術工作人員手工繪製）。其虛擬實境的效果令人驚嘆。而更讓人感動又感慨的是在蓋提藝術中心圖書館看到特展精品：正是百餘年前王道士廉價賤賣，為英法圖書館藝術館所珍藏的部份經典書畫文物─源自「藏經洞」。

展覽選件之著意精心，目錄撰寫之嚴謹，令人敬佩。原來都是倪密與當年曾在西雅圖亞洲藝術館任中國文物部主任的沈雪曼博士共同的努力。雪曼現任紐約大學中國藝術史教授。

洛杉磯蓋提研究所（Getty Institute, LA）修護部門的專家從一九八八年開始協助敦煌研究院維修石窟內長期面臨時空侵蝕的藝術品。希望用安全科學的方法，保護或恢復文物原來的面貌。

敦煌藝術鑒證從東晉末（公元三六六年）以降，絲綢之路曾有的繁榮與多元化。由於其特殊的地理環境及多種族群間之相互交流影響，對彩塑、壁畫、美術、工藝的直接影響之外，更促進宗教、文學、歷史、音樂、藝術史等等的充沛繁富。提供有意願研究探討者、無以數計的文獻資料。

僅就音樂一端舉例：

一九九八年音樂家低音提琴家馬友友（一九五五年—）開始籌劃他的【絲路計畫】。他發起：與遍及絲綢之路或更為廣遠的各地區各國家的傳統音樂家們，共同合作「絲綢之旅」演奏系列。藉由音樂與音樂的融合，促進音樂家與音樂家、聆樂者與聆樂者間的互動交流。他們參考利用敦煌石窟文物中有關樂人、樂器、樂團的表象和文字紀錄。其成果令人激賞。

當代作曲家指揮家譚盾（一九五七—）的音樂史詩，清唱、合唱劇：「慈悲頌」「Buddha Passion」，是他在樊錦詩院長不斷的鼓勵與蓋茨館長熱誠的邀約下花了六年時間、往返敦煌十數次，完成的作品。

譚盾在敦煌驚見石窟壁畫上四千多件樂器，逾三千名樂伎、超過五百支樂隊；內容之生動豐富多彩，令他決意創作一齣「聲畫契合」的音樂史詩，誦唱闡解佛家精義。在構思過程中，他對如何詮釋叩答，才能深入感動所有聞者足戒而直觸人心；反覆思索，輾轉遲疑難解。怎樣的機緣巧合：在他故鄉湖南長沙竟與佛光山主持星雲大師（一九二七—二〇二三）不期而遇！他向大師請益。星雲大師立刻答以：從人性走向人間，讓主題「活」起來—使他驚悟，應該從佛學傳入中土兩千餘年來對世人最熟悉的題材著手；遂以《菩提樹下》，《九色鹿》，《千手千眼》，《禪園》，《心經》，《涅槃》六則經典配以音樂，誦唱演繹。同時，他頻頻走訪藏有當年「藏經洞」石窟文獻的英法日本諸國博物館、圖書館，查看文獻中記載的古代樂器，閱讀樂譜資料。並設法複製漢唐時代中原與邊塞的樂器，穿越時光，讓千古樂聲與人的和鳴在「慈悲頌」裡流動迴旋。

二〇一八年德國德雷斯登(Dresden)音樂節首演，得到愛樂者熱烈的反響，樂評界精闢的好評。

我們前後兩次（二〇一九，二〇二二）聆聽「慈悲頌」。譚盾分別在洛杉磯和西雅圖的音樂廳指揮兩地愛樂團，與中文梵文合唱團、聲樂家、反彈琵琶的舞者、敦煌奚琴三弦、原生態詠唱者，共同演出。低音呼麥哈斯巴根來自邊遠的天籟，盤旋在亙古今人的音色和鳴裡，吟唱眾生行止之可憫可悲；心經誦念起落，回歸空無色相的涅槃。

走在北美的夜空下，似乎踏著微有薄沙的小徑，遙望鳴沙山東麓宕泉河西岸斷崖上隱隱的石窟群。（二〇二四年四月）

二〇二三年秋天在歐洲
——慕尼黑的乃娣

二〇二三年九月初知道乃娣患病不輕。不容多想，立凌立刻請假，我們帶著各種預防、檢驗 Covid 病疫的藥物，戴著口罩，直飛慕尼黑。

乃娣笑顏如故，倚靠在三樓扶梯旁迎著我們和去接我們的 Joscha，她的獨子。我們的睡房，乃娣佈置得鳥語花香，窗外是難得的艷陽秋光──滿室金黃。

我記得那年晚春，我已經搬離舊居，將要離開慕尼黑、離開歐洲了。最後幾天住在乃娣、Frank家。從海棠如沛的惜別宴回來，晨曦曉風裡，乳白色的窗簾微微波動。矮几上一枝淺紅半開的芍藥插在透明細玻璃高瓶裡，藕荷色的方枕、藕荷色的綢夾被斜搭在榻上。再不能忘記那無語的溫柔和不捨。乃娣！

不管她的反應如何，Leo和我總是陪著她去不同的醫院，看不同的醫生，做三個半鐘點的化療（以後每個月一次，連續半年）；同時按時針灸、練氣功。有空我們就一同買菜逛櫥窗，到好友娃姬家吃她烤的「新鮮杏子糕」，聽朋友為我們特別演出音樂說唱節目──用德語和鋼琴、電子琴演出中國傳統大鼓說唱的趣味。一絕！。天氣好，去城北墓園給Frank上墳，墳頭雕塑著一疊花崗石、大理石交錯的書本──也就是Frank一生用功寫作的象徵。乃娣除草澆花，左右手各提著一壺滿滿的水，行動仍舊快捷俐落──這個在德國女子群裡特別苗條嬌小、風姿綽約聰明過人，而哀樂不形聲色的乃娣！其實我們什麼都不能做，能做的就是在妳左右。

秋陽正好，大家坐在大學區咖啡館廊下享用正上市的Rhubarb-kuchen（大黃梗烘餅）。朗朗笑語，片刻恍惚，竟以為：我們就是如往常一樣：回慕尼黑來開心渡假吧？晚上還趕著看最後一場電影。

乃娣每天把自己打點得一如既往的新潮時尚，從容自在，比我們都精神煥然開朗。決不逃避醫生告訴她的實情，自己沉默面對艱苦的治療，也不亟亟顯現她因病情之險惡作無謂的焦慮。幸喜她胃口不錯，對我簡單但注意營養的烹調，吃得開心。若不是她自己告訴我們病情的真相，再也看不出她正在跟肺癌、肝癌作殊死戰。她的態度是我們的信心。

（補：回美後自然時常與乃娣通電話或短訊。她第二階段的治療已經開始了一段時間，目前情形不錯。儘量訪友聽音樂、與孩子親友們共渡節日。自己十分注意起居營養，運動針灸等等，要我們釋念，盼望我們去渡假、去看她……二〇二四年四月十日）

翡冷翠的南山

二〇二三年九月下旬匆匆離開慕尼黑，飛往義大利的翡冷翠 (Firenze)。Angela 和兒子 Folco 原來決定冬天到西雅圖，與我們盤桓幾時。就在我們將啟程去慕尼黑看乃娣之際，接到 Angela 電話：她因心臟問題，動了手術。總算恢復得不錯，但是醫生不允許她近期作長途飛行。

乃娣和 Angela 是我今生一定要執手話別，再盼輪迴的至交。立凌知道，無奈他實驗室忙，只得三週假期陪我同行（否則誰能放心呢。）

夜色沉沉，在翡冷翠機場見到略顯憔悴的 Angela，執手相看，一別多少年？六年，七年？Folco 開車直駛翡冷翠西北方的 Orsigna 山頂他們的紅屋群，知道 Angela 和我都累了，需要休息。

第二天早上急急推窗遠看，重重錯落的山麓是否還是當年的景色？繞著紅屋前後的數十株大樹，竟結滿了翠色刺果—栗子。怎麼以前沒看見過呢？「以前」，Angela 在旁邊說：「它們還小得不能結果！」不錯，前一次上山也已經二十多年。Tiziano 過世之後，再沒有來山上。跟 Angela 約，也就是去翡冷翠城裡看她。紅屋右方一棵特別粗大的樹幹旁邊半株中空，供著 Tiziano 一缽灰燼。幾尊不同地域匠人手作的佛像陪伴他。摘下在黃沙漫天陽關小店買的藤鐲，掛在一竿枝節上：故人總是在的。

抬頭遠望，那座最遠最高的山頭，Angela 告訴我：是 Tiziano 的墓。仰慕 Tiziano Terzani（一九三九—二〇〇四）的讀者們會開車上山頂禮。

這裡，是他的家。是家人跟朋友起居與他同在的地方。

延著坡上的松柏叢林與公路相隔，灌木籬笆、葡萄藤菜園的上面是草坪和簡樸的樓房，Angela 的母親 Renate Staude —包浩斯 (Bauhaus) 建築學院一九三幾年訓練出來的女建築師，七十年代初設計蓋造的主屋。傍邊往後延伸，靠近那半株樹穴，添建了兩間平房，Tiziano 病篤，從印度山上搬回來之前，為他起居加蓋的。大門開車進來，並排兩組實用而風景絕佳的小屋，原來是 Tiziano 的書房和他與 Angela 的睡房。現在前面的就是我們下榻的客室，與 Angela 緊隔為鄰。

彼此親愛關切感傷，知道在一起再也不是容易如往年的事了。好像前幾日還在一起互訴衷腸；卻又隔著日月山水惦念，倏忽人寰，不真實的快樂喜歡。珍惜每一刻能夠在一起的時間：廚房裡洗菜下麵，擺桌子、試甜點，談她不久前出版的書。

她從她的角度寫下和 Tiziano 生前兩人的大事小事：上世紀七十年代初 Tiziano Terzani (中文名：鄧天諾) 被甄選為德國鏡報（「Der Spiegal」週刊）遠東、東南亞記者，主要報導越南戰事。Angela 則帶著 Folco、Saskia 兩個孩子住在安全的新加坡—正是我與攸文、攸寧兩孩也在那裡的時候。我們經她表弟，立凌的好友，漢學家傅飛嵐 (Franciscus Verellen) 介紹結為至交。

Tiziano 大部分時間在西貢採訪戰事實況。他的報導十分搶手，文字銳利真實。目睹支持南越的美國政策擺盪不定，軍隊節節敗退。越共進入西貢，他是最後離開的西方記者。滿腦子社會主義思想，是那時大部分歐洲前進知識分子的嚮往。緊接著八十年代中國鄧小平年代開始。Tiziano 成為德語鏡報週刊及義大利語報壇唯一獲得簽證進駐中國的特派記者。Tiziano 熱愛中國，在義大利比薩大學畢業後，又得紐約哥倫比亞大學獎學金進修漢語及中國文史哲。去北京、採訪中國、認識中國的人與事，是他畢生嚮往。

那幾年每週鏡報一出刊，不僅是漢學家，凡是對中國與世界局勢感興趣者，都會讀了 Tiziano 的報導文章之後相互討論辯難。

到了夏天，他們全家回翡冷翠山間渡假。Angela 就約我和立凌從慕尼黑去跟他們快晤消暑。開車越過奧國茵士堡，好像很快也就到了。

經常高朋滿座，Tiziano 意氣風發。最難忘記的那次是和他從英國來訪的好友「鋼琴詩人」傅聰（一九三四—二〇二〇）兩人一面喝白酒喝得半醺，一面跟Angela與我開心爭吵：誰是古今最好的作曲家、文學家…等等不講理的大題目。當然把巴哈、貝多芬、歌德等有德國血緣的大家，全數抹煞。

立淩從不加入爭論，也沒有人認真。第二天又換了資本主義、共產政權的課題。Tiziano離世二十年，他的思想和晚年的許多著作（嚴謹而風趣）在義大利的講壇和書坊沒有因為時間流逝被遺忘。英譯本德譯本也一樣可以在Amazon立刻郵購到。

我的歐姊

就在這美麗的山上，九月二十三日嚮晚，夕陽還在山谷徘徊。我打開震動著的手機，看到麗娟從臺灣來簡：我的歐姊離世長辭。

一時間，我沒有任何反應，好像看不懂那兩句話。夕陽的微紅終於泯去，山林靜止。當然是懂的：我的歐姊在十數年失智症無情的侵擾下，終於棄世。去到哪裡？當然是回到姊夫身邊，重為相依相靠天成的佳耦。

走進紅樓，立淩看我異樣，我告訴他，我歐姊走了。也告訴在做飯的Angela。她認識歐姊，認識我在臺灣的父母家人。認識我那安靜質樸，對人真誠、對父母孝親可敬的我的歐姊。Angela走過來環抱我，說：可能這樣對她比較好…

是的吧。我只知道我的歐姊走了，再回臺灣，桃園那家療養院再也不是我要去的地方。我的歐姊成為永遠的追念。她的無私無我，她的好心腸，她的壞脾氣，她真的是一個好女兒，好妻子，好母親（雖然兇一點，要求嚴格一點），親愛的手足。職場上朋友間，她負責任、真誠用心。（美渝的姐姐，曾經告訴美渝：她們兩人都是空軍眷屬，「情同手足」。）姊夫後來升任大隊長、少將，中將退休。歐姊對待同仁一直都體貼照顧。

一切都會成為過眼雲煙。生命不就是雲煙嗎？但是我知道，對我至愛的歐姊，她的生命、她的存在、她的付出和她留給我的記憶，以及她的音容笑貌，都鎖在我的記憶裡，不會因為她離開人寰—誰能不呢？早晚罷了—而淡去。

半夜，我和立淩坐在睡房外前簷下的木條長凳上，寂然瞭望回顧。山上這麼靜，連星群都似乎很遠。歐姊，妳在哪裡？

不知從何而來，在我仰望的一瞬，右面緩緩飄移過來一塊重疊著層層深灰淺灰、白色、依稀透明的雲，這麼近，好像站起來就可以觸及，從我和立淩的面前上方，款款游弋往左、消失在樹影裡。我知道：歐姊來跟我們作別。是真的，不只是雲煙。

歐姊是我的小姊姊。我們好像一生沒有拌嘴爭吵過，連那次我做了那末魯莽、甚至可能變成很危險的蠢事，她也就是著急得把原來已經很大的眼睛睜得更大，卻一句責備的話都沒有—更沒有向姆媽告狀。以後姆媽罵我，她還替我說好話。

那年我高二，臺北二女中，暑假。歐姊在臺南醫院從事護理工作，姐夫經甄選派往美國、進修駕駛噴射機飛行技術。歐姊邀我去玩兩星期。那時旅行是難得的大事。

台南，我們剛到臺灣就曾落腳過的地方，有名的府城，文化歷史、古蹟風貌遠勝以後因為政治地理環境變得重要的臺北。

我很想去，也想看看歐姊和她已經七八個月大的兒子，志恆──我做了小阿姨了！爸爸媽媽也都覺得很好。臨行姆媽囑咐我：歐姊忙，她上班的時候，要幫著鐘點工阿嬸照看小志恆，不要就是貪玩，好吃懶做⋯⋯我自然一一答應。

歐姊婚後醫院分配的宿舍，房間夠大。歐姐為我準備了帆布行軍床，收放自如。廚房衛浴則是兩三家公用。歐姊一早餵了小志恆牛奶，等阿嬸八點鐘來，她就穿過宿舍區和榕樹庭院步道，約十來分鐘到前面的醫院上班。阿嬸用一幅長大結實的布把小志恆綑綁在背上，很牢靠。而孩子的手腳仍舊可以擺動自如，所以小志恆一點不生氣，很高興的在阿嬸背上東張西望。一面阿嬸幫兩三家住戶分別收拾整理，洗衣服、準備飯菜；十分俐落。歐姊中午回來，志恆已經睡過覺、吃過她上班之前就做好的嬰兒食物（放在大夥合買冰塊、合用的「冰櫃」裡──冰店伙計每天騎腳踏車飛送大冰塊，是當年臺灣盛暑難忘的一景）。我們簡單午餐後，多半的時間實在太熱，就在屋裡休息。孩子睡覺，歐姊輕輕幫他搖著扇子。下午還要上班。

歐姊的同事們多半是二十來歲的女子，都很友善。她們不上班的時段，常在庭院樹蔭下的木榻（其實就是老舊木床的再利用）閒坐說笑，享受難得的穿堂風。她們不在的時候，我也喜歡帶本小說，獨坐細讀。

那天午前，阿嬸背著小志恆來找我，告訴我，她忘了在菜場買什麼東西，要趕緊去買。我可不可以幫忙看著孩子片刻。菜場雜亂，歐姊不喜歡她背著孩子去，我完全同意歐姊的看法。阿嬸把小傢伙從背上放下來，匆匆走了。小人兒很開心的在木床上爬著，坐著，跟我玩。我一面逗著孩子，一面繼續看我的小說。半嚮抬頭，竟發現小志恆爬到了另一邊木榻邊緣，嚇得我大叫一聲：「志恆！」孩子應聲回頭，卻還在爬……接著就是「嘭！」孩子落地的聲音，一剎寂靜，緊跟著嚎哭。我手足無措，趕緊把書丟了，跑過去蹲在地上抱起那孩子；卻見他前額頭在流血，嘶聲哭叫扭動。我把口袋裡的手絹趕快按住那傷口，血就滲過了。我想，趕快往醫院跑吧，否則恐怕性命危險。但是手腳不聽使喚，孩子又一直在扭動爭扎。忽然間，聽到歐姊叫我的聲音。

她三腳兩步趕過來，一面伸手把孩子抱過去，檢查他額上的傷口。孩子在媽媽懷裡，竟安靜了下來，只是不斷抽泣。

「不要緊，別怕！傷口不深，就是磨破了。」這是我的歐姊，她知道我在緊張，在害怕。正是她午休時間，老遠聽到兒子在哭叫。「會哭會叫，就不要緊！」她跟我說。平常一著急就皺眉瞪著的大眼睛，十分溫柔：「不要緊的，馬上洗乾淨，塗點紅藥水就行了。妳看，血已經不流了。」

（很多年以後，我跟志恆說：跌那一跤，跌開了竅門，所以他的頭腦特別靈！）

似乎我跟台南有緣。大學進了在臺南的「省立成功大學」，第二年改制為「國立成功大學」。除了寒暑假回家回臺北，其他短假長週末就乘經濟實惠的火車（普通慢車）到嘉義跟歐姊姊夫和他們的孩子，共渡好時光──真的是好時光。

姊夫從美國受訓回國，在嘉義四大隊（以空軍抗日英雄高志航為隊名）任職。期間志恆已經添了個妹妹志怡（兩兄妹的名字都是姊夫歐姊恭請孩子們的阿婆取的。阿爹是顧問！──姆媽很擅於取名。）歐姊離開台南的醫院，放棄護理專業；在嘉義找到一份坐辦公室整理文書的工作。

每次我去，歐姊就會煮土豆燉紅燒肉、涼拌甜酸藕片等等我喜歡吃的菜，給我「打牙祭」。早上上班前還趕著騎腳踏車到菜場買剛出爐的燒餅油條或紅豆餡餅給我解饞。姊姊姊夫很慣寵這個妹妹。嘉義郊外寒天的梅山和街上熱鬧的廟會一定帶我同去，好電影也等著我一起看。週末或假日晚上安排好看孩子的人，我們就跟著姊夫去機場玩，參加舞會。

那時候跳舞是最受歡迎的交誼活動。天好，星光下籃球場上灑點滑石粉，四週擺些大家可以環坐的藤椅和放飲料的小桌；某位小飛官權充管音樂的DJ。前後大喇叭裡響起當時流行的熱門音樂（如貓王），朵朵蓬蓬裙和垂肩長髮就在灰藍色的軍便服夾縫裡旋轉飛揚開來。下雨天，天涼，轉移到室內交誼廳之類的地方。

總是開心盡興。

歐姊喜歡華爾滋、狐步之類，我喜歡搖滾。姊夫極有舞蹈細胞，古典新潮都難不倒他。我還看過他在某次晚會上表演夏威夷草裙舞的照片呢。

從姊夫和他的團隊，我看到：嚴謹認真的工作，開心盡興的玩。他們袍澤間坦誠尊重、互助激勵的態度，不是宣傳。（當年我們可以安心讀書生活，對這些飛將軍們和他們的海陸同袍，只有不盡的感激。）

幾十年來感念不能或忘：我歐姊一生除了為她自己的家，她怎樣為她娘家的父母弟妹無怨無悔地付出。在母親身心最病弱的時候，只有她默默竭盡努力、守護著。

父親幾次進醫院動手術，我和弟弟已先後去國外讀書工作，奉親孝親的職責都落在公務家務繁忙的歐姊、姊夫肩上。

姊夫秉性情深負責。他總是記得當年母親怎樣成全他和歐姐的好姻緣。（其實父親就像天下百分之九十九的父親那樣：沒有人配得上他的女兒！）以後當然父母親皆視婿如子。對弟弟和我，姊夫就是庇護我們的兄長。

那年從慕尼黑回臺省親，跟媽媽歐姊閒話家常。媽媽告訴我，不久前她因心臟不適住院（當然決不讓我知道，也不許別人提起，免得我「瞎著急！」）。歐姊知道母親不喜歡病房裡有陌生人，就自己陪夜。她怕媽媽要茶水或用洗手間，不肯叫醒她，自己強撐著頭暈摔跤的危險下床來。於是歐姊就不睡病房裡準備著的長沙發，靠坐在媽媽病床邊凳子上打盹假眠。還乘媽媽睡著了，悄悄地用一根毛線一頭綁著媽媽的手腕，另一頭綁在她自己的手腕上。想著：只要媽媽一轉動，她就會驚醒。

「後來呢？」歐姊笑著插口問媽媽。媽媽也哈哈大笑。

後來，歐姊說，她睡夢恍惚，覺得手腕好像動了一下，睜眼一看：媽媽正戴著老花眼鏡、危顛顛、細心細意地在想辦法解開她手腕上的毛線結呢！「妳歐姊一早還要上班的。」媽媽解釋道。

情同手足的珊阿姊星然姊夫

一九九一年元月十一日父親因肝症去世。母親留戀台島的親朋舊友和熟悉的環境，不願移居國外。歐姊姊夫那時已經退休，多半的時間住在洛杉磯照顧孫輩。

珊表姊與星然姊夫就修整了極寬敞舒適的套房，接母親去新店山上居住。大家都十分安心。珊表姊是娘舅舅媽的長女，也是母親在臺唯一的至親，與我們情同手足。

父親病危，珊阿姊流著淚對父親說：「姑父，請放心，我們一定會悉心盡力照顧好叔（即：姑媽，蘇州舊時暱稱）！」——此情此景，永不能忘記。

星然姊夫業已從電信局退休，蒔花弄草，把沿著山崖的住屋、周圍環境調理得非常好。全家上下侍奉老太太盡心盡意。每週必安排牌戲，都是熟搭子，為母親解憂。

我返臺省親，自然也在山居落腳。目睹星然姊夫每天必坐陪「好叔」早餐（他起得早，自己早就吃過了）。談古話今，笑語風生，讓「好叔」開心開懷。這樣至真至純的孝思，是為人之女感激莫名、銘記永遠的。

山居的日子母親過得安心無慮。

怎奈老太太畢竟已經八十幾高齡，難免偶染風寒微恙，上下山坡看醫生、回家、復診……百十級的石坡就成問題了。海內外大家惶惶不安。

次年我回臺灣，堅請媽媽與我同行來看看美國西海岸的風光。媽媽來了之後，弟弟和各地的姊姊姊夫們經常來電話跟媽媽閒談、問安；或飛來探望。朋友們時常造訪，或附近小遊，坐船看湖看海。

半年之後我們請母親長住，老太太竟同意了；我們立刻為媽媽買好醫藥保險等事宜。海內外姊弟親友們都十分高興安心。好友盈盈竭力奔走，替我們找到空間寬敞、環境園景都不錯的公寓—母親也一眼就看中喜歡！

自此鈕姊、弟弟、居住美加其他地方的親友，港台的表姊表兄們以及家人好友晚輩們，有機會都會飛來盤桓幾日，探望母親—眾人的大家長。

當然歐姊姊夫來得最多最勤。歐姊心細，不時檢看注意，替媽媽添補日常衣物用品。(母親大去，我為母親外面穿著珊表姊年前冬天送「好叔」的黑綢緣暗紅細邊的薄絲綿襖黑長褲，裡面換上歐姊買的一套淺灰色棉質內衣—領口飾著銀灰小蝴蝶結綴有小珠。之前姆媽幾次拿起來看看：「儂歐姊買得真趣！」，好看、可愛；卻捨不得穿，又放下。以後我告訴歐姊，姆媽穿了去的。)

歐姊姊夫來了，就陪著媽媽在媽媽房裡說話，看小憨（珊阿姊、星然姊夫之女，對公公婆婆的孝思至切至誠）特別從臺北寄來的「包公」錄影帶，或百看不厭的影片「梁祝」

—連立凌都耳熟能哼。我在自己房裡安心做我的工藝飾品，聽見隔壁笑聲或唏嘘聲不斷。

歐姊掌廚炒兩個家常菜，老太太吃粥也吃得比往常香。

我時而著急跟媽媽大聲說話（多半是請她逼她老人家多吃點東西），事後歐姊必再三敦囑，叮嚀我要有耐心，不可頂撞，讓老媽媽難過。其情其景歷歷盡在眼前。

母親與我們同住西雅圖前後七年期間，歐姊姊夫年年多次來省親，時常還帶著子媳志恆麗娟，或女兒志怡，及諸孫輩—都在我們添建的小閣樓上棲息盤桓過。

鈕阿姊生前也幾乎每年飛來探母。極巧，當年她在臺美援機構 J.G.White 工程公司工作時的同事，以後來美又是同學同房的知友 Martha 蕭，就成家在西雅圖（蕭公權教授的子媳）。鈕阿姊每次一人來，往往住 Martha 家。Martha 來回接送，跟著探望媽媽。一時間就聽到蘇白「大珠小珠落玉盤」。（Martha 姊現在住在一所極好的安養院。偶有機會見面仍是十分親切—她恐怕是世上唯一還叫我小名「毛頭」的了。）

珊阿姊星然姊夫、嘉懋姊弟、弟媳們都不時飛來跟老太太請安。香港的文奇表兄嫂、LA 的 Peter 小阿哥彬彬嫂嫂、Phoenix 的 Pearl 小阿姊和姊夫，幾乎也都每年來探望，誠心誠意。最難得的是上海娘舅的小女婿（以輩小阿姊的丈夫）陳珩教授從南京來（兼訪華盛頓大學水利工程系），他的長女陳沁在美國讀書有成，婚後帶著丈夫兒子來看太婆婆。種種切切、至親的孝思，帶給媽媽多少開心熱鬧的好時光。

我的兩個孩子攸文、攸寧當然也都會飛來跟阿婆請安。他們自小在阿爹阿婆、歐阿姨姨夫、珊阿姨星然姨夫以及姐姐哥哥嫂嫂們的關懷寵愛裡長大。

攸文彼時已然成家，有女曼瑄——上一字用阿婆名諱中間一字，下一字取阿爹名諱之末字。當時我以為，從古訓：晚輩不得用長輩的名字命名。告訴母親，哪知老阿婆十分感動、高興，連連稱讚，認為：娃娃（攸文的乳名）有孝思，不必固守舊禮；這個名字非常好！

寧寧進大學後，每年從新加坡來拜望阿婆看媽媽。

一九九七年初秋九月三日寧寧與志強在新加坡結婚。六日飛抵西雅圖。次日立凌和我屆景色如畫的東亞美術博物館大廳宴請遠近親友。母親穿著玄色緣細花邊旗袍、飾金點翠鈕扣，女婿與孫婿左右扶持著拾級步上廳堂，親友們不約而同為這位九十三歲雍容清健的老太太鼓掌迎迓。母親含笑舉手致意。坐下後，四面再三張望，轉頭悄聲問我：「儂歐姊、姊夫呢？」「珊阿姊、星然姐夫呢？」

已經告訴過老太太一百遍：歐姊姊夫回臺北有急事，不能來了！珊阿姊和姊夫也忙，抽不出時間趕來西雅圖。

「哦！哦！」媽媽點點頭，一百次之後又一次的黯然失望。

母親一九九九年五月四日週二上午十時許在醫院長行，前後住院十日。是母親的福份，不用受許多煎熬，走得平靜。立凌與我守在她身旁。

歐姊姊夫和弟弟趕到，母親已經離開塵世。追念會不宜拖延，這場地母親會喜歡，久芳替我們打電話，正巧有空，就立刻決定在同週的星期天舉行，那天是母親節。

(遠地至親孫輩們礙於簽證手續時間迫切，不及參加。珊阿姊、星然姊夫等後幾日飛到，在家裡母親靈罈燭光花影前行禮，香煙裊裊，至精至誠。)

追念會上，善擇姊夫致辭字字出自肺腑，淚下滿襟的不只他一人。他說：上天眷顧，讓十七歲少小離家永別父母的他，婚後有一位對他關愛備至的慈母，不就是岳母。

確是實情。

歐姊姊夫接到喪訊之後，連夜電告在香港工作的志恆。志恆很小就在阿婆阿爹身邊讀書受教、住得最久，是阿婆阿爹最器重的長外孫（麗娟更是二老特別喜歡、乖巧懂事能幹的孫媳）。志恆請假飛西雅圖，阿婆的靈罈由他從殯葬處捧回，供放在阿婆住了七年的房間五斗櫃上。

我用一幅黃緞包紮了，旁邊有父母親的照相，一縷馨香，供著金剛經、心經（我媳婉倩小楷恭錄），以及靜和送的「自在容顏」（奚淞繪著）—母親不是成天叩頭跪拜的佛教徒，長年只有初一十五或逢好婆阿爹冥壽忌日則淡食茹素。

但是我相信母親有佛緣，有飛天、佛祖護佑。否則怎能在這四面皆是洋人洋教堂的地方，她屢屢告訴我：聽到綿綿不斷的誦經梵唱？

是在老太太心裡。從她孩提時候、在好婆身邊「夾夾繞」的時候，聽著好婆唸經文的時候，就在她心中耳裡誦唱著了。

就如同當年回臺北，陪著父母親乘計程車到故宮去看難得一見的牡丹花展—從猶是春寒的梨山連夜運下來的。

紅燈，車子暫停路旁，母親忽然看到路邊植樹樹幹上捲著累累將剝落的樹皮，她戚然輕呼道：「它們一定好痛啊！」年輕的駕駛轉頭跟媽媽說道：「老太太有佛心。連樹木的痛都感受到。」

一九九九年十月，盈盈刻意抽空陪我一同送母親的靈罈回臺北，與父親合龕。正是父親百齡與母親九十六冥壽之期。

汪遂令蘭堂兄嫂在善導寺聯絡準備好供奉和應行的儀式，並敬備答謝午宴。至親好友鄉長與情同家人的劉有銓兄、少齋、善國等，還有我長年感之念之、照顧父母親多年，體貼入微的依美，都坐在佛堂大廳裡。他們百忙中抽出時間來跟父母親行禮，唯有稽首感激。

母親很早就告訴我們她贊成火葬，乾淨省事。以後父親也同意她的看法。

歐姊姊夫遵囑，在善導寺買下供奉雙罈的壁龕。

選善導寺因為它正在市中心臺北火車站附近。父親喜歡人：親人、友人、世間人、人世間生生不息的人。母親長年持靜，但是也同樣愛惜人與人之情。

很久以前讀奚淞寫的「哪吒」。太乙真人將兵解後的哪吒拼成一株蓮花，在家園不遠的河水裡隨風搖曳，離親人人群近；離人間煙火近。

逢年過節或親人好友進出往返，都會去善導寺上香行禮探望——寶雍就去過若干次。心領心感，不敢言謝。

現在回臺灣，靜拜追念的地方除了善導寺，多了珊表姊星然姊夫，善擇姊夫和我歐姊的龕厝。都是開著的蓮花、游弋的雲。（二〇二四年四月下旬）

國家圖書館出版品預行編目（CIP）資料

臨風的姿態 / 汪珏著 . -- 初版 . -- 臺北市 ,
華品文創出版股份有限公司 , 2024.09
面 ; 公分
ISBN 978-986-5571-94-8(平裝)

863.55 113013925

臨風的姿態

作　　者：汪　珏
總 編 輯：陳念萱
總 經 理：王承惠
行銷總監：王方群
印務總監：張傳財
出 版 者：華品文創出版股份有限公司
　　　　　甯文創事業有限公司
公司地址：100 臺北市中正區重慶南路一段 57 號 13 樓之 1
物流地址：221 新北市汐止區大同路一段 263 號 9 樓
讀者服務專線：(02)2331-7103
物流服務專線：(02)2690-2366
E-mail：service.ccpc@msa.hinet.net
https：//ccpctw.com
總 經 銷：大和書報圖書股份有限公司
地　　址：242 新北市新莊區五工五路 2 號
電　　話：(02)8990-2588
傳　　真：(02)2299-7900
印　　刷：卡樂彩色製版印刷有限公司
初　　版：2024 年 9 月
定　　價：新台幣 380 元
ISBN：978-986-5571-94-8

Chinese
Creation

Chinese
Creation